日本新锐作家文库

寂静的花园
ひそやかな花園

［日］角田光代 —著
孙淑华 郑爱军—译

青岛出版集团｜青岛出版社

Hisoyakana hanazono by Mitsuyo Kakuta
Copyright © Mitsuyo Kakuta, 2010
All rights reserved.
Simplified Chinese translation copyright © 2025 by Qingdao Publishing House.
This Simplified Chinese edition published by arrangement with Kakuta Mitsuyo Off
Ltd./Bureau des Copyrights Français, Tokyo, and CREEK & RIVER CO., LTD.

山东省版权局著作权合同登记号　图字：15-2023-95 号

图书在版编目（CIP）数据

寂静的花园 /（日）角田光代著；孙淑华，郑爱军译. -- 青岛：青岛出版社，2025. -- ISBN 978-7-5736-2745-2

Ⅰ . I313.45

中国国家版本馆 CIP 数据核字第 2024BT3247 号

书　　名	JIJING DE HUAYUAN 寂静的花园
著　　者	[日]角田光代
译　　者	孙淑华　郑爱军
出版发行	青岛出版社
社　　址	青岛市崂山区海尔路 182 号（266061）
本社网址	http：//www.qdpub.com
邮购电话	0532-68068091
策　　划	杨成舜
责任编辑	霍芳芳
封面设计	今亮后声
插画设计	尔凡文化
照　　排	青岛佳文文化传播有限公司
印　　刷	青岛双星华信印刷有限公司
出版日期	2025 年 1 月第 1 版　2025 年 1 月第 1 次印刷
开　　本	32 开（889 mm×1194 mm）
印　　张	13.375
字　　数	200 千
印　　数	1—6000
书　　号	ISBN 978-7-5736-2745-2
定　　价	59.00 元

编校印装质量、盗版监督服务电话：4006532017　0532-68068050
上架建议：日本 / 文学 / 畅销

译序

守护秘密花园

亲爱的读者朋友，在您开始阅读之前，请先思考一下我提出的问题。如果您3岁到10岁这段天真无邪的孩提时代，每年夏天都在安静舒适、色彩斑斓的夏令营中度过，那里有绵延不断的群山，幽静的道路，枝繁叶茂的行道树，修剪整齐的草坪和院子，有很多房间的木屋，好玩的沼泽、森林和一处很大的庙宇；木屋的阁楼有天窗，躺在床上可以看着星星睡觉；食堂里有一张白木大桌子，很多人围在一起共进晚餐；年龄相近的小朋友们一起无忧无虑地玩耍、交流。在这里，孩子们情同兄弟姐妹，可以一起干自己想干而平时不能干的事情，可以畅所欲言，没有疏远、嘲笑、无视和故意刁难，可以无须掩饰，可以随心所欲地玩耍……这一孩子们的成长乐园简直就像一个世外桃源。但是，突然有一天，大人们擅自终止了这个夏日聚会，他们不但不告知其中的原因，还故意隐瞒实情，甚至随着孩子们的逐渐淡忘，还矢口否认曾经去过那里，并嘲笑孩子们得了妄想症。对此，您会怎么看待这件事情呢？

"悬疑小说""推理小说"，脱口而出的是不是这样的答案？没错，小说开头就给读者营造了悬疑的氛围，我也是怀着忐忑的心情，被自己所臆想的恐怖真相吸引着看完的。结果，虽然不是悬疑故事，却让我们对"生"和"活"进行了深入思考。

小说讲述了在20世纪70年代末至80年代初出生的阿弹、树里、波留、贤人、纪子、纱有美和雄一郎七人成长蜕变的故事。他们都是父母通过非配偶间人工授精，即都是用父亲以外之人的精子诞生的孩子。故事从一次夏令营的回忆开始，这些孩子一到夏天就会去木屋露营。但突然有一天，露营被取消了。在接下来的二十多年里，每个人或多或少都在寻找答案。后来，孩子们重逢的过程也是了解父辈和自己身世的过程。

"等这孩子出生后，我们打算在充满自然气息的地方买房子，而不是在东京都内。让孩子在那里打滚，闻着泥土的气息玩耍……在院子里搭帐篷，捉虫子。"正因为有了阿弹父母早坂夫妇这一计划和夏天一起在那里度过的提议，才有了孩子们童年理想的乌托邦。这不仅为七个孩子提供了相识的场所和契机，使同龄的孩子们很快成了好朋友，而且也为以非正常方式受孕且内心忐忑不安的初为人父人母的大人们提供了交流的平台。早坂夫妇真心希望能创造一个让相同境遇的人可以随时倾诉烦恼，互相扶持的社区。他们觉得以后一旦发生什么事情，只要有处境相似的家人在，大人和孩子们就会安心。

哲学家柏拉图最早提出了世界公认的三大人生哲学问题：我是谁？我从哪里来？要到哪里去？其实，角田光代的这部作品就很好地回答了这些哲学问题，即七个孩子是"如何出生，如何被养育，如何成长"的这些问题。

这七个孩子都是通过非配偶间人工授精的方式出生的。毋庸置疑，他们是超出常人的爱和希望的结晶，也可以说跟正常出生的孩子相比，他们的父母给予了他们更多的爱。早坂家是七对夫妇中最早接受治疗的家庭，在接受治疗前，小碧和真美雄就商量好了，并自始至终坚定自己的选择和信念。即便他们经历了三四次失败，也毫不气馁，继续挑战。小碧说："我们并不关心捐精者是谁，从我们那么希望有个孩子时开始，这个孩子就已经是我们的孩子了。所以我们不打算把这件事告诉即将出生的孩子。不是要隐瞒，而是因为从一开始他就是我们的孩子。"

在治疗前，树里的母亲凉子与丈夫用尽了所有的时间和言语商量，捐精者也是他俩一起选择的。他们想把自己没有的优点给予孩子，因此尽量选择比自己成绩好、健康、漂亮、运动能力强、艺术才能出众的供体。总之，对于即将到来的孩子，他们想给予孩子所有最好的东西。因此，夫妇俩选择了看似完美的捐精者。

波留的父亲因受外伤而客死他乡。母亲香苗断然拒绝了双方父母的劝说，没有和任何人商量，就去了轻井泽的诊所。她决定通过生孩子不再爱丈夫以外的男人，以单身母亲的身份生活下去。跟其他父母不同的是，为了让波留认同自己的身份，让她不因为出身而胡思乱想，不怀疑自己的存在，香苗从小就积极引导波留，花了很长时间与她对话。波留是在十二岁时听母亲说自己是人工授精，而且是通过精子库的精子受精出生的，之后她花了五年的时间，才学会了表述和理解。从第一次提起这件事的时候开始，香苗就反复对波留说："你是我和爸爸的孩子。我想要爱爸爸一辈子，所以才让你来到妈妈身边的。因此，你是爸爸在这个世界上最有力的证据。因为你既坚强又温柔，这一点和爸爸一模一样。"因为从小母亲就这样反复告诉波留，所以波留根本没想过自己的父亲会是在某个地方生活着的某个不认识的人。而且，母亲对生物学上的父亲也做了详细说明。对波留来说，与在某个地方生活着的某个不认识的男人相比，被反复提及的"爸爸"当然更亲近。所以，当她成年后知道这些时，心灵既没有受到伤害，也没有受到打击，更没有感到迷茫或者动摇。

恰如早坂夫妻所说的那样，并不是所有人都是经过深思熟虑、充分沟通后才把孩子生下来的。有的人就是很简单地想要个孩子，也有的夫妻之间并不怎么交流。不是每一对夫妻都是在真正想清楚后才做的决定，这恰恰是最现实的状况。雄一郎的母亲俊惠虽然没有和丈夫多次沟通过自己的想法，但双方都希望能这样生下孩子，所以直到俊惠临盆前，两人都没有任何疑问和不安。在眼看着就要生产时，俊惠才意识到自己那有别于"极为普通"的怀孕经历，突然害怕起来了。

"我不能再做'如果不生'的假设了，你也一定是这样。没有任何令人不安的事情。"从凉子开导俊惠的话语中可以看出，雄一郎的父母对很多事情都没有想清楚。当雄一郎的父亲在夏令营听说去那里的父亲都是不能生育的男人后，跟俊惠吵架并提出不再去时，俊惠才意识到问题的严重性。一是事到如今，丈夫似乎还认为自己"不是父亲";二是她意识到自己没有告诉丈夫去夏令营实情的严重性,自己没有像凉子和小碧那样,一口咬定"只有丈夫才是孩子的父亲"。

纱有美说:"我妈妈好像太轻率,就说想要个孩子。虽然有男朋友,但又不想和那个人结婚……妈妈说反正要生孩子,就想找个更优秀的人的基因。像国公立大学毕业,大企业白领、医生、学者什么的,或是通过体育保送进大学的现役职业运动员。她说如果不是这些人的孩子,就不想要了,因此,就去卖那种东西的地方买了。"

贤人的母亲是人气模特,以结婚为契机辞去了工作。虽然很可惜,但她想组建家庭,觉得自己马上就能生孩子。但当她得知丈夫不育时,两人商量后,决定接受非配偶间的人工授精。贤人的母亲一直认为,这样做是双方都接受的,可随着孩子不断成长,她意识到想生、想要孩子的只有自己,是她一直在追求某种能代替模特这一工作的东西。

父母对这件事的态度,直接影响了他们后来对待孩子和孩子对生物学上的父亲的认同态度。妈妈们的表现跟爸爸们的完全不同，用凉子的话说就是"无所畏惧"。尽管她们有的不被父母理解，甚至因此差点儿和父母断绝子女关系，但都没有影响和削弱她们无所畏惧的心情。

与生了孩子后无所畏惧的母亲们相比，父亲们的心理建设却没有那么强大。虽然当时无论如何都想要孩子，但是，当使用了别人的精子而有了自己的孩子，并在养育孩子的过程中看到孩子遗传了别人的优秀基因时，有的丈夫的心理开始变得复杂，对父亲这一身份的认同困难，导致大多数家庭连婚姻都破裂了。孩子们知道了自己出生的真相后，心理也很复杂。

树里的父亲在发现去夏令营的父亲全都是没有生育能力的男人后，没能经受住每年一次的考验，中途便放弃参加，甚至还离家出走了。离家出走的直接原因是树里参加了画画比赛，成了年龄最小的银奖得主。他在高兴的同时，也下意识地想到这种才能是捐精者遗传的，这让他感到不寒而栗。他说："从那以后，我便开始嫉妒，嫉妒那个比我优秀的人。明明是我自己那样决定的，却因为自己的选择而备受折磨。"

虽然生贤人是夫妻双方都接受的，但随着孩子的成长，夫妻关系开始变得不融洽。父亲的想法也与母亲的出现了分歧。贤人的父亲在分手时对贤人的母亲说："其实你不结婚也会过得很好，或者说能有个和自己长得很像的漂亮孩子也就心满意足了。你断送了别人的梦想，得到了自己想要的东西，你已经不需要我了吧。"透过这一段话，自卑、懦弱的男人形象跃然纸上。贤人也认为他是个懦弱的男人。小时候视若父亲的男人，在离开时还对不认为是自己孩子的"儿子"狠狠大骂一顿，这刺激了贤人，让他很自卑。

雄一郎和父亲两个人共进晚餐时，父亲突然问他擅长什么科目，当知道他喜欢美工和算术时，父亲说："我啊，最讨厌美工和算术了，我们一点儿都不像。"雄一郎注意到，虽然父亲还面带笑容，但却让人很不愉快，让人捉摸不透。而且，从他父母的吵架中，也能窥见这个男人对这个问题还是很敏感的。不难看出树里的父亲、贤人的父亲和雄一郎的父亲还是很在乎自己不是孩子生物学上的父亲这件事的，并显示出了极度的自卑。

受原生家庭影响最严重的应该是雄一郎了。父母因关系不和，吵架便成了家常便饭，再加上后来母亲经常加班到很晚，他连一顿像样的晚餐都吃不上。父亲的家庭暴力最终逼走了母亲。他能理解母亲，甚至想：如果自己有生活能力，也会逃走。但雄一郎认为这些并不是人生的分歧点，促使他自暴自弃走上人生岔路的是初中毕业那天，父亲告诉他"那里的孩子，都是被父母遗弃在福利院的，所有的大人都是没有孩子的养父母"。当然，母亲原本就不应该把他丢给那个与他没有血缘关系、没有父亲觉悟的"父亲"。如果母亲能再和父亲好好商量商量，如果母亲没有逃避和父亲无休止的争吵，如果父亲有做父亲的觉悟，也许很多事情都可以避免。雄一郎信以为真，从那天开始，他觉得一切都很愚蠢、毫无意义。自己想做点什么，想成为什么样的人，等等，这些希望从那天开始莫名地消失了。一个人独立生活后,他之所以要单纯收留离家出走的女孩子过夜,就是因为他认为自己是被遗弃的孩子,不知道家庭的温暖,而回家后能从楼下仰望自家窗口的橙色灯光,给他带来了安全感。

随着年龄的增长,纱有美觉得母亲渐渐对自己漠不关心了,甚至有时还明显表现出疏远自己的态度。母亲也总是把"因为有你"挂在嘴上。因为有你,我才不再婚;因为有你,我才这么拼命工作。在纱有美看来,"因为有你"听起来更像是"如果没有你"。如果没有你,我可以再婚;如果没有你,我就不用这么辛苦工作了。纱有美知道,那是只会说谎的母亲没有说出口的真话。虽然不知道发生了什么事,但一定是母亲拜托人家,才把孩子生下来的,但生下来后却没了兴趣。她认为是母亲把她的人生搞得一团糟的。"我一直觉得自己很不幸。从未有过可以称为朋友的人,也不认识自己的父亲,母亲说起自己的事情时总是心不在焉。我也从未想过要成为什么样的人……"她从未觉得自己生下来是幸福的。

波留迫切地想要知道自己的家族病史，决定寻找生物学上的父亲。可也有人并非如此。他们知道了自己的身世后，表现也各不相同。

阿弹说："我也是在进入社会后才听说的。不过，他们好像没打算告诉我，是我自己调查了一番，然后才逼着父母说出了真相。"向父母询问真相时，冷静而聪明的母亲没有慌张或动摇，在和父亲商量后，告诉了自己整个过程是怎么回事。阿弹认为母亲的语气中没有一丝犹豫和困惑，充满了自信，或许正因为如此，自己才没有动摇吧。"我倒不觉得他们在骗人，但突然得知自己的父亲是完全不认识的男人后，确实很为难。我也曾想过自己到底是什么，但中途厌倦了，厌倦了思考。不管怎么样，自己已经在这里了，明天肯定会到来……曾想过自己会不会是被收养的孩子，这样怀疑的时候，其实更痛苦。"受父母的影响，阿弹对这件事一直很淡定。以至于成年后第一次见面的贤人都产生了疑问。阿弹的这种不做作、坦率、表里如一的处事方法，以及因此而打动人心的本事，是在成长过程中养成的呢，还是与生俱来的素质呢？贤人觉得不可思议，阿弹这种无忧无虑是怎么做到的？虽然不能说是因为父母的坦白，但也不能说完全没有关系。自己和阿弹的差别到底在哪里？

树里分别去见了父亲和母亲。父亲说："我们真的花了很长时间讨论……但是，只有一件事没有谈到，那就是孩子出生了该怎么办……家庭也好，父亲也好，都不是自然而然形成的，也无法自然而然地形成，而是要决定'做'才能形成，而我还没决定。给你取名字的时候，我还误以为自己是你的父亲呢。"见到父亲后，说实话，树里对父亲感到很失望。他知道父亲没有说谎，并尽他最大的诚意来面对她了。但她曾经称为爸爸的人不是父亲，是"放弃"了当父亲的人。母亲说："即使生下来的不是你，我也不会后悔，后悔的只有一件事……我和你爸爸在诊所里看到各种各样的信息时，就想选名校毕业……我深信这是对即将出生的孩子所能做的最好的事。可是，我们太天真了。能给即将出生的孩子幸福保证的，并不是这样的'条件'。因为年轻，我们没有意识到，没想到这件事后来会把我们逼上绝路……重要的不是那个，而是只有在孩子出生之后才能给予她的。因为那个孩子从一出生就和我们生活在不同的世界里，你不知道在她的世界里什么是幸福的吧。"对母亲的失望是即使托付给不认识的第三者，也想要孩子；即使与亲生父母断绝关系，也不改变决心；明知会伤害丈夫，却优先考虑"为了孩子"。她觉得母亲是一个陌生的女人，她觉得自己做不到。因此，树里经常自问：来到这个世界真好吗？如果没有我，爸爸妈妈还会渐行渐远，甚至离婚吗？因为无法找到自己生物学上的意义，所以连自己的存在是否有意义也会怀疑。

露营中止的那年的十一月，贤人的父母离婚了。第二年，"准爸爸"就搬到了公寓，而且当时母亲已经怀上了妹妹。母亲再婚时，贤人拒绝改姓，看似可以解释为是出于对父亲的爱和对母亲擅自离婚的愤怒。其实，拒不改姓的原因是贤人害怕改姓后就永远不能再见面了，就像跟参加露营的孩子们那样。他觉得自己在那个家里是外人，就像混进别人家，感觉自己像个透明人一样。从初二开始，他就没断过女朋友，十八岁之前一直在给别人添麻烦。让两个女孩子怀孕，还去看了心理医生。接受心理治疗时，贤人从母亲那里知道了真相，他终于明白了自己为什么有时会有被空白吞噬的感觉。如果早一点儿告诉自己的话，也许会更好地处理自己的存在方式，不，应该说对待吞噬自己的空白的方式。他虽然知道"如果"没有任何意义，但还是会这么想。"像这样知道真相后痛苦不堪的人也有很多，但是为什么我从母亲那里听到真相后却感觉一下子轻松了，有一种恍然大悟的感觉呢？大脑空无一片的感觉，不负责任的言行，每天事不关己的态度……但是，现在只是找到了过往这些表现的根源。我还是不认识自己的父亲，也许一辈子都不知道，在这一点上我和一般人不同，所以我才觉得自己成了这样也是毫无办法的事，在一味地逃避。"贤人说自己从小就给人一种"轻浮"的感觉。在听了母亲的倾诉后，他的"轻浮"行为终于停止了，也不再随便和女孩子扯上关系了。所以，当纪子告诉他她一个人带孩子回了娘家时，他也没能及时给予回应和关心。他现在和恋人过着"非常普通"的生活，但心里总有些愧疚：像我这样的家伙，难道要装模作样地活在世上吗？

了解真相，对孩子们来说，只是迈出的第一步。摆脱负疚感，确认自己不是一个人，觉得来到这个世界真好是更重要的课题。

纪子从小就害怕很多事情。她不想离开家，也不需要朋友，在幼儿园时紧张得连哭都不敢，一天就那样等着父母来接自己。那是一个黑暗狭窄的地方。纪子觉得是从三岁的某一天，以及后来的几个夏天，是贤人伸出手把自己从那里带了出来，到了那个有阳光、鲜花、笑声、香味和朋友的广阔天地。从她们认识开始，纪子就经常在心里和贤人说话，每天像写日记一样给贤人写信。纪子说虽然有父母，也有朋友，过着平凡而幸福的日子，但总觉得害怕，总是畏首畏尾。面对丈夫的冷暴力，她心里很失落，失去了思索能力，把自己封闭起来了。直到再次见到贤人，见到一起去露营的孩子们，她才觉得自己不是一个人，这种感觉就连怀孕时都未曾有过。于是她决然带着孩子离开了自私自负的丈夫，虽然一无所有，但她打算重新找工作，获得孩子的抚养权。她知道所有的事情都必须自己想办法解决，因为自己不是一个人。

波留见到了曾经的捐精者，了解到他当年这么做的目的只不过是为了报复社会。那个混蛋想在全世界散播自己的精子，想让自己的子孙遍布全国，甚至海外。知道后，她深受打击，因此决定放弃寻找。

面对非常想了解亲生父亲的真相的纱有美和雄一郎，波留理解他们迫切的心情。自己也一样，生病是最重要的原因，但也不仅如此，她是想以更加不同的理由去了解生物学意义上的父亲这个人。波留拼命思考如何保护他俩不受伤害，甚至都没有注意到手里的香烟烧尽烫到指头。于是她杜撰了下面的话说给他俩听。

"他一直祈祷能生个好孩子，祈祷那个孩子能过上幸福的生活……对他来说，捐献精子就像向灾区捐款一样，有人遇到困难，恰好自己能提供，那就不能坐视不管了，只能尽自己所能吧。当时他就是这种心情。""那个人觉得我几乎不可能是他的孩子。虽然不是，但他还是很高兴，很高兴见到我。说我身体健康，已经长成这么优秀的大人，能接受自己的出身，不管什么理由，能来见他，他真的很高兴。因为没有一起生活过，所以我们并不是一家人，他也不是我的父亲，但是，他会一直在远方祈祷我们幸福，今后也一样。"

为了让大家实现身份认同，光太郎也用尽了所有的手段四处奔走，想要把下面的话语传达给只是擦肩相识的孩子们。

"提供精子不等于做父亲……很难想象没见过的人的面孔和生活。突然出现的话，一定会吓一跳。不是想见还是不想见的问题，不是如何出生的问题，而是如何活着的问题。说到底，不就是这个问题吗？如果你不知道自己是怎么活到现在的，怎么生活的，那不就失去了自我吗？"

树里说："你不觉得开始一件事很了不起吗？当开始做某件事的时候，就觉得创造了一个前所未有的世界，是件非常了不起的事情。因为，如果我们的父母不想要孩子，不决定要孩子的话，我们就不会出现在这里了。如果阿弹你父母不想聚集在这里的话，我们根本就不会认识。所有的一切，都是有人在想了什么，做了什么决定后，接着实施，然后才开始改变的。总觉得非常了不起啊。"

这也和光太郎的比喻如出一辙。他说："萝卜泥和烤鸡肉串一起吃，还是单独当小菜吃，两者有着微妙的不同，但都没错。也就是说，这个萝卜泥有两种命运。如果没有你，萝卜泥就没有另一种命运。你看到的，接触到的，品尝到的，都和别人不一样。"

开始做某件事后，带来的不是结果，而是世界。如果没有你，就没有你看到的世界。比起如何出生，更重要的是如何生活，如何活着，珍惜眼前所有，走属于自己的人生。

就像波留在致辞中说的那样："我们今天之所以能够毫无畏惧地走出家门，并不是因为我们确信不会迷路，也不是因为我们确信不会发生令人困扰的事情，而是因为我们相信一定会遇到美好的人和事，在遇到困难时一定会有人帮助。只有这样想，今天和明天才能走下去，夸张地说，才能活下去……如果一直待在那里，就会一直惧怕明天，惧怕世界。就不会有机会去见那些让你不再害怕的美好事物了。"

在大家的共同努力下，七个孩子都实现了身份认同，也发生了很大改变。雄一郎搬出了自己的公寓，开始了新生活。纱有美第一次觉得活在这个世界真好。纪子努力找工作，争取孩子的抚养权。树里打算再次尝试不孕治疗。他们对"生"和"活"都有了深刻的认识。今后大家也会一直平等地拥有这片花园，作为随时可以回去的秘密场所。

这是一部老少皆宜的佳作，译文初稿完成时正值暑假，身为老师的我们的亲戚朋友和孩子们有幸成为第一批读者，大家感触不尽相同，可谓受益良多。少年们对夏日乐园产生了共鸣，顺便说一下，小学刚刚毕业的小外甥黄彦皓一口气读了两三遍，并提出了很多很好的修改意见，在此深表感谢。青年人为孩子们的努力重逢而感动，中年人开始反思自己的教育行为和理念，老年人因光太郎、结城等人为了孩子们的成长而默默付出感到欣慰。

角田光代真实地写出了非配偶间人工授精面临的复杂问题，同时将七个孩子的温柔、友情、困惑等感受融入日常生活，化为这部杰出的作品。这是一部告诉我们"生"和"活"这一深刻哲学道理的文学作品，也是一部反映家庭教育的良作，更是一部关于家庭教育和自我成长完美结合的力作，值得推荐给面对出生、成长和育儿困惑的广大读者，相信大家一定会产生共鸣，收益颇多。

孙淑华　郑爱军

2023 年 10 月

目 录

译序

守护秘密花园

1

序章

1

第一章

5

第二章

95

第三章

187

第四章

299

尾声

391

序

章

纱有美无数次回想起五到十岁时的夏天，即使现在，她也会经常想起来。不过，五到十岁的记忆，如果她没记错的话，也不过如此。但是，她总觉得那段记忆和自己的其他经历不能很好地衔接在一起。

那是哪里呢？那些孩子都是谁呀？我为什么要去那里参加活动呢？被茂密的高树环绕的道路，修剪整齐的草坪和院子，有很多房间的木屋，年龄相近的小朋友们。

母亲应该是知道的，但她从来没有正面回答过。上高中后，纱有美第一次问母亲那是哪里，母亲回答说："我们没去过那种地方。"她还说："每年都带你去旅游，但从来没有带你去过同一个地方。"长大一些后，她有时还嘲笑说："你是不是得了妄想症？真擅长瞎说啊！"是否有留下的照片呢？她到处寻找，但一张都没有发现。

低矮的群山绵延不断，仿佛要将放眼望去的整个世界围起来一样。从木屋走出不远，就有沼泽、森林和很大的寺庙。奇怪的是哪儿都没有人，有点冷清。夏日的阳光把草坪照得熠熠生辉，躺在上面，后背被刺得又痛又痒。木屋里有阁楼，也有天窗。运气好的话，住在那里可以看着星星睡觉。食堂里有一张大白木桌子，吃饭时很多人一起说"开饭了"。中午吃咖喱时，上午就知道了，因为木屋和院子里飘满了迷人的香味。

最近，纱有美开始思考，自己也许真是在妄想或空想。是不是因为自己对细节反复描绘，完全记住了呢？就像真事儿一样。不过，从那以后一直到现在，那样的情景一个都没出现过。纱有美觉得那里的阳光、白云、清澈的河水、葱绿的树木、高远的天空，以及大家齐声说"开饭啦"的场景和披着毛毯聊天的朋友，一个都没有出现在那以后的人生中。

为了清晰地回忆起夏天那些令人开心的日子，纱有美把记忆片段都写在了日记本上。上高中时，母亲断定她们没去过那种地方。把世界围起来的低矮群山，从木屋到大寺院的道路，叫朱莉的年长女孩，宽敞的餐厅和细长的白木桌，自己有点儿崇拜的叫阿雄的男孩儿，记得他好像叫雄一郎，另有一位像模特或演员的美艳母亲，但她不记得那是谁的妈妈了。还有一直黏在一起的男孩儿和女孩儿，他们是双胞胎吗？女孩儿叫小纪，男孩儿叫小贤。每年最后一天的晚上都会举办篝火晚会，那位擅长点火的男子是谁的爸爸来着？

这样记录下来后，那些日子确实存在于记忆里的心情就会淡薄，纱有美有时会觉得那真的好像只是空想。即便如此，她也没有放弃。当笔记的三分之一被幻想般的记忆填满时，她觉得这是逃避，说明自己还有可以逃避的地方，即使那是虚假的记忆。

尽管现在已经二十九岁了，纱有美还是会时常想起那时的事情。有时也会像读小说一样仔细阅读高中时写下的日记。她觉得自己还无所谓。"我还无所谓，我还很好。"

第一章

1

一九八五年

纪子第一次参加夏令营是在三岁那年的夏天。这几乎是她最早的记忆。她觉得这好像不是第一次和爸爸妈妈一起去什么地方住,但她记得的第一次,是被爸爸妈妈称为"夏令营"的这次。

爸爸拉着的旅行箱里,有一套纪子喜欢的东西。它们是兔子露露、熊拉拉及画着卡通人物的手包,包里装着手帕和唇膏。

"我们要去哪里?"坐在汽车后座的纪子问。

"夏令营啊!"坐在旁边的妈妈答道。

"夏令营是什么?"

"在院子里烤肉和蔬菜,大家一起唱歌,玩游戏。小纪你会交到很多朋友的。"

"我不需要。"纪子嘴里嘟囔道。跟朋友相比,她只想和爸爸妈妈待在一起。准确地说,只想和妈妈待在一起。

"什么需要不需要的,朋友嘛,越多越好。"爸爸边开车边说。

纪子被妈妈摇醒时,她知道目的地到了。下车后环顾了一下四周,她发现这是一个完全陌生的地方,和自己生活的地方完全不同。她突然害怕起来。没有自己的家,也没有经过家门口的细长小路,更没有便利店、肉店或书店。取而代之的是一座绘本上看到过的大房子。在碧绿的草坪上,有一座像是用木头组装而成的茶色房子。院子里有几个小孩儿在玩。"我想回去。"纪子小声对妈妈说。不知妈妈是没听见,还是假装没听见。妈妈对爸爸说:"真是个不错的地方啊!"爸爸一边从车的后备厢里拿拉杆箱和母亲的提包,一边说"太棒啦！"，随即还吹起了口哨。

那天，纪子被迫见了很多陌生人，还必须要告诉他们自己的名字和年龄。当被问到名字时，她毫不扭捏，清晰地说"香田纪子"。当被问到年龄时，根本不用掰着手指头就能直接回答"三岁"。这些都是妈妈长时间反复训练的结果。所以，纪子能很准确地说出自己的名字和年龄。但最后她有点儿厌烦了，对方的名字一个都没记住。

当院子里的绿色开始被夕阳渲染成橙色时，大人们便挤在厨房里开始做饭。从那里传来了吵闹的音乐和不绝于耳的笑声，还飘来了好闻的香味。孩子们各玩各的。楼上传来孩子们跑来跑去的脚步声，也有的孩子在橙色的院子里玩耍，还有一个小孩儿独自在食堂的桌子上画画。纪子不愿跟任何一个孩子打招呼，为了让妈妈陪自己，她走进厨房，抱着妈妈的大腿，最后被抱了起来。刚松了口气，妈妈就把纪子带到食堂，让她坐在正在画画的小孩儿的旁边。

"是小贤吧？能和你一起玩吗？"妈妈问。男孩儿头也没抬,盯着画纸点了点头。妈妈让纪子坐在男孩儿旁边后,又回到了厨房。

男孩儿瞥了纪子一眼,指着自己画的画告诉她:"这是宇宙飞船,这是在宇宙中发现的花,这是写着秘密的石头。你画吗?"他说着把一张画纸放在纪子面前。于是纪子就开始用小男孩儿的蜡笔画画。虽然一点儿也不开心,但却不知道除此之外还能干什么。她画了一个女孩儿,并且边画边不时地窥视厨房。她看到站在岛台对面干活儿的女人们,妈妈也在其中。妈妈露出自己完全陌生的表情,笑得前仰后合。她拍了拍站在旁边的女人的后背,擦了擦眼角,吃了一个圣女果后,又笑了起来。纪子突然害怕起来,但她并没有哭。

"这小孩儿叫什么名字?"坐在旁边的男孩儿探头问纪子。

从来没想过这个问题的纪子拼命思考后说:"叫鲁比。"

"鲁比。"男孩重复了一遍,又开始画自己的画。

他画了一辆长着翅膀的汽车后说："这是未来的汽车。"

"我想回去。"纪子盯着那辆汽车，小声嘟囔着。男孩儿看着纪子，也露出一副快要哭出来的表情，像是在劝导自己似的说："我没事。"

橙色的夕阳将房间分割成细长条。从厨房里不断传来妈妈她们的笑声，喧嚣的音乐早已停止。爸爸去哪儿了呢？纪子抬起头开始寻找，但没有找到。其他几个人的爸爸也不见了。纪子一直盯着身旁小男孩儿认真的侧脸，他正在把汽车涂成银色。

"我没事。"纪子希望他再这么说一次。

2

一九八六年

一到夏天就去别墅。第一次是什么时候去的，当时是怎么想的，已经不记得了。八岁那年的夏天，对树里来说，去别墅是理所当然的事情。当对暑假生活开始感到厌烦的时候，她把行李塞进旅行箱，和妈妈一起确认家里各处都上了锁后,便离开家坐上了电车。

开始时,爸爸也是一起去的。但不知从何时起,爸爸就不再去别墅了,而是独自留下来看家,于是去别墅就变成她和妈妈两个人的事了。

每次在别墅见面,纱有美都会说"最喜欢这里""想一直住在这里"。纱有美比树里小两岁,今年应该上小学了。树里知道她在保育园里好像没有朋友,是纱有美的妈妈跟其他妈妈说的时候她听到的。所以纱有美才喜欢这里吧,因为这里有朋友,即使比别人反应迟缓,比别人愚钝,也不会被欺负。

树里认为自己和纱有美不一样。自己在学校里有很多朋友,从来没有不想去上学,甚至暑假一开始就会觉得没意思,但她还是喜欢在别墅里度过的这些日子。不过,树里觉得自己的"喜欢"和纱有美的"喜欢"是不一样的。

树里认为,每年夏天都会在这里度过几天的那栋木头墙壁、木头地板的大木头房子就是自家的别墅。因为去那里好像是一种惯例,而且妈妈也总是说去别墅就像回自己家。在她们到达之前，阿弹和他的爸爸妈妈一定会在。还有前后脚赶到的纪子和贤人以及他们的爸爸妈妈，她认为这些人都是自己的亲戚。对树里来说，大人和小孩儿都能聚在一起的时间只有夏天的那几天。

树里和纱有美一起走向寺庙。碎石子路两侧都是茂盛的白桦树，沿着这条小路一直走下去，就会看到一个很大的三岔路口。往右走，有一座很大的寺庙。虽然大家都叫它"寺庙"，但宽敞的院子里也有公园、鸟舍和广场。沿着院内平缓的坡道一直往上走，在最顶端有一座白色的寺庙。树里觉得虽然怎么看都不像寺庙，但它确实是寺庙。阳光被树木遮挡，小路有些昏暗。阳光从树叶的缝隙间照射进来，形成蕾丝般的花纹，非常安静凉爽。

"我想住在这里。"纱有美每年都会这么说。

"朱莉你也这么想吧？"

"不过，住在这里就不能上学了。"

朱莉是树里只在这里才用的小名，她自己并不喜欢。因为妈妈这样叫,所以大家也都这么称呼了。

"朱莉,你喜欢学校吗?"纱有美模仿大人的口气问。

"因为我有朋友,不去的话就见不到麦基和琳琳了。"树里说完后,意识到自己说了不该说的话,因为她觉得纱有美在小学肯定没有朋友,"须贺原,还好吧?"树里换了个话题。须贺原是饲养在寺庙鸟舍里的一只孔雀,偶尔会飞出栅栏到外面散步。其实"须贺原"是树里两年前随便给它取的名字。

"今年一个新朋友都没来啊!"纱有美说。

"也许今天或者明天会来吧。小纪去年非常安静,总是哭鼻子。不过,今年看起来很开心。"

"她总是和小贤在一起。"

"他们是好朋友吧。"

的确,去年新来的纪子,今年一直跟贤人在一起。树里他们跟她打招呼,她也会回应,不像去年那样总是哭鼻子磨人了。稍一留意就会发现她和贤人两个人或在房间的角落,或在楼梯的拐角处玩。也不知道有什么好玩的，连玩具都不带，窃窃耳语，咻咻偷笑。

"她只和小贤说话，总觉得两个人在偷偷地笑。"纱有美说。

树里从她的语气中察觉出"不对"的感觉，慌忙否定道："没有的事。小纪也会和我们说话，昨天还一起打牌了。"

"哎？打牌？什么时候？"

"吃完饭后，你睡着了。"

"哎？吃完饭后？我可是一点儿都不知道啊！"

"因为你睡觉了，所以不知道啊。"树里觉得麻烦，跑了起来。已经看到三岔路口了。白桦林前面的道路被阳光一照，白花花一片。

"等等我！等等我！"纱有美边说边追了上来。

妈妈再三叮嘱树里，绝不能说别人的坏话。开始的时候，树里并不知道"坏话"指的是什么，不过最近明白了，就像现在的纱有美。今年树里逐渐意识到，纱有美身上有妈妈所说的那种"恶"的感觉。就算是刚才说的打牌，睡觉的明明是她自己，大家并没有故意刁难排挤她，而她却用这样的口吻质问。所以，树里心想：她肯定没有朋友。这样的纱有美有点儿麻烦，也有点儿可怜。虽然不知道为什么，但总觉得有点儿可怕。

"等等我，等等我。"背后传来追赶的声音，因为纱有美快哭了，所以树里在三岔路口停下脚步，等着她追上来。

每年出发去别墅前，妈妈都会对树里说："到了那里，你就是最大的姐姐，所以你必须照顾大家，必须对大家好。"树里伸手轻轻握住刚追上来的纱有美的手，拉着比自己还小的手继续往前走。

那天晚饭后，举办了"演艺大会"。"演艺大会"是每年都有的固定节目，可以个人参加，也可以双人或组合参加，在客厅废弃的壁炉前的舞台上表演节目。大家在沙发、地板及从食堂搬来的椅子上随意就座，大人们喝着酒，孩子们只有在这天晚上才可以尽情地享用零食。树里和妈妈一组，用歌舞的形式表演了去年也表演过的《不要脱水手服》，赢得了众人的掌声。阿弹妈妈和阿弹爸爸唱了二重唱，纪子妈妈用钢琴伴奏。

阿弹和雄一郎今年合演了相声。虽然内容没什么意思，但扮演逗哏的雄一郎不停地抖平时酷帅的阿弹的包袱，让人忍俊不禁。树里笑得前仰后合。不擅长唱歌和跳舞，去年中途哭鼻子的纱有美，今年表演了魔术——从报纸里变出鲜花和猜扑克牌的魔术。纪子爸爸边弹吉他边唱歌，贤人妈妈则把裙子卷到大腿上，挥舞着用纸箱做成的伞，边唱边跳。去年只在一旁观看的纪子今年则和贤人一起放声高歌了《波丽安娜》的片尾曲。

"哎，妈妈，我们明年也演一个新节目吧。"坐在地板上吃着薯片的树里跟妈妈耳语道。妈妈的嘴里散发出烟味和酒味。

"是啊，水手服已经过时了，我们必须好好练习了。"

"朱莉，我教你《粉红女郎》，我们一起表演吧。"

"那是什么？我不知道啊！"

妈妈咯咯地笑着亲吻了树里的脸颊，树里痒得笑了。妈妈笑着抱紧了也在大笑的她。

树里有时会想，如果妈妈在这里总是这样开怀大笑，她也许确实想长期住在这里。

"喂，凉子，和我一起跳《粉红女郎》吧？"红鼻头的阿弹爸爸说。

"来吧，来吧！"树里的妈妈说着站了起来。

穿着阿弹妈妈的迷你裙的阿弹爸爸和树里妈妈在壁炉前表演树里不知道的歌伴舞。大人孩子看后都笑得前仰后合。站在一旁的贤人妈妈边擦眼泪边对树里说："今年的冠军应该是《粉红女郎》吧。"

树里的爸爸离家出走就是在这一年。从别墅回来后，明明是星期天却不见爸爸的身影。从那以后，他再也没有回过三个人一起生活过的家。

3

一九八七年

阿弹之所以喜欢夏天的别墅，是因为在那里可以不用扮演"早坂弹"。从别墅往山上走十五分钟左右，有一个叫"泽"的游乐场。平缓的河流像在岩壁间穿梭，水很清澈，呈拱形生长的树木下的水凉得惊人。没被树木遮挡的地方像玻璃碎片般闪闪发光，那里的水很温热。阿弹坐在一块岩石上，只把脚尖浸在温水里，呆呆地看着雄一郎和波留在玩水。雄一郎连泳衣都没穿，赤裸着身子潜入水中，溅起的水珠飞散开来。每次波留都会笑着发出尖叫声。

"喂，要不要去跳水？"被闪闪发光的水珠刺得睁不开眼的阿弹朝雄一郎大吼道。

"啊，不去，会被骂的。"雄一郎从水里探出上半身，大吼道。

"你不说就不会被发现。"

"跳什么水？"今年第一次来这里玩的波留问。

"走吧！"阿弹站了起来，从一块岩石跳到另一块岩石，在杂草丛生的河边光脚奔跑。脚底和小腿被野草刺得生痛。

再往前一走，就有一个三米高的瀑布，瀑布的下面形成了一个像天然泳池的瀑布潭。阿弹第一次学会从瀑布旁边往下跳是在两年前，当时他七岁。在此之前，他双腿发软，怎么都不敢跳。去年，模仿阿弹和雄一郎跳下去的贤人，在起跳之前脚底一滑，与其说是跳下去的，不如说是掉进了瀑布潭。瀑布潭很浅，阿弹他们站起来，头会从水里露出来，所以应该不会被淹死，但贤人掉下去后可能受到了惊吓，站不起来，哗啦哗啦地打水。阿弹把他从水里拉出来的时候，他喝了大量的水，吐了好几次。虽然他们发誓不告诉大人，但被自始至终旁观的纪子说了出去，阿弹和雄一郎被痛骂了一顿。此后，大人便禁止他们在瀑布潭玩耍了。

越接近瀑布，水声越响，空气也变得凉飕飕的。说"不去"的雄一郎最后还是和波留一起来了。阿弹指着杂乱的树枝后面的瀑布，告诉新来的波留："从那里跳下去！"

"哇，太棒了！想去跳。"波留说着，比阿弹先跑了起来。

他们抓着草丛和矮树，爬上陡坡，并排站在了起跳点上。

"从这里往下看还挺深的。"波留说。一脸得意的阿弹什么都没说就跳了下去。"嗨——"远处传来了波留不知是悲鸣还是欢呼的声音。阿弹蜷着身子跳进水里，因为树叶遮住了阳光，所以水很凉。跳入水中的阿弹在找到立脚点后站了起来，从水中探出了头，发出"哇啊啊"的号叫后，笑了起来。雄一郎也跟着跳了进去。溅起的巨大水花把阿弹从头浇了个遍，又引起了一阵大笑。

他俩招着手说："波留，快跳下来。"

波留却紧闭双唇盯着瀑布潭。阿弹心想：她可能做不到，毕竟还没有女孩儿跳下来过。说时迟那时快，波留就像有某种习性的动物一样高高跃起，直线落下，又溅起了漂亮的水花。阿弹和雄一郎超乎想象地大声笑了起来。波留从水中探出头，也仰头大笑起来。

"我想小便了。"雄一郎说。

"不脏吗？"波留说。

"尿吧，我也尿。"

"讨厌，那我也尿。"

从瀑布潭里露出脑袋的三个人表情怪怪的，沉默不语。如果不用力的话，即使想小便也很难排出来。"嗯！"一用力，腰部终于热乎起来。紧皱眉头的波留和雄一郎的表情突然松弛下来，阿弹心想：啊，排出来了。与此同时，像碳酸冒泡一样，笑意溢了出来。雄一郎和波留也笑了，笑声在郁郁葱葱的树林中回荡。

阿弹知道，无论是在小学，还是在补习班，都无法这样开怀大笑。更不用说有机会干大人不让做的事情。

阿弹从很小的时候就察觉到了周围的人是如何看待自己的，或者希望自己成为什么样的人。当然，他还无法清楚地意识到这一点，也无法用语言表达出来。阿弹一直在想，即使现在也在想，要按时做作业，不粗鲁，对朋友亲切，学习和运动都好，绝不骄傲自大，绝不嬉戏吵闹。结果，阿弹成了一个让人刮目相看的好孩子。在学校里，没有讨厌他的老师和同学，即使犯错，也不会被欺负或被愚弄。在补习班、体操艺术班、钢琴教室也是如此。父母为阿弹是这样的好孩子而由衷地感到高兴。阿弹也知道自己是他们的宝贝，因为父母每天都这么说。要说为什么是宝贝，阿弹的理解是因为自己和其他孩子不一样。

但有时,阿弹也会觉得自己好像变成了透明人。同学们绝对不会邀请他去参加那些愚蠢无聊的游戏。阿弹竟然不知道爆红一学期的"粑粑游戏"的详细规则。有人将黏土做成的"粑粑"偷偷藏在别人的储物柜、桌子或书包里,这个人一旦发现,就又会不动声色地将"粑粑"放到其他人的物品中。阿弹知道这个游戏的基本设定是一整天都没有发现自己携带"粑粑"的人,从那天开始会被大家喊一段时间"臭粑粑",但好像还有更详细的规则。阿弹完全领会不到这个游戏的有趣之处。但当他看到同学们连喊"臭粑粑"后哈哈大笑时,就觉得大家仿佛看不到自己。

但聚集在别墅里的孩子们谁都不区别对待他。即使告诉同学自己和雄一郎搭档组建相声组合,在瀑布潭里小便、大笑的事,他们也不会相信吧。

全身湿透的三个人并肩走在山路上。刚才赤裸身子的雄一郎现在只穿了内裤,衬衫和裤子都围在脖子上。没有擦干湿漉漉的身体而穿着衣服的阿弹,忍受着湿乎乎地贴在身上的衬衫带来的不快，往前走着。蝉鸣声就像厚厚的窗帘笼罩在周围。

"今天不是儿童晚餐吗？"雄一郎像突然想起什么似的说。

"什么叫儿童晚餐？"第一次参加的波留什么都不知道。

"就是我们小孩儿做饭。"

"哎？会做吗？"

"因为是烧烤和咖喱，所以很简单。已经开始准备了吧。如果迟到，朱莉又要生气了。"

"那就赛跑吧，预备，出发！"波留一边说着，一边一个人跑了出去。阿弹和雄一郎互相看了对方一眼后，也猛地奔跑起来。出乎意料的是，身材矮小的波留跑得飞快，怎么也追不上，水滴在短发上飞溅。阿弹目不转睛地盯着T恤和裙子都贴在身上的波留的背影，向前跑着。

阿弹并不讨厌在学校和家里度过的大把时间。虽然有时会觉得自己像个透明人，但并不觉得寂寞或痛苦，因为自己是宝贝。如果要问是继续做宝贝，还是加入粑粑游戏，那他肯定会选择继续做宝贝。

不过，阿弹边跑边想：如果没有夏天这几天，会很无聊吧。他觉得如果就像小时候那样，别墅里只有他们一家三口，其他家庭都不来，那么这个世界将失去一半色彩。

"那家伙，嘿嘿，明明是个女孩子。"跑在他身后的雄一郎说。

"说不定波留其实是个男孩子。"阿弹笑着说，"因为那家伙跳了下去。"

"可是她没有小鸡鸡啊。"雄一郎一本正经的声音听起来很好笑，阿弹笑了。一笑就上气不接下气，于是他便停在原地笑。实在忍不住了，就蹲在路边笑。

"没有啊！"他们边笑边喊。

4

一九八八年

如果没有夏令营，纱有美应该会认为世界本该就是那样的吧。也就是说，大家绝对不把自己当朋友。在自己面前，大门已关闭。在充满笑声的地方，自己绝对不会知道其中的原因。

从上保育园开始就没有好朋友。因为一开始就是这样，所以她并未觉得不可思议。

她第一次觉得奇怪是在上大班的时候，同班的一个女孩儿明显对她使坏。纱有美的保育园每个月都有一天需要自带便当，有一次，那个女孩儿说纱有美的便当又臭又脏。确实，其他孩子的便当颜色鲜艳、品种丰富，有卡通形象、星星和心形。而纱有美的便当整体呈茶色，覆盖着黑色的海苔。虽然不臭，但她自己也觉得好像确实很"脏"。到了下个月的便当日，那个女孩儿便招呼了好几个人，围在纱有美身边，等着她打开便当。纱有美这时才意识到，他们这是在捉弄自己。一打开便当，因为又"臭"又"脏"，果然被大家起哄捉弄了。

无论是在休息时，还是在等妈妈来接时，她总是被人评头论足，或是被人围住嘲笑。因为不知道怎么办才好，所以纱有美只能乖乖地接受。她既没有哭，也没有告诉妈妈。

上小学前，她有这样的期待——说不定还能交到朋友，也许不会遇到坏孩子。

但是，一切都没有改变。与纱有美同一保育园的孩子们几乎都进了同一所小学，贬低纱有美便当的女孩儿也在其中。在她的带动下，纱有美又处在了跟之前一样的尴尬境地。

升上三年级后，那个女孩儿开始故意欺负纱有美。室内穿的鞋子不见了，铅笔盒没了，教科书被乱涂乱画，被无视。老师似乎隐约察觉到了这一点，把纱有美叫了出来，对她说："你必须要努力加入大家的行列啊！"

被全班同学恶搞及老师说的话，纱有美都没有告诉妈妈。因为她觉得妈妈绝对不会喜欢在学校遭受如此折磨的女儿。

所以，每次跟妈妈说话，纱有美都要编造一个虚构的世界，她想象出了几个朋友的名字、绰号、长相、父母的职业，还有偶尔邀请自己去玩的小朋友的详细住址。妈妈一回来，纱有美就缠着在厨房干活儿的妈妈，忘我地给她讲述虚构世界里的故事。"炎华"的妈妈是设计师，总是穿着时髦的洋服；"达达"是去年从大阪搬来的，擅长说相声。为了不弄错，纱有美小心翼翼地说着每一个细节。但妈妈好像根本记不住谁是谁，更没有注意细节，所以即使弄错了也不会被发现、指出。纱有美所说的"朋友"都只有妈妈，这是对经营单亲家庭的妈妈的一种成熟的关怀，但就这一点，妈妈似乎也没觉得奇怪。

如果不去夏令营，纱有美应该会接受这一切吧，因为她只知道这些。就像接受了在保育园被刁难一样，在学校里没人跟自己说话，没有站在自己这边的老师，以及对自己可能没有多大兴趣的妈妈，这些应该都能接受。在等待妈妈回家的同时，在逐渐变暗的和室房间里，编造出一个个虚构的世界，这应该就足够了。

纱有美第一次参加夏令营是在五岁的暑假。有一天，母亲突然宣布："我们要去夏令营啦。"因为纱有美并不清楚夏令营是怎么回事,所以坐火车时感到很不安,甚至还莫名其妙地想自己也许会被抛弃吧。

她被带到一所很大的房子里,就像绘本里出现的木头房子——熊家族一家正在炖菜的家。那里有年龄相差无几的孩子和他们的爸爸妈妈。就像在保育园时一样,她完全没有期待他们会和自己和睦相处。但从来的第一天开始,就有很多孩子跟她打招呼,还邀请她一起打牌并参加不知是谁想出来的奇怪游戏。在这里,无论说什么都不会被嘲笑,落后了也不会被无视。

纱有美第一次知道了还存在一个谁都不会疏远自己,不会嘲笑自己,不会无视自己,不会故意刁难自己的世界,她还懂得了以前的世界只会让人痛苦。

她还知道了另一件事,就是妈妈的另一种姿态。住在木屋期间,妈妈露出了平时看不到的笑容,她毫无顾忌地拥抱自己,抚摸自己的脸颊,亲吻自己。这些都是妈妈平时很少做的。而且,妈妈还饶有兴趣地听她说话,甚至提出问题,时而欢笑,时而双眉紧锁。纱有美最高兴的是得到妈妈的夸奖。妈妈既对纱有美说,也对其他孩子和大人说,"这孩子特别温柔""慢悠悠的,证明她很聪明""小纱真的很漂亮"……

她平时并不讨厌妈妈,但看到妈妈表情丰富、充满活力,对她兴趣满满,不厌其烦地一次次地抱紧她,还用令人陶醉的语言夸奖她时,她只觉得妈妈像换了个人。如果不来露营,她就不会了解妈妈的另一面。

去露营的第二年,纱有美开始认为这才是真正的世界。她至今为止所幻想的世界,在这个现实中存在的山里,成了自己的真实世界。除此之外,都不是真的。纱有美认为真正的自己,只存在于一年中的这几天。

纱有美躺在庭院里的草坪上,和树里、雄一郎一起玩用动物来形容云彩形状的接龙游戏。连"乌贼""野鸭""鼹鼠"都想出来了,轮到纱有美时,她怎么也想不起以"ら"开头的动物了。"一、二……"雄一郎开始数数限时。

"等等,太狡猾了,阿雄,那个,怎么看都不像鼹鼠啊。重新再说一个吧。"在这里,纱有美想说什么就说什么。

"嗯，那就说鼯鼠吧。"

"嗯，那……"纱有美指着飘浮在澄澈天空中的薄云说，"蛾。"

"什么呀？蛾是什么呀？"

"不是有像蝴蝶一样的东西叫蛾吗？"

"那我说骸骨。"树里指着另一片云说。

"骸骨不是动物！"雄一郎喊道。

树里放声大笑。纱有美也笑了。在离木屋不远的院子里，大人们正在组装烧烤用具。纱有美躺在草坪上大笑时，也忘不了让目光追随妈妈的身影。

妈妈拿着一罐啤酒，看着在烧烤炉上生火的阿弹爸爸。不知阿弹爸爸说了什么，妈妈拍着他的肩膀笑了。阿弹的妈妈、纪子的妈妈和贤人的妈妈三个人在一旁准备饭菜。纪子和贤人依然像完全黏在一起似的蹲在她们脚边，他俩什么都没干，光在那里咻咻地笑。此情此景，让她想起了学校里的同班同学，这让她再次感到像平时一样无趣。她把目光从两个人身上移开，又开始把视线转回到妈妈身上。妈妈紧紧靠在弓着后背正在点火的阿弹爸爸身边，手放在他的背上，正在全神贯注地说着什么。此时的妈妈比在家时更美丽、更快乐，纱有美松了一口气。

"云已经没有了。"雄一郎躺着说。温和的风拂过脸颊，草坪上泛着一股青草的气味。

"我想一直待在这里。"纱有美自言自语道。

"喂，没有云了。"雄一郎重复道。

"那我们再玩点别的吧。"树里心满意足地躺着，慵懒地说道。

我想一直待在这里，待在这个真正的地方。纱有美在心里重复着。

5

"聚集在这里的孩子们到底是什么关系呢？"一年前新来的波留问。

"喂，我们是表兄妹，还是从表兄妹？"正在淘米的波留突然问。厨房里的孩子们都停下手里的活儿看着她。

"从表兄妹是什么？"依然和贤人靠在一起，正在穿肉串的纪子问。

年纪最大的树里听到后，她这才开始怀疑孩子们之间的关系。在此之前，总觉得他们应该是亲戚，并没有深究过。除了波留，大家都没有思考过这个问题吧，大家面面相觑。

"如果是表兄妹，为什么过年不见面呢？"波留再次发问。

前年爸爸离家出走了，这之前，树里每年过年都是和爸爸妈妈三个人一起过的，所以她不太明白这句话的意思。

"这么说，过年时我们就不见面了吧？"把餐具篮里的盘子收进碗橱的纱有美说。

"我觉得不是亲戚。"贤人说。

"而且，妈妈她们长得都不像啊。"听纪子这么一说，树里发现确实如此。那么妈妈们是表亲吗？但自己从来没听说过。树里边削土豆皮边拼命思考。

"也许是在同一家医院出生，所以妈妈们认识了吧?"波留说。

"可是我们的年龄各不相同啊。"贤人说。

"大家还是婴儿的时候,住在同一个地方吗?"纪子说。

每年一起度过暑假这几天的大家到底是怎样的关系呢?聚集在这里的家庭的共同点是什么呢?十岁的树里想不出"关系"这个词,也想不出"共同点"这个词。正因为想不出来,她突然觉得很不可思议。如果不是亲戚的话,我们到底是什么关系呢?既不同于学校里的朋友,也不同于家附近幼儿园里的"少年之家"。啊,不过,大家都有一个共同点,树里想到后脱口而出。

"因为大家都是独生子女,有没有让这些孩子们一起玩耍的协会?"

树里意识到大家都以一副"不愧是树里"的表情看着自己,松了一口气。虽然妈妈说自己是大姐姐,要照顾大家,但没有弟弟妹妹的树里真正体会到"当大姐姐"是在一两年前。

"我说想要个妹妹或弟弟,但大人说不行。"波留说。

"所以啊，我们就像彼此的妹妹或姐姐呀。"纱有美说。

树里似乎接受了自己提出的"独生子女协会"这一说法，但又开始产生了另一个疑惑：为什么没有一个孩子从父母那里听过关于这个夏令营的解释呢？

按规定，大人不能插手儿童晚餐的事情。所以有些父母开车去买东西了，还有些父母在二楼各自听唱片或看书。树里侧耳倾听二楼的动静，但什么都听不见。

"炭火点好了。"阿弹打开面向庭院的玻璃门，露出脸来，"我可没有使用助燃剂啊。喂，有没有什么东西要烤？"他脱下鞋子进了屋，来到厨房。

"现在烤还太早吧！我正在准备蛋糕的材料，你帮我揉一下面吧！"树里说着用下巴指了指桌子上的面盆。

"这，太简单啦！阿雄，我在揉面啊。"阿弹冲着院子里的雄一郎喊道。

"喂，阿弹，你听说过吗？我们为什么要聚在一起？"树里问在洗碗池洗手的阿弹。

"你问为什么，有什么事吗？"

"因为啊,我们既不是表兄弟姐妹,也不是同学,但为什么每年都来这里聚会?你问过妈妈吗?"

"啊!"阿弹低着头,微微转动了一下脖子,"妈妈说她们是朋友,所以就约好了,夏天大家一起来玩。"

"哎?是这样啊。我们不是亲戚?不是独生子女的聚会吗?你妈妈这么说的?"

阿弹点了点头,向餐桌走去。

"等我们当了妈妈,也带孩子来这里吧。"纱有美说道。

那么,为什么大家都是独生子女呢?树里又有了新的疑问,但又无法解释清楚,只好把话咽了回去。是本来就是朋友的妈妈们约好只生一个孩子呢,还是说,像阿弹、纪子这样有爸爸的人以后也会有弟弟妹妹呢?

房间的分配是按到达的先后顺序决定的。规定第一个到达的家庭可以选择自己喜欢的房间。如果一天内有几个家庭同时到达,就抽签决定。那一年,继阿弹一家之后到达的是树里和她的妈妈,所以她们优先选择了带天窗的阁楼。这是最受欢迎的房间。

现在，树里和纱有美、波留三个人躺在床上，望着头顶的天窗。纪子和贤人紧紧牵着手，靠着壁橱门坐着。

平时九点多这个时间，大家会轮流去洗澡，不想睡觉的人就在客厅里听音乐、跳舞、谈笑、喝酒，但今天几乎没有一个大人。阿弹的爸爸和纱有美的妈妈连晚饭都没来吃。吃完晚饭后，阿弹的妈妈和树里的妈妈也坐上纪子爸爸的车出门了。树里问妈妈要去哪里，她说："去买演艺会的东西。"但妈妈的表情却让人难以置信。总之，看起来一点儿都不开心。这样的夜晚还是第一次。尽管如此，由于妈妈不在，孩子们可以在有天窗的房间里尽情吃零食。

"阿弹说妈妈她们是朋友。"躺在床上的纱有美一开口，就散发出了巧克力的味道。

"我觉得朱莉说的对。妈妈她们应该是想让我们成为兄弟姐妹吧。"

"《若草物语》。"波留说。"朱莉是梅格，我是乔，小纱是贝丝，小纪是艾米。"

"哎？那是什么？"纱有美问。树里没有理会她，继续说，"那，劳里就是小贤。"

"嗯，劳里不是喜欢乔吗？"

"最后和艾米结婚了。后面还有故事，接着看！"

"那雄一郎和阿弹呢？"

"是啊，劳里的家庭教师怎么样？"

星星如面包屑般散落在四角的夜空中。

"喂，不要排挤我！你们在说什么呢？"纱有美坐起来，略带哭腔地说道。

"你回去后，好好看看《若草物语》吧。"树里虽然对这样的纱有美有些不耐烦，但还是小心翼翼地用平静的声音告诉她。

结婚，她们刚才说要结婚。纪子和贤人小声说着，相视一笑。

妈妈不在身边的夜晚，无论重复多少次都无法习惯，树里总是感到不安。但在这里，这么晚见不到妈妈也无所谓，既不害怕，也不担心。

"喂，刚才我在冰箱里发现了冰淇淋。"树里从床上爬起来说。

"朱莉，我想喝咖啡。"波留也站了起来。

"好，今天就由我来批准。吃完冰淇淋喝完咖啡再睡吧。"树里学着马奇家大女儿的口吻说。波留和纱有美热烈欢呼，纪子和贤人也手牵手站了起来。冰淇淋和咖啡，平时没有大人的允许是不能吃的。

"把冰淇淋放在咖啡里很好吃哦。"波留学着大人的口吻说。

"嗯，想尝尝！想尝尝！"纱有美说。

"那我们安静些走吧，把阿弹他们也叫上。"树里用食指抵住嘴唇，走出房间。啊，真希望跟在身后的这些孩子能成为弟弟和妹妹。树里从未央求过妈妈生弟弟或妹妹，因为她知道没有爸爸是不可能的。

6

因为喝了咖啡，树里怎么也睡不着。妈妈还没有回来。但同样也在等未归妈妈的纱有美虽然比自己年幼，因喝惯了咖啡，在旁边睡得很香。深夜好不容易迷迷糊糊地睡着了，但很快就被说话声吵醒了。树里想确认一下是不是妈妈回来了，便从被窝里爬起来，打开了房门。楼道的灯光像带子一样从门缝里照了进来。她想问一下"是妈妈回来了吗？"，却不知为何发不出声音。想要冲出房间，却不知为何连脚都动不了。传来的不是说话声，而是压抑的哭泣声，中间还夹杂着吸鼻涕声、呜咽声。大人的哭声和孩子的不同。树里突然觉得很冷，特别寂寞，同时也开始意识到有什么可怕的事情发生了。

树里悄悄走出房间，靠近楼梯井的楼梯。大人们在哪儿呢？声音是从下面传过来的。她蹲在栏杆旁边，声音断断续续的，但比之前听得更清楚了。

"你哭了……不是吗？……"

"……不过，从明年开始……"

"不是她不好……"

"……不是没考虑……"

树里不知道那个压低声音说话的人是谁，也不知道哭泣的人是谁，更不知道她们在说什么。即便如此，她也没有离开那里。但她觉得即使自己一无所知，也明白她们一定是在讨论关乎大家的重要的事情。于是，她悄悄地走下亮着灯的楼梯。

"但是，我觉得必须考虑一下。"

下到二楼的时候，楼下的声音突然变大了。是妈妈的声音。啊，妈妈回来了，树里松了一口气。同时又感到妈妈的声音听起来很陌生，她感到不安。到底要考虑些什么呢？

"不过……你觉得……有这种可能吗？……"

"不能说完全没有，那样的话就太可怕了。"

"……还有，孩子太小了……"

不知道是谁的妈妈，除了她的妈妈，好像还有两三个大人，但大声说话的只有自己的妈妈。

因为听到了酒杯碰撞的声音，树里心想：她们应该是在喝酒吧。还有开关冰箱的声音。吃冰淇淋的事不会被发现吧。

"不能调查……吗？"

"夏天能来这里，我真的很感激。不过，事已至此，是不是该考虑考虑了？如果只是大人的问题还好说，孩子们的可能性，也该认真考虑考虑了。"

"凉子，你声音太大了。"

坐在二楼楼梯上的树里像是自己被提醒了似的，缩了缩脖子。

"大家都睡了，快三点了。"

"我们也得睡了。"大概是因为听了"大家都睡了"这句话，有一个人提高了嗓门。树里知道纪子的妈妈也在场。

"我说，趁大家在这里，我们谈谈吧，接下来有什么打算？"

"……你看，不要再哭了……这是唯一的机会……"

"那里有人吗？"

突然从另一个角度发出的声音把树里吓了一跳。有人上了楼梯，是妈妈。树里看着站在楼梯中间的妈妈，她满脸通红。

"树里，你什么时候来的？"

"睡不着，刚起来。"树里慌忙说，"我想要是下去会被骂的，因为大家好像都没睡。"

树里凝视着自己的妈妈，想判断她是否在生气，但妈妈的脸上没有表情。这让树里很急躁，她还是习惯妈妈发火。她想张口说"对不起"，但声音嘶哑，没说清楚。

"对……"她想再重新说一遍时，妈妈飞快地走了过来，紧紧抱住了她。

"我不生气。你渴吗？要不要喝水？"妈妈抱着她问。

因为力气太大，树里呼吸困难，但她一动不动，静静地感受包裹自己的柔软。

"喂，昨天有点奇怪吧？"阿弹看着孔雀须贺原说道。

收音机里的天气预报说从明天开始变天，但今天却是大晴天。虽然阳光很强，但比东京凉快多了。

"你爸爸回来了吗？"

为了不让身后的纱有美等人听见，树里压低声音问道。

"早上在,但不知道几点回来的。"

"我妈妈她们晚上也一直在说话。"

"说什么?"

"不知道她们说了什么,我没听清楚。"

阿弹一言不发,树里也沉默不语。他们并肩蹲着,看栅栏里悠闲散步的孔雀。阿弹把脚边的草撕成细丝,伸到笼子里,但须贺原却连看都不看一眼。

"喂,朱莉,阿雄他……"背后传来纱有美呼唤自己的声音。树里没有回头,继续盯着正在喂草的阿弹的手。

"唉,说不定……"阿弹说,"这个夏令营明年就没有了。"树里觉得阿弹说出了自己昨天隐约预感到的事情,心怦怦直跳。如果阿弹也这么想的话,那可以认为就是真的了。

但阿弹沉默了一会儿,接着说:"或许明天没有篝火晚会了。"

"是啊,总觉得怪怪的。"

树里从五岁时就开始在这里度过夏天，那时阿弹也已经在了。虽然一年只见一次，但因为是上小学前就认识的，所以树里觉得他比同学更亲近。可是，树里突然想：这孩子是谁呢？不跟我们在一起的时候，会是什么样子呢？和什么样的朋友一起玩呢？不擅长什么科目？住在什么样的房间里呢？

"阿弹，你喜欢这个露营吗？"树里不知道自己想知道什么，随口问道。

"喜欢。"阿弹继续看着孔雀说。

"朱莉你呢？"

"虽然我不想像小纱那样想在这里生活，但我喜欢夏天来这里。"

"喂，朱莉，我在叫你，你为什么不理我？"纱有美抓住树里的肩膀问。树里回头一看，见她上气不接下气地跑了过来。雄一郎抓住公园内安装的旋转秋千，一蹬地就高速旋转起来，魔性的笑声响彻四周。

"你看阿雄，都跟他说危险了，还不停下来。朱莉，你说说他！"

"我也要转。"阿弹一站起来就朝旋转秋千跑去。等速度慢下来后,他跳了上去,和雄一郎一起傻笑起来。

"对这些男孩子真没办法。"纱有美坐在刚才阿弹坐过的地方说。

树里没有回应,只是看着旋转着的游乐设施和紧紧抱着游乐设施的两个男孩儿。在阳光的反射下,两个人看起来散发着光芒。须贺原在栅栏里像婴儿啼哭般嗷哇嗷哇地大声叫着。

第二天是露营的最后一天,与阿弹的担心相反,篝火晚会照常举行。仿佛什么都没发生过,一切如常。阿弹的爸爸和纱有美的妈妈也在。树里和妈妈一起烤棉花糖吃。

"明年还来吗?"树里看着火问妈妈。

"为什么这么问?"妈妈盯着树里看了几秒,问道。

"因为我想这样最好。"树里说。

"你不是一直都来吗?明年也会来的。"妈妈说着,用手臂搂住树里的肩膀,将她紧紧地抱在怀里。

7

一九八九年

那年年初，年号从昭和变成了平成。四月，纪子上了小学。从幼儿园开始就一起玩的小朋友都去了不同的学校。和父母一起去看录取结果的时候，两个大人哭着抱在一起，不停地说着"太好了""太好了"，纪子也感到很自豪。不过，一个人坐电车去没有熟人的学校上学，还是有些不安。最初几天是妈妈陪着一起去的，纪子很怕生，但开始上课后，也交到了课间一起玩的女性朋友。尽管如此，纪子还是有些不安。从认识她们开始，纪子就经常在心里和贤人说话："小贤，今天的便当里放了粉红色的樱花肉松。""小贤，邻座的真由美说她喜欢牛奶，所以我就让她帮我喝。"

在语文课上学习写文章后，纪子首先写的不是作文作业，而是给贤人写信。把一直以来的所感所想都写出来，心情好得惊人。语言真了不起！写信太棒了！

此后，纪子每天像写日记一样给贤人写信，但一次都没有寄出去过，因为纪子不知道贤人的地址。问妈妈，妈妈就说："妈妈也不知道。反正要见面的，夏天的时候直接给他不就行了吗？"听妈妈这么一说，纪子觉得也对，就把写好的信放到了抽屉里。

上小学后的夏天，像惯例一样，每年都会坐上爸爸的车去露营。纪子回想起第一次被带去露营时的情景，就像昨天发生的事一样。当时她想回家，认为自己不需要朋友，真是孩子气十足。纪子至今都没有意识到自己还是个孩子。

车子一到山庄，纪子首先就寻找贤人的身影。贤人一般都坐在餐桌旁看书或画漫画。可是那天，餐厅里空无一人，客厅里只有阿弹的爸爸妈妈和树里的妈妈。寒暄几句后，纪子便开始在家里转悠着寻找贤人的身影。

"小贤和大家一起去寺庙了。"树里的妈妈在楼下大声说。纪子急忙走出家门，沿着被高大树木环绕的道路，朝寺庙走去。

拐过三岔路口，看见贤人他们从对面走过来，有贤人和他的妈妈、树里和阿弹。看到纪子的贤人跑了过来，还剩几十米的时候，他停下脚步走了起来。因为一年没见了，有点害羞。纪子脸上露出微笑，贤人也同样笑着。到了触手可及的距离时，两个人都停下了脚步。纪子嘿嘿地笑了，贤人也笑了。贤人不好意思地伸出了手，纪子一下握住了他。每天提心吊胆的日子一下子浮现在眼前。拥挤的电车，雨天难闻的气味，体育课，一个人睡的床，学校巨大的鞋柜，朋友说的绕口令。啊，一切都过去了，没什么好怕的。

"小纪，你好，刚到吗？"贤人的妈妈问。贤人的妈妈就像电视上的人一样美丽，在阳光的照射下，闪闪发光。

"您好，我刚到。"

"因为小贤不在，所以才急急忙忙来的吧？"树里笑着说。

"是啊，其他人还没来吗？"纪子拉着贤人的手开始往前走。

"阿雄也来了。阿雄他们坐小贤爸爸的车去买东西了。"阿弹说。但纪子没心情听他们的回答,她不时地用眼瞟着握着自己手的贤人。

贤人比纪子年长两岁,知道的事情比纪子多很多。直到去年,纪子都坚信贤人和自己是失散的双胞胎。因为他们相遇的第二年,好朋友贤人这样说过。她还听贤人说,因为双胞胎在母亲的肚子里时就一直在一起,所以对方的什么事情都知道。即使离得很远,一个人受伤或遭遇事故,另一个人也能知道。纪子心想:他们确实是双胞胎。因为她认为贤人非常了解自己,但纪子还不知道年龄不同的双胞胎是不存在的。因为她没把他们是双胞胎这件告诉爸爸妈妈,所以没有得到纠正。

可是今年,贤人却说他们不是双胞胎。

"如果不是双胞胎,那是什么?"纪子依靠在楼梯上问。楼下传来大人和孩子们交织在一起的笑声。

"我告诉你,双胞胎不能结婚。所以我决定和你结婚。"纪子看着贤人。她看到贤人褐色的眼睛里映着自己的脸。

"双胞胎就不能结婚吗？"

"是啊，兄弟姐妹不能结婚，所以你和我不是双胞胎。"

"我知道了。那，怎样才能结婚呢？"

"如果举办婚礼的话就结婚了。"

"那我们什么时候结婚？我在电视上看过别人举办的婚礼。"纪子的脑海里浮现出白色蓬松的婚纱，也见过妈妈穿着白色蓬松婚纱的照片。

"明天吧。"

"我没想到明天能结婚。结婚后就要一直在一起吧，就像爸爸妈妈一样。如果明天可以的话，我想结婚。"

"纪子，你没有白纱裙。"

"是吗？不过，我不需要。"纪子觉得既然贤人那么说了，那就确实应该如此。她觉得自己好像说了很愚蠢的话。不过她觉得比起白纱裙，和贤人结婚更重要。

"啊，这又勾搭上了，你们在密谋什么？"下楼梯路过这里的纱有美用嘲笑的语气说道。被她这么一说，纪子既不懊恼，也不害羞，反而有点自豪。在这里，大家都知道他们在一起，也都认可他们。结婚的话，也一定会被认可吧。

吃晚饭时，纪子也坐在贤人旁边。今天的晚饭是手卷寿司和土豆沙拉。纪子迅速地把沙拉里的腊肠夹到贤人的盘子里。贤人吃纪子不喜欢吃的东西，纪子吃贤人不喜欢吃的东西。两人都喜欢的东西则对半分着吃。

"我决定和小贤结婚。"

晚上，纪子躺在爸爸妈妈中间的床上说道。

"是吗，要结婚啊。那我好孤单啊。"爸爸摸着纪子的头说。

"这么快就决定好了吗？世界上有各种各样的人啊。"妈妈依靠着床头，翻着日志说。

"我只嫁给小贤。"纪子这么一说，爸爸妈妈不约而同地笑了。

那天晚上，纪子被爸爸妈妈的说话声吵醒了，但她马上察觉到还是装睡比较好，于是就闭着眼睛装睡没起来。

"是孩子说的吧？"爸爸说。

"但是，我去年不是说过了吗？也有那种可能性。"

"太荒唐了。"

"荒唐？喂，你怎么一种事不关己的态度？"

纪子觉得这不是吵架，因为她从没见过爸爸妈妈吵架。在这个露营地，纪子第一次看到爸爸和妈妈吵架，但她经常能看到雄一郎的爸爸妈妈吵架。

雄一郎笑着说："那种事怎么能叫吵架呢？"

"那，那这是什么意思？"

"可是……"

不是吵架。可是，爸爸妈妈的声调和平时大不一样，让人担心。纪子下定决心，猛地站了起来。

"啊，小纪，你起来了？对不起，吵醒你了。"爸爸妈妈慌忙道歉。纪子终于放心了。

"好了，睡吧。爸爸妈妈也要睡了。"爸爸伸手盖好被子，妈妈的手像梳头一样捋着头发。

婚礼决定在寺庙里举行。树里、雄一郎和阿弹，以及当天到达的波留都作为嘉宾出席。在寺庙内的公园里，四个人席地而坐，抬头看着贤人与纪子。纪子手里拿着花束，那是树里给她摘的。

"神父会说点什么吧。"阿弹被阳光刺得眯起眼睛说。

"说什么？"树里问。

"嗯，就是一直相爱之类的话吧。"

"啊！"波留大叫道。

"那阿弹你就扮演神父吧。"

听树里这么一说，阿弹站起身来："无论发生什么，无论什么时候，都会一直相爱吗？"他来回看着纪子和贤人，一本正经地问。

"是。"贤人像点名时那样答道。

"是的。"纪子也挺起胸膛回答。

"那么，请交换戒指吧。"阿弹说。

纪子正想说没有戒指。只见贤人从短裤口袋里掏出了什么东西，抓住了她的手。贤人戴在纪子左手无名指上的是一枚非常大的、镶着玩具石头的戒指。

纪子小声对贤人说："我什么都没带。"

"没关系，明年再带来。"贤人马上小声说。

"接下来，请见证誓约之吻吧。"阿弹说完后，波留又"啊！"地大喊一声。

贤人从正面看了纪子一眼，把脸凑近她，瞄准了她的嘴唇。贤人用舌头撑开纪子的嘴唇，在纪子的嘴里舔来舔去。纪子还是第一次遇到这种情况，她有些不知所措，扭动着浑身发痒的身体。但渐渐地，那种痒痒变成了一种不可思议的舒畅，就像进入被阳光照射的沼泽水域，慢慢沉浸在温暖的水中。贤人舌头松开时，她就像被抛弃了一样孤独。

"恭喜结婚，祝你们永远幸福。"一本正经的阿弹一鞠躬，坐在地上的三个人就鼓起掌来。

"今天小贤他们结婚了。"吃点心的时候雄一郎说。餐桌上摆着阿弹妈妈做的蒸面包和红茶。

"还举行了结婚仪式。"波留接着说。

"唉？我怎么什么都不知道啊？"纱有美噘起嘴说。

"小纱，因为你刚才不在。"树里赶紧安慰她。

纪子想，不用说这是让人高兴的事。大人也会像刚才那样，一起鼓掌说"恭喜"吧。但餐桌上突然安静下来，妈妈们互相使眼色。纪子不知道其中的原因，突然感到不安，虽然贤人就在身边。

"那不是很好吗？"首先开口的是树里的妈妈，"不过，那不是结婚，是订婚。因为只有大人才能结婚。"

"是吗？"纪子惊讶地问，"那，露营结束后还是要和往常一样和贤人分开吗？"

"是啊，小孩儿不能结婚，所以那是订婚。"纪子的妈妈说。

"恭喜订婚。"美丽的贤人的妈妈说。餐桌上终于响起了笑声。

"不过，听你这么一说，我现在都想哭了。"

"真是糊涂的父母啊！"

"吃完点心就去买东西吧，前几天是让小贤爸爸带着去的，今天我开车。"

虽然大人们又恢复了平时的闲谈，但纪子的不安并没有消失。她把吃了一半的蒸面包放在桌子上，用力握着贤人的左手。贤人也用力回握，伸手去拿纪子剩下的蒸面包，小声对纪子说："没关系。"

"她们说不是结婚，是订婚。"

在一楼堆满书籍的房间里，也就是被阿弹爸爸妈妈称之为"书房"的房间，纪子倚着书架坐着，非常失望地对贤人说："不过，订婚就是要结婚的约定，只要不违背约定就行了。"

"可是，纪子，你不是认为结婚后就能一起回家吗？"

"是啊。"

屋外传来了说笑声，还有热闹的音乐。虽然明天才是演艺会，但大人们今天就特别兴奋，说着来一曲"快节奏迪斯科"，就一首接一首地放音乐。吃完晚饭也不收拾，就开始跳舞了。

"小贤，我们再来个誓约之吻吧。"纪子说。她想再确认一下白天感受到的那种不可思议的舒畅感。

"接下来，请来个誓约之吻吧。"贤人模仿阿弹的样子说着，绕到纪子正面，和白天一样凑近她的脸，然后把舌头伸进纪子的嘴里。白天的那种舒畅感果然是真的。纪子闭上眼睛，想用全身感受包裹自己的似水的温暖触感。

就在这时，音乐声变得特别大，传来了大人"太过分了！"的叫喊声。纪子睁开眼，越过贤人的肩膀，看到了打开房门的阿弹妈妈。

"喂，太过分啦，你们在干……干什么？"阿弹妈妈用颤抖的声音喊着，突然跑过来，拖着贤人离开了纪子。因为拖拽用力过猛，贤人一屁股跌坐在地上。但她毫不在意，叉着腰站着大喊："你们不能这么做！"她的脸瞬间变得通红。纪子完全不知道发生了什么事，只是瞪大眼睛，抬头看着一向温文尔雅的阿弹妈妈用绘本里赤鬼般的表情叫喊着。音乐停了，大人们一个接一个地走进房间。

"这些孩子，这些孩子，现在……"脸还红到耳根的阿弹妈妈交替指着贤人和纪子。纪子看到她伸得笔直的食指在颤抖。

"这俩孩子在接吻，像大人一样。这个孩子趴在那个孩子身上！"

房间里鸦雀无声。直到刚才一直回响的音乐，在纪子的耳朵里变成了"吱吱"的噪音。纪子坐在那里，看着贤人妈妈拨开大人，走进房间。她拉着一屁股坐在地上的贤人的胳膊，把他拽了起来，然后用力给了他一个大耳光。纪子跳了起来，不由得闭上了眼睛。慢慢睁开眼时，贤人正被妈妈拖着走出房间。

"我不是说了嘛！"阿弹妈妈站在房间正中央，双手掩面大叫着。阿弹爸爸靠近她，想要抚摸她的后背，但被她甩开了。纪子爸爸走进房间，抱起瘫坐在地上的纪子。这时纪子才意识到自己一直憋着尿，回过神儿来时，温热的液体已经从大腿间流了下来。爸爸"啊！"地叫出了声，但被抱着的纪子看不见爸爸的表情如何。她认为一定是非常嫌弃的面容，就像看到脏东西一样。

"对不起，我马上收拾。对不起。"妈妈前所未有地慌乱，向盥洗室跑去。剩下的大人牵着几个孩子的手，慢慢回到客厅。

我做了那么糟糕的事吗？到了晚上，纪子才这么想。我做了那么坏的事吗？让大人喊叫、哭泣这样糟糕的事。

七岁那年夏天想到的那件事，纪子以后也一直在思考。昭和变为平成的那年夏天的露营，也成了最后一次。从那以后的夏天，他们再也没有去过那个山庄，再也没有见过树里、波留、阿弹等人。当然，还有当年举行婚礼的小新郎。

9

一九九〇年

暑假开始后的几天，每当雄一郎问"今年的露营是什么时候"时，总是被明确答复，"七月三十日"或"八月五日"。雄一郎听后赶紧在日历上做了记号。只要想干什么坏事，爸爸妈妈就会马上威胁说："不带你去露营了。"虽然雄一郎表面上没有表现出来，但心里总是期待着那一天的到来。他认为早睡的话，日子就会早过去，自从知道露营日期之后，他每天晚上九点就钻进被窝了。

他希望明天早点变成后天，后天早点变成三十日。

出发当天，因为太期待了，在被窝里翻来覆去睡不着，结果把自己搞得筋疲力尽。

但是今年，对于"什么时候露营"这一问题，没有明确的答案。爸爸的回答是"还不知道"，妈妈的回答是"还没有人联系"。因为每天都问同样的问题，"不要再问这个问题了"，最后他被爸爸训斥了一顿。

尽管如此，雄一郎还是相信：只要有人联系，爸爸妈妈就会回答"八月十五日出发"或"八月二十日"。即使到了八月三十一日，即暑假的最后一天，他依然坚信爸爸妈妈会告诉他"今年改为九月的连休了"之类的答案。

到了十月快结束的时候，雄一郎终于明白今年的露营没有希望了。

"哎，今年没有露营了啊。"和爸爸面对面吃晚饭时，雄一郎做好了又会被骂的心理准备，开口说道。

"是啊。"爸爸简短回答后,开始往杯子里倒啤酒。

"为什么?每年都有,可是……"

"早坂先生不方便吧!"

雄一郎也知道那栋别墅是阿弹父母的。从父母的对话中,他也多少知道阿弹家特别有钱。但雄一郎非常喜欢阿弹,因为他不骄傲自大、趾高气扬,还陪自己玩简单滑稽的游戏。如果早坂家不方便,就不能使用别墅,这一点他也能理解,但还是不能接受。因为别墅每年都开门营业,但一次都没有过不方便的时候。

"明年应该没问题吧?"

爸爸什么也没说,只是默默地吃着包装盒里的炖南瓜。从雄一郎上小学时开始,一家三口共进晚餐就变成了现在这个样子,只有他和爸爸两个人了。他还记得,一开始爸爸想用自己的方式做饭。雄一郎也给爸爸打过下手。露营的孩子们做个晚饭都很开心,大家嚷嚷吵吵地做汉堡和饺子。但爸爸似乎没有做菜的天分,几乎都失败了。就连用买来的卤料做咖喱和炖菜都做不好,蔬菜也煮得半生不熟,为了"尝试",放入了青花鱼罐头，结果都失败了。雄一郎上二年级时，爸爸突然不做饭了。下班回家，顺路去超市买来廉价的饭菜摆在桌子上。最近，连打开包装放到盘子里都懒得做了。雄一郎一回到家，就马上做饭，因为边吃边喝的爸爸根本不做。他还学会了做酱汤，使用加了高汤的大酱，超级简单。妈妈在雄一郎睡觉之前才回来，有时甚至更晚。

"那明年呢？"因为爸爸没有回答，他又问了一遍。

"顽固不化。"

爸爸低声打断了雄一郎的提问。因为声音太过冰冷，他僵住了。

爸爸就那样一言不发，就着小菜喝啤酒。雄一郎也不好再搭话了，吧嗒吧嗒继续吃饭。妈妈规定吃饭时不能开电视。餐桌上鸦雀无声，雄一郎觉得咀嚼东西的声音听起来很尴尬。

"哈！"爸爸既不是叹气，也不是微笑，深呼了一口气后站起身来，把啤酒换成了烧酒。爸爸的心情显然不太好，但雄一郎不知道原因。是一开始就心情不好呢，还是自己的什么事突然让爸爸烦躁了呢？他不得而知。他赶紧吃完碗里剩下的饭，把盘子和碗收拾起来，端到洗碗池。雄一郎边洗碗边隔着厨房的岛台看着爸爸。他没有动食品袋里剩下的菜，只是干喝烧酒。

"喂，小雄。"爸爸突然看着洗碗的雄一郎，温柔地问，"你擅长什么科目？"

"是美工吧，也喜欢算术。"看到爸爸对着自己微笑，雄一郎放下心来，"我现在正在画校舍，只要是校园里的东西都可以画，大家都画树什么的，但我决定画校舍，老师说虽然很难，但画得不错。"

"小雄，我啊，最讨厌美工和算术了，我们一点儿都不像。"爸爸隔着岛台看着雄一郎，笑容还没有从他的脸上消失。但雄一郎注意到他的笑容让人很不愉快，让人捉摸不透。

"那爸爸喜欢什么？"雄一郎轻声问。

爸爸没有回答，"哈！"，又深呼了一口气，站起来打开了电视。他用遥控器把音量调到超大后回到座位，一边看电视一边喝烧酒。雄一郎刷完碗，逃也似的走向浴室，开始清洗放掉水的浴缸。他不知道爸爸到底想说什么。虽然不知道，但他清楚爸爸并不想愉快地交谈。在浴室里都能听到超大音量的电视的声音。那声音太大了，雄一郎感觉就像暴力一样。

深夜，雄一郎被什么碎裂的声音惊醒。睁开眼睛，橙色的小灯泡浮现在黑暗中。传来含混不清的说话声，他觉得是妈妈回来了。妈妈回家比自己上床晚时，总是轻轻拉开纸拉门，亲吻睡着的雄一郎的脸颊。每次他发现了都装睡，因为他觉得如果妈妈发现自己醒着，就不会再这么做了。他抬头看着小灯泡心想：纸拉门马上就会被打开了吧。但下一瞬间，他偷听到的说话声有些奇怪，原来他们在吵架。

雄一郎早已习惯了父母吵架。两个人想说什么就说什么。"所以，我不是说过好几次了吗？让你好好确认有没有带过来。""什么？你这种说法！自己确认一下不就好了！""你说什么？"情况就是这样。每次夏日露营，雄一郎父母开始这样吵架时，纪子都会一动不动地瞪大眼睛，担心地看着雄一郎。她父母不会这么大声说话。

但是，今天有点儿不一样，雄一郎在被窝里想。基本上没有像往常那样互相怒吼，而是压低声音谈论着什么。还传来了什么东西撞在墙上的声音，类似抽纸盒、报纸那样很轻的东西。妈妈含混不清的声音。爸爸含混不清的声音。沉默。妈妈含混不清的声音。

"不要小瞧人！"突然传来爸爸的大吼声。躺在床上的雄一郎身体猛地一颤。门被用力打开，又被重重摔上。那声音让他的身体僵住了。入户门被打开了，又发出很大的声音被关上了。

"喂，发生什么事了？怎么了？"雄一郎凝视着黑暗问。不是对爸爸，也不是对妈妈，而是对阿弹和树里，对短暂夏天的朋友。喂，为什么今年没有露营？明年能见面吗？我们会怎么样？怎样才能见面？怎样才能说话？想到这里，雄一郎不禁愕然无措。如果明年和以后都没有露营，我到底该如何与阿弹他们取得联系呢？

那天晚上，妈妈小心翼翼地拉开纸拉门，走进房间,但嘴唇并没有贴在他的脸上,而是直接钻进了他的被窝。她握着雄一郎的手,静静地呼吸着。雄一郎假装睡着了,听着妈妈的呼吸,但无法确定妈妈到底是睡着了还是醒着。不知道为什么,他不敢去确认,只是害怕。

10

一九九二年

树里是在放学回家的路上,从车站收到的特刊上得知自己刚刚喜欢上的音乐人去世的消息的。她呆呆地站在原地,大声说:"哎?真的吗?"

"什么呀?他是谁?"

"树里,你喜欢他吗?"

一起放学的佳奈和里佳齐声问。

"与此相比,我们今天怎么办?去喝茶,还是去买东西?"

"对不起,我今天就不去了,先回家了。"树里绕到两个人面前说着，抢先进了检票口。

"啊，你要回去了？"

树里进了检票口后，对发出不满声音的两个人挥了挥手，跑上了月台。

佳奈和里佳是去年升上初中时的同班同学。今年，树里和里佳同在C班，但佳奈被分到了A班。她好像在新班级还没有交到好朋友，所以无论是白天还是放学时，都会来找树里和里佳。树里虽然很喜欢佳奈和里佳，但有时觉得她俩有些幼稚。她想把自己深受感动的书借给她们，但她们却说"好像很难"而不予理睬。约好周六去看电影，两个人想看的都是日本电影，当佳奈一本正经地说要看《幻法小魔星》时，树里心中一惊。就音乐来说，佳奈喜欢光GENJI①，里佳喜欢THE CHECKERS②。与其说是喜欢词曲，不如说是喜欢唱歌的人。

当然，除佳奈和里佳外，树里也有其他朋友，但她

---

① 二十世纪八十年代末至九十年代初，日本杰尼斯事务所的超人气偶像团体。
② 二十世纪八十年代，日本最受欢迎的偶像派合唱组合。

觉得没有意气相投的。就算初二全级部的同学，也不一定会有人因为尾崎丰离世而深受打击。

是阿弹把尾崎介绍给她的。也许和现在的自己最合得来的大概就是阿弹吧，虽然只是写信交往。

去年，树里升到了一所初高中一贯制的女校，上学要换乘一次电车，单程需要三十五分钟。在摇晃的下行电车上，树里戴上耳机，打开 CD 随身听。

两年前，树里上小学时，每年夏天都要去的露营被取消了。一到暑假，树里就盼着妈妈说"决定从哪天开始露营"，但那年妈妈却没这么说。进入八月，树里问："今年什么时候去露营？"

"今年没有了。"妈妈干脆地回答。

"没有了吗？为什么？"树里吃惊地问。

"听说阿弹的爸爸把别墅卖掉了。"妈妈回答道。此时树里才知道那栋大房子不是她们自己家的。

"那么，就一直不去露营了吗？"树里又问。

"什么时候再找到那样的地方也许会去。"妈妈笑着回答道，"找到就好了。"

第二年的暑假，树里忘记了露营的事。上了初中后，每天很忙，虽然也喜欢露营，但那毕竟是一年一次的事。

树里清晰地想起露营的事，是在临近寒假时。放学回家后，她发现邮箱里寄给妈妈的信件中有一个写着自己名字的信封，寄信人处写着"早坂弹"。树里一时想不起来是谁。"啊，是阿弹。"好不容易想起来了，阿弹模糊的面容和呛人的青草湿热气同时掠过她的眼睛和鼻子。

信上密密麻麻写满了工整的小字。他写道："我费了很大劲儿在寻找大家的联系方式，但怎么都找不到，父母也说不知道，不肯告诉我。好不容易只找到你的地址，真想早一天取得联系。"

树里从信中得知，并不是因为阿弹的父母卖掉了别墅才没去露营。但至于为什么不去露营了，阿弹好像也不知道。阿弹写道："今年夏天，别墅里只有我们一家三口人，觉得非常无聊。"信中还写道："我们好不容易成了朋友，我偶尔会给你写信。高兴时给我回信吧。还有，如果你知道别人的住址，请告诉我。"另外，他还写道："写信的事，我觉得最好不要告诉父母。给我回信时，不要写朱莉你的名字，要写田中伸哉（那是我搬走的朋友的名字）。"

从最近的车站要坐公交车回家。树里看见停着的公交车，出了检票口就跑了起来。她慌忙挤进即将关门的巴士，气喘吁吁地坐在空位上。前几天车站前还盛开的樱花，现在已经变成了翠绿。她继续戴着耳机，望着窗外奔驰而去的商业街，构思着回家后写信的内容。

先写一写对尾崎丰去世的震惊吧，至今都难以相信。幸亏阿弹在尾崎在世时介绍给了自己，死后再听就不太一样了。巴士穿过商业街，行驶在高速公路的正下方，沿路零星分布着一些小商店。树里在从高速公路右拐的第一站下了车，她穿过住宅区，打开和母亲一起居住的公寓大门，坐电梯上了六楼。早上从走廊看到的富士山，现在已经看不见了。她打开屋门，对着空无一人的房间说："我回来了。"

去年接到阿弹的来信后，树里也向妈妈打听了纱有美他们的联系方式。

妈妈说："妈妈只知道那栋别墅的电话，联系了，已经打不通了。"

树里追问："把那个号码告诉我。"

"因为打不通，就丢了。"妈妈说道。

树里和阿弹在信中多次一起推测。因为阿弹说过："田中突然写那么多信，父母会生疑，所以不要一次写那么多。"因此他们三四个月才有一次书信往来。

种种推测之后，他们认为最正确的说法是大人们大吵一架后，关系修复无望。回想每年的情形，觉得他们不会吵得那样厉害，但除此之外，也实在想不出其他理由。也许他们别别扭扭，关系不断恶化，最后导致扔掉了彼此的联系方式。上中学后，树里突然想到了一件上小学时从没想过的事。不会是谁的爸爸和谁的妈妈出轨了吧。这么一想，答案只有这个了。因为他们出轨，大家大吵一架。回想最后一晚露营时大人们奇怪的表现，她觉得这就对上号了，但这件事没有写在给阿弹的信里。因为她不想让人觉得自己是个会考虑恋爱、出轨之类事情的人。

连校服都没换,树里就坐在餐桌旁,开始给阿弹写信。

小时候最讨厌留家看门,而现在已经习惯,不觉得有什么了。妈妈早上和树里一起出门去上班,晚上十点多才回来。妈妈早上八点半到下午五点在附近医院的前台上班,下午六点到晚上九点多在英语补习班工作。英语补习班的工作是从树里考上私立女校时开始的。

"如果妈妈太累的话,我就去公立学校吧。"树里说。

"妈妈不同意。因为妈妈是私立一贯制学校毕业的,所以知道这样有多轻松,对将来也有好处。"妈妈说。

当然,对树里来说,她还完全不知道什么是轻松,什么是有好处,但她觉得妈妈说的都对。

树里在信中写道:"如果粉丝也能参加尾崎的葬礼的话,要不要一起去?"两个人都住在东京都内,但谁都没提议见面的事。也许是因为两个人都觉得，如果被父母发现，一定会被狠狠训斥吧。不过，现在这些都无所谓了。不管怎么说，我们最喜欢的音乐人死了。阿弹也许比我更伤心，更受打击吧，也想去参加葬礼吧。

几天后，举行了音乐家的葬礼，后来树里才知道有四万歌迷参加了尾崎的葬礼，但她没去成。因为那天是星期四，实在找不到请假的理由，同时也一直不知道阿弹是否去参加了。因为寄给阿弹的那封寄件人是"田中伸哉"的信，于一星期后被盖上"新居地址不明"的印章退了回来。

11

一九九五年

人有时会魂不守舍，但自己又察觉不到。这时一定会有人问："你在想什么呢？"贤人被这么一问，才意识到，啊，现在有点儿魂不守舍。所谓魂不守舍，就是空白。与其说是脑袋一片空白，不如说是被空白吞噬的感觉。

贤人现在把焦点放在眼前的由利子身上，心想：又来了。

"什么都没想。"贤人回答。

"骗人，绝对在思考什么。"她鼓起脸颊说。虽然很可爱，但一眼就能看出她是故意这么做的，贤人多少有些扫兴。最近这样思考的时候增多了，也许和由利子的关系该结束了。这么说，才只有三个月，创最短纪录了吧。像这样思考什么问题的时候，就不会再有人问"你在想什么？"了吧，贤人觉得不可思议。他喝了口被融化的冰稀释了的咖啡，随口说道："淡咖啡有大麦茶的味道。"

"你真的很奇怪。"由利子仰头傻笑起来。

贤人喝光了淡冰咖啡，端着托盘站起身来。

"你生气了吗？"由利子慌忙追了上来。

"啊？为什么这么问？我没生气啊。"贤人心想："你生气了吗？"也是她经常问的问题。为什么在什么都没思考的时候会被问"你在想什么?",在没有生气的时候会被问"你生气了吗?",反之却什么都不问。

"吃完了,回去吧。"

"喂,你真的喜欢我吗?"分别之际,由利子在通往站台的通道上突然问。

"不知道。"贤人尽量露出温柔的笑容答道。由利子睁大了眼睛,眼里渐渐充满了泪水。

"那,再见。"贤人挥起一只手说着,急忙转身跑上月台。他不喜欢看女孩子哭,特别是在大街上。

贤人第一次和女孩子交往是在去年初二时。是同校的高一年级的女孩子提出交往要求的,因为没有拒绝的理由,所以就接受了。贤人心想:与她交往对她来说意味着什么呢?他已经知道了正在交往的男女会做些什么。而每天一起上下学,休息日偶尔在涩谷或新宿见面,好像是这个女孩子理解的交往。除此之外,她能想象到的顶多也就是唇吻了。一起上下学虽然会被同年级的男生取笑,但他根本不在意。只要不理他们,那大家也就不说什么了。交往期间还唇吻了几次。她每天都给贤人做甜点吃，实在受不了，他就提出了分手。第二个女朋友是那年秋天开始交往的。她在附近的都立高中上学，比自己大三岁，对交际有更深的理解。十四岁生日两周后的圣诞前夜，贤人与她在涩谷的情人旅馆初次偷食了禁果。

但不到一个月，这个女孩就对贤人说"你真无聊"并甩了他。今年情人节那天，在涩谷，由利子突然上前搭话，并给了他巧克力。后来听她说，住在目黑的由利子在横滨的女子高中上学，在换乘电车的涩谷站看见过贤人几次。

那天贤人本来也和由利子约好了下课后见面，但临时决定不去了，而和几个朋友一起去了车站，坐上了下行电车。回到千驮谷的公寓时，妹妹茉莉香正在用客厅的电视玩游戏，正在厨房做饭的妈妈说了声"你回来啦！"。

"让我看会儿电视。"他对妹妹茉莉香说道。

"不！"她头也不回地答道。

虽然房间里的电视是十四英寸的，但茉莉香不让客厅的电视也毫无办法。贤人从冰箱里拿出瓶装碳酸饮料，在洗手间认真洗了手后，钻进了自己的房间。他打开电视，找寻傍晚的新闻节目。

今年，贤人对激增的新兴宗教新闻非常感兴趣。三月中旬，自地铁投毒事件发生以来，连日里每个频道都在播报相关新闻。最近的新闻都说逮捕教主的 X 日已经近在眼前了。

小时候有一段时间，一到夏天就一定会去一个地方，不管是大人还是小孩儿，都管这个叫"露营"，但没有一个孩子知道那是什么性质的露营。别墅主人的孩子说妈妈们是朋友，但既然如此，为什么露营会被突然取消，再也没有举办了呢？母亲坚持说不知道任何一家的联系方式，只知道那栋别墅的电话号码，别墅已经转手，电话也打不通了。贤人觉得如果是朋友，怎么会突然音信全无了呢？

取消露营那年的十一月，父母离婚了。第二年新年，一名陌生男子来到公寓，告诉贤人他是"准爸爸"。妈妈还对他说："过不了多久，贤人就会有兄弟姐妹了。"他很吃惊。贤人没有注意到娇小瘦弱的妈妈已经怀有身孕。茉莉香是在半年后出生的。

五年级时，贤人在学校学到了男女的身体构造、孩子如何出生等知识。那天，贤人去了图书馆，每当出现疑问时，他就会把目光落在书本上，整理思考，然后突然就明白了。他明白了妈妈在离婚前就和新爸爸发生了关系，怀孕后才和爸爸离婚的。他不是光用语言思考，而是用更深的实感去理解。

从去年开始，某新兴宗教开始上了新闻节目，贤人突然想到，那个夏令营不就是这样的聚会吗？由于教主不在了，或者发生了内讧，而突然解体的邪教集会。而且因为人数少，祷告、礼拜什么的没有强制要求。但是，如果不是的话，那个露营到底是什么性质的呢？为什么突然就不举办了？对此，他不得而知。

"小贤，你能帮帮忙吗？"听到妈妈的声音，贤人从床上站起来，关掉电视，走出了房间。

"你又在看邪教的电视？不要被卷入这种奇怪的事情。"妈妈一边把抹布递给贤人一边说。

"不可能被卷进去，我是觉得很愚蠢很有趣才看的。你说美国要进攻是真的吗？再说了……"贤人边擦餐桌边说，但被妈妈打断了。

"你把那里擦干净，把草莓洗了，把蒂摘掉。"

他的同学们对邪教组织使用的特殊用语感兴趣，但好像对那个组织和新闻本身并不感兴趣。一谈到这个话题，贤人就滔滔不绝，大家都觉得很奇怪。这一点贤人是知道的。不，也许从和高他一年的恋人上下学的时候开始，大家就已经这么想了。

六点吃晚饭。除了周末，都是贤人、妈妈和茉莉香三个人一起吃晚饭。新爸爸每天晚上不过十点不会回来。因为妈妈叫新爸爸阿辰，所以贤人也叫他阿辰。阿辰比前任爸爸，也就是自己爸爸的形象要高大。这里的高大不是指长相，而是指人品。自己的爸爸很瘦，看上去很柔弱，眉毛呈倒"八"字形，所以看起来总是一副哭笑不得的表情。在这里偷偷透漏一个小秘密，茉莉香出生后，妈妈再婚时，贤人拒绝改姓。结果，贤人还是使用原来的名字松泽贤人。妈妈和茉莉香随阿辰姓铃木。贤人坚持不改姓，好像可以解释为是出于对爸爸的爱和对妈妈擅自离婚的愤怒。妈妈道歉道："小贤，太多事情都对不起你。"

他当然喜欢爸爸，妈妈突然把阿辰带来，他一时不知如何是好。不过，拒不改姓的原因并不像妈妈想的那样。贤人害怕改姓后就永远不能再见面了，和去露营的孩子们，还有在一个很大的寺庙公园里举行婚礼，现在连长相都想不起来的那个小女孩一样。

12

一九九七年

刚满十七岁的某一天，纱有美穿着校服直奔东京站。黄金周刚过去三天，前几天空空如也的电车和道路又开始拥挤起来。

从纱有美居住的松户到东京站只需三十分钟，但她平时不怎么去东京都内，购买生活必需品都在家附近解决。

坐电车的时候，纱有美是打算去学校的。不管对那里多么不中意，她也从未无故旷课或逃学。

和往常一样，纱有美在拥挤的电车里摇晃着，突然，真的是突然，她唤起了遥远的记忆，想起了"小田原"这几个字。她马上明白了这是什么记忆，是小时候每年和妈妈一起去露营时的记忆。从某个车站坐火车，到终点换乘另一列，至今只记得这些了。从哪个车站坐了哪条线，去往哪里，却怎么也想不起来了。她总是想责备年幼的自己记忆力太差。不过，那时候只要和妈妈在一起，就完全没有必要去记忆和怀疑什么。妈妈带她去的地方总是正确的，就算那个露营，她也从没想过有一天会消失。

不知是受到了什么刺激，她一下子想起了"小田原"。

"对了，是开往小田原的列车。"纱有美差点喊出声来。一定是在东京站坐的那趟列车，好像看到过新干线。之后的事情一如既往地想不起来了。不过，如果到了小田原，也许会想起来，至少可以限定从小田原出发的列车的目的地。

她没在高中所在的车站下车，而是直奔东京站。对纱有美来说，虽然是第一次逃课，但她丝毫没感到紧张和不安。比起这些，她更想早点到小田原。

想到"小田原"这几个字时，简直就像从很深的水中突然露出脸，呼吸一下子变得轻松起来。啊！有得救了的感觉。

她在保育园和小学都没有交到朋友，上了中学也没有交到朋友。准确地说，一个人怎么样都可以。直到初二下学期，被一群女生怂恿的这个女孩儿成了纱有美的朋友。对露营以外交的第一个朋友，纱有美全身心依赖并喜欢她。所以当她混到其他女子团体里开始无视自己时，因为受到的打击太大，纱有美好几天都吃不下饭。

中考时，纱有美希望进东京都内的女校。她想去一个尽可能远且没人知道自己的地方，但妈妈不同意。妈妈说她交不起私立学校的学费，另外交通费也不可小觑。当然，她深知妈妈独自抚养自己的辛苦，但妈妈无法将自己的希望强加给纱有美。

不愧是上了理想高中，再也没人会忽视自己了。一年级的新学期，有好几个女孩儿跟她打招呼，但纱有美自己不愿意。与其关系好了又分开，还不如一开始就不要。这是她好不容易悟出的道理。

现在，既没有人无视纱有美，也没有人主动跟她搭话。在热闹的学校，她就像裹着一层安静的膜生活着，但她并不觉得痛苦。再没发生过运动鞋丢失、教科书被涂黑之类的事情。随着年龄的增长，妈妈也渐渐对自己漠不关心了，甚至有时还明显表现出疏远的态度，但她并没有感到悲伤和痛苦。因为这两者都是谎言。纱有美认为象征真实世界的夏令营被取消后，对她来说，就只剩下谎言的世界了。因此，在谎言的世界里，无论发生什么都不会感到痛苦。即使现在没有，真相也一定在某个地方存在。纱有美每天都在想，等待自己的真正的朋友，以真实姿态微笑的妈妈存在的地方，除了承载记忆的笔记本之外，还有其他地方。不久自己就会到达那里。

去小田原的列车是东海道线。看到停在站台上的橙色列车，她并不觉得陌生，但也没有新的记忆浮现出来。尽管如此，纱有美还是上了开往小田原的列车，坐在了包厢里。她对包厢有些眼熟。在开往露营地的列车上，她记得总是和妈妈面对面坐着。列车缓缓开动，纱有美把额头贴在窗户上，眺望着经过的楼群。高楼渐行渐远，远处若隐若现的山脊渐渐清晰，即使没有什么新的回忆浮现，但她也还是感受到一种接近记忆核心的兴奋。马上就到了，她微微晃动了一下身体，心想：马上就会有答案了。对自己来说唯一的真相。

可到了小田原站，那种兴奋渐渐消失了。下行电车的指示牌上写着：开往大雄山的伊豆箱根铁路线，开往热海、伊东的电车，开往箱根汤本、强罗的箱根登山电车，开往箱根的小田快车小田原线。完全没有印象，完全猜不出和妈妈换乘的火车是哪一列。

尽管如此，她还是不想回去，抱着赌一把的心情，坐上了开往箱根汤本的列车。座位上坐满了游客模样的老年人。大家都戴着形状相似的帽子，互相交换橘子和点心,发出热闹的笑声。

在终点站和他们一起下车,穿过检票口后,纱有美有种想哭的感觉。岂止是完全没有眼熟的景色,甚至还与那里被树木和群山环绕的安静景象相去甚远。熙熙攘攘的站前转盘,停了好几辆巴士和出租车,连成一片的土特产店,写着"温泉"的招牌,狭窄的车道。纱有美逃也似的买了车票,回到了刚下车的月台。

她很想回到小田原重新再坐一趟列车,但身上的钱不够了。纱有美坐在开往新宿的空车里,开始吃自己早上做的便当。

妈妈最早晚上十一点才回来,晚的话已经到新的一天了。纱有美并不清楚妈妈在做什么工作。以前做保险推销,再之前在船桥的婚庆公司工作。妈妈说她现在在酒店前台工作,但纱有美觉得她在骗人。酒店前台不可能每天都那么晚,也不可能身带酒气回家。也许是陪酒行业吧。不过,对极度挑剔、性情不定的妈妈来说,能否从事服务行业值得怀疑。

洗完澡、刷完牙的纱有美回到自己房间。定好闹钟后，钻进了被窝。明天是星期五，她想比平时早起三十分钟去洗衣服。她已经习惯了一个人在寂静的家里睡觉。初二以前，外婆有时会来住，但她在纱有美上初三前的春天去世了。

她觉得妈妈总是说谎是在露营取消之后。没去露营的那年夏天，纱有美问她今年有没有露营，她说："听说那个木屋被大火烧毁了。"到了冬天，她一听纱有美想知道大家的联系方式，马上就说："前几天，装电话号码的手包被偷了。"当时纱有美很受打击。后来妈妈也总是说谎，所以她觉得那一定也是谎言。不去开家长会时说："妈妈在车站晕倒，躺在站务员室里休息了。"第一次早上才回家时说："妈妈的好朋友出了交通事故，我在医院陪了一晚上。"她能一脸严肃地说出这种幼稚的谎言。纱有美只能心想：啊，又骗人。但她从未揭穿过妈妈，而是一脸真诚地说："是吗？真是辛苦您了。"纱有美和小时候一样喜欢妈妈。妈妈工作到深夜，也是因为自己还是学生。实际上，妈妈也总是把"因为有你"挂在嘴上。因为有你，我才不再婚；因为有你，我才这么拼命工作。在纱有美看来，"因为有你"听起来更像是"如果没有你"。如果没有你，我可以再婚；如果没有你，我就不用这么辛苦工作了。听起来是这样的。纱有美知道，那是只会说谎的妈妈没有说出口的真话。

13

一九九九年

不知听谁说的一九九九年的夏天是世界末日。确实是在露营时听说的。有人说，恐怖大王要从天上下来；又有人说，不对，那是要爆发核战争的意思。雄一郎还记得，大家一起屈指计算那一年自己多少岁。我十八岁，十八岁就要玩完了吗？当时他真的很失望。

今年夏天，雄一郎十八岁了。恐怖大王既没有降临，核战争也没有爆发，夏天就这样结束了。就算毁灭也不错。尽管曾经祈祷过一切灭亡，但世界并没有消失，还在。

雄一郎在公寓门口坐下，抽着烟。虽然阳光和气温都还像夏天，但头顶上广阔的蓝天已经是秋天的感觉了，云层稀薄。要赚多少钱才能住在这样的公寓里啊？脑海里浮现出刚刚送完比萨的房间。自己一辈子都买不起吧。他把香烟头扔在脚边踩灭。这种情况如果被人看到，报告给店里，肯定会立刻被炒鱿鱼。他一边这么想着，一边跨上摩托车，发动了引擎。

傍晚六点结束工作后，雄一郎走出店门。即使脱下工作服，也能闻到奶酪味和油味。他往车站走时，想起了几个朋友的脸庞。于是，他用站前的公用电话联系了友春。

"喝一口吗？"

"不好意思，我现在就要吃饭了。"友春回答道。

"你是上年纪了吗？才几点，就吃晚饭？"雄一郎笑了，"吃完马上过来！"他再次发出邀请。

"嗯，好的。"

"那我在那边的庄屋等你。"他报上离友春家最近的车站附近的居酒屋的名字后，挂断了电话。他喷了一声，走出电话亭。

初中和高中时的朋友都还在老家上学。到去年为止，大家还把他家当作临时的聚会场所，可一升上高三，大家就不约而同地不来了。最近，他觉得大家都在回避自己。

雄一郎是去年暑假前从高中退学的。因为本来学习就不是很认真，停学处分也是家常便饭，所以校方没有阻止，朋友们也没有惊讶。

他突然觉得以前的自己很愚蠢。明明不想上大学，却早起乘电车，坐在书桌前眺望窗外，因为一点儿小事被老师警告。

虽然是两室一厅的老旧小区，但至少有房子住。父亲每月都给他汇五万日元的生活费，因为有点儿不够，所以他从去年暑假开始，就去居酒屋洗碗打工了。雄一郎觉得不用和任何人说话，只洗碗的工作比较适合自己。但因为和打工的学长打架，闹得警察都来了，最后还被炒了鱿鱼。从那至今，他换了六次打工的地方。交通疏导、大楼清扫、搬家、仓库盘点、面包工厂，还有现在的比萨外卖店。虽然存不了多少钱，但他打算攒点钱去考驾照。有了驾照可选择的工作就会更多。

在离友春家最近的车站下电车时，天已经黑了。白天的温暖神秘消失，天一下子凉了。他穿梭在霓虹闪耀的弹子球店和居酒屋之间，走进一家连锁居酒屋。他环视一下店内，友春还没来。他在吧台前坐下，点了扎啤、烤串拼盘、猪肉炒豆芽。一边喝啤酒，一边看着吧台一角的电视和摊开在膝盖上的漫画日志。

在雄一郎十四岁时，妈妈离开了家。因为妈妈总是很晚才回家，所以雄一郎一开始并没注意。终于，他发现妈妈不回家了，但他没问爸爸妈妈去哪里了。过了一段时间，他收到了一封信。妈妈用细小的字反复写道："我打算在稍远一点儿的地方开始生活，安顿下来后再告诉你住址，努力奋斗争取早一天和你一起生活，请先忍耐一段时间。"

这不能责怪妈妈。自从妈妈开始加班，也就是爸爸开始准备晚饭后，雄一郎明显感觉到了爸爸的变化。

不只是拳打脚踢，一不顺心，他就往墙上扔东西，摔餐具，大吼大叫，用力开关门和隔扇，以至于雄一郎都担心爸爸会把它们摔坏，还会絮絮叨叨地说着讨厌的话。他觉得，爸爸对自己和妈妈的这一宗宗一件件都可以称之为暴力。他看着妈妈的来信心想：如果自己有生活能力，也会逃走。

妈妈走后，爸爸并没有任何改变。既没有停止扔东西，也没有比以前扔得更多。

第一封信之后过了八个月，妈妈才来信告知地址。信上说她有一个正在考虑再婚的对象。那个男人有一个上小学的女儿，如果雄一郎不介意的话，希望可以一起生活，地址在静冈县。雄一郎没有回信。虽然他想逃离，但却完全无法想象跟陌生的男人、女孩儿和妈妈在陌生的土地上生活。

爸爸离家搬走的前两年，雄一郎每天都过得非常紧张，不仅两手都长了过敏性皮疹，而且还患了慢性腹泻。上高中那年的春天，爸爸和一个女人恋爱后，就搬到了她家。外公外婆从九州赶来，请了律师，和搬家前的爸爸商谈了什么。他推测那五万日元的汇款和住房的事，都是在那时候决定的。外公外婆劝他去九州，但他选择了一个人生活。开始一个人生活后，过敏性皮疹和腹泻都莫名其妙地好了。经常和朋友们混在一起，他从心底感到开心，就像以前露营时一样。

喝了两杯啤酒，吃完点的菜后，友春还是没来。雄一郎起身，想从店里给他打个电话，但想了想又坐下了，接着又点了啤酒、炸鸡块和炒乌冬面。大概是友春嫌吃完饭出来麻烦吧。雄一郎看着电视心想：友春也好，其他朋友也好，总有一天会离开自己吧。几乎所有的朋友都说要升学。当他们成为大学生，成为真正的社会人后，就永远不会再跟自己这样的男人玩了吧。

店里开始拥挤，到处都能听到笑声和大声说话的声音。旁边隔一个空位的座位上，独自过来的老人弓着背，在大口喝酒，他一边盯着报纸上的色情报道，一边用筷子夹秋刀鱼。

雄一郎曾想过，如果妈妈没有离开，自己也会和大家一样继续上高中,考上大学吗? 思考后,得出的答案是否定的。如果人生有岔路口,也不是这个。

是爸爸。如果初中毕业那天,爸爸没有说过那样的话,就……对了,分歧点就在那里。

爸爸穿着西装,出席了雄一郎的毕业典礼。那天晚上,为了庆祝,还带他去了烤肉店。完全是以前的爸爸。他擅长点炭火,喜欢开玩笑,会教自己很多不知道的东西,所以雄一郎非常喜欢他。席间他不小心说起了露营的事。

"话说,我们以前经常去露营,那是哪里?"

听了问话,正在喝啤酒的父亲隔着烟雾,盯着他浅浅一笑。一看到他的笑容,雄一郎立刻意识到自己失言了。虽然不知道为什么,但他意识到不应该提起这个话题,但为时已晚。心情大好的爸爸,多次用熟悉的坏笑说道:"御殿场。"

他继续说:"我告诉你去那里露营的都是些什么人吧。"

直觉告诉他不能点头,但雄一郎还是点了点头。

因为他太想知道了,一直都想知道。然后,爸爸告诉了他。从那天开始,他觉得一切都很愚蠢、毫无意义。无论回想多少次,得出的结论都是:那是导致自己成为现在这个样子的分歧点。

炒乌冬面剩下三分之一时,雄一郎站起来结了账,离开了朋友还没来的居酒屋。

第二章

1

二〇〇八年

她觉得不能一直盯着看。虽然这么想,但又移不开视线。婴儿车上挂着好几个超市购物袋,女人的帽子压得很低,是在等丈夫回家吗?车里的婴儿睡着了,脚边还跟着一个两三岁的小女孩儿。小女孩儿用左手抱着女人的大腿,看着婴儿车,右手轻轻地伸了进去。她抬头看着女人,对她笑着。树里把视线从孩子身上转移到女人身上,试图猜测女人的年龄。应该比自己年轻两三岁吧……正在这么想时,丈夫敦说着"我回来了",站在了她的面前。

"啊,我没看到。"

树里谨慎地露出笑容,以免表情僵硬。敦身后,有一群人正要通过检票口。树里用眼角的余光捕捉到刚才自己一直盯着的女人正在挥手。对方好像到了，是谁呢？明明觉得不看为好，却还是忍不住要看。边挥手边走近女人的是一对刚步入老年的夫妇。是父母吧。果然不出所料，树里有些意志消沉。

"那，吃什么呢？中国菜还是日本菜？"

"要不要去吃西班牙菜？"

"啊，上次路过的地方吗？不错。"

她和敦并肩走出车站，来到商业街。商业街灯火通明。一到这个时间，带孩子的女人就少了。走在街上的不是下班回家的年轻男女，就是聚集在便利店前的学生。站在路上说话的都是年轻人。

树里和岸部敦是在三年前结的婚，也就是二十七岁那年的夏天。她和在文具厂上班的敦是在工作中认识的。树里设计的文具的卡通形象被敦的公司采用，首次实现了商品化。虽然和树里直接联系的是广告代理店的人，但最后文具公司企划部和营业部的职员都要参加庆功宴，敦作为营业部的职员也去了。

从商业街进入一条垂直延伸的小巷后，突然变成了住宅区，灯光一下子消失了。要去的西班牙餐馆孤零零地坐落在住宅区里。八点一过，店里已经很热闹了，只有吧台还空着。树里和敦并排坐下，点了啤酒。酒上来后，两人轻轻碰了碰杯，然后开始看菜单。

里佳是树里的初中同学，听说她因感冒而卧床不起时，她的丈夫竟然还问："我吃饭怎么办？"听到这话，里佳当时就带着刚满一岁的女儿离家出走了，到树里家住了一晚上。美术大学的朋友治美的同居恋人，虽然家务基本全包，但好像性取向有问题。在一起生活的这五年里，治美发现他曾出轨三次。关系亲密的女性朋友都会吐槽自己伴侣的坏习惯，而与此不同的是，大家都异口同声地说树里的丈夫是个好男人，甚至说他是理想的男人。树里也觉得确实如此。虽然他不会做饭，但擅长洗衣服。即使树里不打扫卫生、不做饭，他也什么都不说。树里工作忙时，只要告诉他，他就会像今天一样陪她一起出去吃。他性格开朗，喜欢喝酒，也很健谈。

一个看似西班牙人的店员过来点单。敦和树里各自说出菜名后，他用流畅的发音重复着记下来，然后抛了个媚眼离开了。

"我把酒店的目录清单打印出来了，要看吗？"

"嗯，给我看看。"

"工作怎么样？暑假之前能结束吗？"

"不结束就不能去旅行，就算熬夜也要弄完。"

今年夏天，两人打算去葡萄牙玩一周。去年去了中国台湾，之前去了马尔代夫，结婚那年夏天，兼作新婚旅行去了巴厘岛。结婚时，敦说每年都要去没去过的地方，树里笑着说直到有孩子为止，而敦却一本正经地说有了孩子也可以去。

树里把这件事告诉里佳，里佳说道："也不是不可以，只是不想去了。带着那么麻烦的孩子不说，还要带着尿布、奶瓶和大行李去坐飞机，绝对不敢想象。"然后继续说："树里你真好啊。每年都能去国外旅行，敦真是个理想的丈夫啊，好羡慕。"

树里当然很期待每年一次的海外旅行，也总有想去的地方。但当敦说作为惯例每年都去时，树里心想：那样的事情肯定也就一两次吧，因为孩子很快就会出生。

两年前的年末，树里在生理期遭遇了难以置信的剧痛，还叫了救护车。后被诊断为巧克力囊肿。子宫内膜异位出血，堆积在卵巢后，形成了超过五厘米的囊肿。医生解释说："虽然可以不用手术，只进行药物治疗，但不能根治，还有可能复发。如果手术的话，有不用剖腹的腹腔镜手术和剖腹手术两种，从手术大小来说，建议进行剖腹手术，但这关系到以后怀孕的问题，所以希望你和家人好好商量一下再决定。"树里这才意识到，他们有可能要不了孩子了。在那之前，她就像相信鹳鸟故事的小孩儿一样，一直理所当然地认为：结了婚，孩子就会自然而然地出生。

最终，她进行了对身体损伤较小的腹腔镜手术。听说手术后的六个月容易受孕，树里便辞去了设计事务所的工作，成了自由职业者，并开始测量基础体温，在排卵日前后性交。当她意识到自己有可能无法生孩子时，同时也明白了自己想要孩子的强烈愿望。

但在这六个月里，树里并没有怀孕。第一次住院大约一年后，她再次被诊断为子宫内膜异位症。这次的囊肿虽然比上次小，但因为粘连在输卵管上，需要进行剖腹手术。这次手术，树里摘除了一个卵巢。

关于孩子的事，她和敦谈过几次。敦说："当然想要，但如果没有也无所谓。"树里认为他是为自己着想才这么说的。那是敦的温柔，但正因为他的温柔，反而妨碍了后面的具体讨论。也就是说，如果仅存的卵巢难以自然怀孕的话，是否要进行不孕治疗呢？是否要不惜一切进行体外受精？关于这一点，树里不知道敦是怎么想的。虽然什么都能对他说，什么都能问，但唯独这件事树里不能问。因为她不想再被人担心，因为以这种方式让她意识到不能生孩子的原因在于自己，这太痛苦了。

"比想象中还好吃啊，虽然店里很吵。"敦牵着树里的手，走在昏暗的住宅区里说道。虽然白天像盛夏一样炎热，但夜风却很凉爽。天气预报说从明天开始要变天，但还没有要下雨的迹象。

"葡萄牙料理也是那种感觉吧？"

"虽然是邻国，但不一样吧。说起来，这条街上，各国料理都有，但唯独没有葡萄牙料理。"

"想象不出是什么样的饭菜。"

"嗯，还有两个月就要去了，何必特意在东京吃呢？"

有一次，树里把和敦手拉着手逛街的事跟里佳说了。里佳用一脸难以置信的表情说："因为没有孩子，所以一直都是恋人的感觉。"她还加上了每次必说的那句"好羡慕啊！"。树里在结婚前就想过，即使结了婚，经历了漫长的岁月，也要像恋人一样。但现在，她不知道这到底算不算幸福，因为这不是社会意义上的幸福，而是自己内心想要的幸福。

2

从年末失去工作后，纱有美每天都十点左右起床。

打开电视，洗脸，刷牙，脱下当作睡衣的运动衣，换上牛仔裤，十一点多离开六张榻榻米大小的公寓。目的地是步行二十分钟左右，离家最近的车站前面的一家网吧。她在旁边的便利店里买了带馅儿的面包和泡面，钻进了网吧包间。办会员的话，一小时只需三百日元，不仅电脑随便用，漫画日志随便看，而且还附带饮料。这两个月，她每周有四天要来这里。

走进包间后，纱有美打开电脑，嚼起了面包。她把蓝牙耳机塞进耳朵后，开始进行搜索。

纱有美是去年才知道 hal 这个音乐人的。在电视广告的背景音乐中听到她的曲子后，就去租赁店租了 CD。CD 封面是一张外国小镇的照片，歌词卡上也没有音乐人本人的照片，所以除了知道 hal 是个女人之外，长相和年龄她都不知道。纱有美本来对偶像和音乐人都不感兴趣，也没有特别想知道 hal 这个女音乐人，只是在上下班的路上反复听那张 CD，持续听了一个月左右后，连自己都感到惊讶，她突然确信自己认识这个叫 hal 的音乐人。Hal、haru、HARU。我认识的人中，只有一个叫这个名字的。她就是波留，一起露营的波留。那个中途加入，像男孩子一样活泼的女孩子。

那天一回到公寓，纱有美就摊开从高中开始写的日记，仔细阅读自己写的文字。"波留和男孩子们一起在沼泽里跳水玩耍。波留说我们是《若草物语》。波留告诉我们，把冰淇淋放在咖啡里会非常好吃。"看完日记后，她更加确信了这个音乐人就是波留。

纱有美觉得类似的事情以前也发生过。对了，就是十七岁的那天，她突然想起小田原的时候。那个地方虽然当时没有找到，现在也没有找到，但她确信就是小田原。她认为hal这个音乐人毫无疑问就是波留。她觉得这个音乐人写的歌词展现的即视感和其他怀旧歌曲完全不同。纱有美觉得hal歌唱的景色自己知道，而且歌词里还出现了很多像"热咖啡加冰淇淋"这种只有波留知道的词汇。

在网上查了一下，不知道是她的要求，还是所属事务所的方针，她的个人资料几乎没有被公开。事务所经营的官方主页上写着"在街角唱歌时被星探发现，后正式出道"，只列出了到现在为止发售的单曲，包括CD、给其他歌手作曲的一览表及被广告、电影等使用乐曲一览表和今后的活动计划等，连本人的照片都没有。搜索图像后，出现了不知是谁拍的照片，但所有的图像都很模糊，几乎没有五官清晰可见的照片。

hal本人虽也有自己的博客，但直到三个月前，上面不是绘画日记，就是照片日记，并没有任何文字。晚上的红绿灯，放草莓的芭菲，糖罐，路边的猫，虽然都是这样的照片，但一想到那是她的视觉呈现，纱有美就一天都不想错过，每天都用手机浏览。从三个月前开始，当看到她能写出几行字时，纱有美高兴得简直想要欢呼。在旁人看来，自己大概是个狂热的粉丝，但自己是想从她的视觉和话语中寻求她就是波留的确证。

虽然hal连照片都不公开，但新曲出来后，也会举行演唱会。纱有美去台场听了一次她的演唱会，但座席位于会场的最后，她看到的hal只有食指大小，并没有发现任何证据断定那个人就是长大后的波留。但是，纱有美越来越确信了。至今为止，她已给事务所写了三封信，虽然没有回信，但她觉得说不定明天就会有回信。

纱有美像往常一样查看了 hal 的主页，然后用她的名字搜索，寻找关于她的信息。为了寻找与儿时记忆相关的东西，她不断地更换关键词，搜索"露营""小田原""1990 年"等。累了就走出包间，看漫画和日志。

纱有美是一名合同工，工作内容是将调查问卷的统计结果输入电脑。但去年年末，她接到了下一年度不能续签聘用合同的通知。相同处境的几个合同工非常生气，说要起诉公司，还成立了工会，但她没有参加。她想：就算告赢了，也不能保障自己一辈子的生活，首先要做的是找到下一份工作。但实际上，她每天都这样在网吧里消磨时光。

傍晚，纱有美离开网吧。她戴着耳机穿过商店街，朝公寓走去，然后顺路去便利店买便当和泡面，这已经成了她的习惯。因为她觉得总在同一个地方买这样的东西会让人觉得不好，所以她不会连续两天去同一家店。幸运的是，从车站到公寓有三条路，这三条路上有五家便利店。

回到公寓，当她边看电视边吃速食炒面时，手机发出了收到短信的声音。纱有美不用看就知道是谁发的。给她发短信的只有妈妈和望月里菜。里菜是纱有美高中毕业后，在最初打工的话务公司里认识的同龄女孩儿。不知道她喜欢自己什么，虽然现在已经完全不见面了，但她还是会时不时地给自己发短信。但这个时间段，发短信的应该是妈妈。她一边吃炒面，一边捡起掉在脚边的手机看短信。

是妈妈发来的，是"吃饭了吗？""有什么困难吗？"之类的和往常一样的内容，都是些毫无意义的表情包。纱有美也用左手打了些表情包发了过去。

八年前，纱有美二十岁的时候，开始一个人生活。在那之前，她一直和妈妈住在松户。虽然换了好几份工作，但工作地点都在东京都内，因为离家很近，所以上下班都很方便。但后来，她用两年打工攒下的钱，开始一个人生活了。当她说要离开家时，妈妈好像很震惊。

"你和妈妈一起生活不满意吗？"又说，"家里只有两口人，有什么理由分开呢？"但是，纱有美极其冷静地想：那应该不是真心话吧。

"对不起，因为我不能总是依赖妈妈呀。"纱有美露出微妙的表情，然后离开了家。

一个人生活后不久，妈妈就让当时交往的男子搬到家里，开始一起生活了。虽然妈妈一直隐瞒着这件事，但纱有美还是知道了。知道的原因有很多，比如打电话时有别人的动静，妈妈的话里话外也有那个人的影子，但主要还是靠直觉。妈妈和那个男人分手，和另一个恋人开始同居，她都是凭直觉知道的。纱有美认为，因为两个人一直生活在一起，不，是因为自己除妈妈之外并没有与其他人建立更亲密的关系，所以特殊的直觉起了作用。

分开后，纱有美更清楚地知道了其实妈妈并不适合当妈妈。妈妈曾经说过，无论如何都想当妈妈，无论如何都想把纱有美生下来。纱有美一个人开始生活后，心想：妈妈为什么会有那种想法呢？虽然妈妈这一角色和她最不相符，但当纱有美说要离家独自生活时，确实感到妈妈受到了打击，但她也觉得，在某种程度上，也说明妈妈放心了。对此，纱有美并不觉得难过。因为从懂事起，妈妈就这样。她一直深爱着这样的妈妈。

3

静冈老家的一个高一女生最早在雄一郎的住处留宿。他一开始不是在网上，而是在涩谷的路上被搭讪，是两个打扮得一模一样的女孩让他请客吃麦当劳。于是，他带她们去了居酒屋，一打听，才知道她们是离家出走的，才过了一个星期，就把钱全花光了。

那天，一起打工的朋友带了一个女孩儿回家，而雄一郎带了家是静冈的那个女孩儿。他一问，才知道两个人根本不是朋友，而是在路上认识的，因觉得一个人太危险了，就两个人一起搭伴行动了。她只知道那个女孩的昵称，甚至连她的大名都不知道。

她很感激雄一郎住的是两室一厅。她也曾去过其他不认识的男人家过夜,但他们住的都是单间,实在太不方便了。这时,雄一郎才知道,原来有一群男人会收留离家出走的女孩儿,而且这种需求和供给通过网络很容易找到。

这个女孩儿在雄一郎家住了一周。他给了她一把备用钥匙,自己则每天去派送比萨的地方打工,在外面吃饭后,很晚才回家。第三天,女孩儿说可以发生肉体关系,但被他拒绝了,因为他觉得很麻烦。如果因为性交而住着不走,那就麻烦了,另外,脱掉不怎么熟悉的女孩儿的衣服和做前戏都很麻烦。一个星期后,女孩儿和行李一起消失了。不知是怎么凑出来的,餐桌上放着一个装有两万日元的信封。

从那以后,雄一郎为了打发时间,开始浏览网上离家出走的公告栏。他对写着"我会给你谢礼""我会好好感谢你"的女孩儿打过几次招呼。虽然大多数女孩子都没钱,但如果礼貌地问她们"能否交水电费"时,她们也会出一些。

离家出走后,聚集在涩谷和新宿的女孩儿们似乎有一张关系网。雄一郎不知道是一个像蜘蛛网一样扩散的网络,还是有几个单独的网。不过最近他才知道,自己作为"安全牌"在某个地方似乎有点名气。

无暴力,无软禁,不要求性交,只需要支付相应的住宿费,就能提供住处的男人。这个帖子在网络上扩散。现在,即使他不去看论坛,一个月也会有一两个陌生女孩儿发帖询问:"可以收留我住一下吗?"

一次只留宿一个女孩儿;最长两周;虽然不会收取高额费用,但也不会让客人免费住宿;不允许以身体和劳动顶替房费。这是雄一郎从开始自由接收信息后定的规矩。不跟留宿的女孩儿交往,不辞掉工作,女孩儿留宿期间不带男性朋友回家,等等,这是他给自己定的规则。

现在,有一个初三的女孩儿住在这里。她好像是个爱干净的孩子,留宿的第二天,他下班回家一看,厕所和浴室都被擦得锃亮。

六点过后结束工作,搭电车回到离公寓最近的车站，在车站前的居酒屋以酒代饭。九点过后，从店里出来，去便利店买第二天的早餐，然后回公寓。从楼下仰望自己的房间，灯还亮着。眼前的灯光有些扰动他安静的心，但他装作没注意。

女孩儿们出的房费绝对不高。听以前留宿的女孩儿说过，也有"留宿男"说要通过卖春赚钱让留宿的，但雄一郎根本没有这种打算。他不想靠她们的住宿费赚钱。那为什么要收留她们过夜呢？雄一郎觉得死都不会想到是因为他想抬头看到窗口的橙色灯光。

打开门锁，把买来的面包和饮料放进冰箱时，留宿的女孩儿从日式房间里探出了头，四目相对时，她笑着说："你回来啦！"

"哦。"雄一郎冷冷地应了一声后，拿起罐装啤酒，坐在了餐桌旁。他打开既不是液晶也不是超薄的十四英寸的电视，慌忙按着遥控器。

"我没什么。"女孩儿从房间里走出来，靠着关上的拉门说，"我又不是第一次，也早有心理准备。大家都说这里的人什么都不做，可我又没带钱。"

雄一郎明白她在说"睡觉也没关系"。他嫌麻烦，随口用常用的谎言说："我是同性恋。"

"啊，是吗？"女孩和其他听到这句话的人一样，露出既放心又好奇的表情。

"那你为什么要留我住宿呢？既不为色情，也不叫我挣钱。"

"因为你要住，恰好我有房间。"

"啊？志愿者？难道你像巡夜老师一样，要说教吗？"女孩边笑边说。

"不会的。"雄一郎也笑了。

"为什么离家出走？"虽然没什么兴趣，但女孩儿总是不回自己房间，所以他就顺便打听一下。

"啊，我父母，烦死了。"女孩儿笑了。女孩儿们总是在笑。

"也很烦吧？像我这么大的时候。"

"我，没有父母。"这也是他每次都会用到的谎言。

"啊，是吗？"如果有十个人，十个人都会这么说，然后就什么都不问了。小孩儿好像也有小孩儿式的关心,这个上初三的女孩儿问:"为什么不在?死了吗?你一直一个人住在这里吗?"她一连问了好几个问题。

"我是个被遗弃的孩子。"

雄一郎用遥控器关掉电视,说道。喝干啤酒,捏扁易拉罐后,他站了起来,发现女孩儿的身体一下子僵住了。他又从冰箱里取出罐装啤酒和盒装果汁,回到餐桌边。他把果汁放在对面的座位上后,女孩儿看了他一眼,然后坐了下来。

"懂事之前,是在集体的机构里长大的,等生活能自理后,才开始一个人生活的。"

这话有一半是谎言,这个谎是他第一次撒。雄一郎心想:如果以后留宿的女孩儿再像今天这样追问,就用这个谎言搪塞过去。

"是福利院吗?"

"和福利院不太一样,是没有孩子的夫妇把弃婴集中起来,一起生活。"

"哦,原来还有这种机构。"

"有啊。"喝了一口啤酒后,雄一郎发现自己不想再喝了。因为担心房间太安静，他又打开了电视。耳边传来一阵刺耳的傻笑，让他稍稍放下心来。

"好像很开心啊，我也想在那样的地方长大。那样的话，就不会有那么烦人的父母了吧……啊，对不起，好像……"

"不，也没什么。"十五岁左右的小孩儿的这种顾虑既滑稽又可怜，雄一郎不禁露出了笑容，"你说的对，没有烦人的父母，很开心。"

"是吗？是这样的吧？"女孩松了口气，猛地喝了口果汁，都快把纸盒吸瘪了。

温热的风从厨房开得窄窄的窗缝吹进来，窗边挂着的风铃发出清爽的声音。这是在这里留宿的一个女孩儿擅自挂上去的。是谁呢？他尝试着回想在这里住过的几个人的脸，但脑海中浮现的只有从人行道抬头看到的这个房间的橙色灯光。

4

回到家已经是凌晨两点多了，因为早上还有会议，虽然很想再稍微睡一会儿,但贤人还是冲了个澡,穿上T恤和短裤,打开了电脑。等电脑启动时,他俯瞰着窗外完全被夜色笼罩的城市,市中心零星的灯光看起来就像星空。看一下最近经常浏览的博客,看完已经快三点了。刷完牙后,他赶紧上床睡觉。从去年秋天开始同居的木暮笑皱着眉头翻了个身,并没有要醒来的意思。

贤人在老家发现了今年正月寄给自己的信。他高中毕业后离开家,开始了一个人的生活。好几年几乎没回老家了,今年正月,为了给家人介绍笑,还带她回了老家。虽说是回老家,但从市中心的住处到老家,用不了三十分钟。阿辰、妈妈和年龄相差悬殊的妹妹茉莉香三个人在老家生活。笑受到了隆重欢迎,感到不知所措。仔细想想,从初二开始,他就没断过女朋友,但像这样正式介绍还是第一次。这样,贤人终于安定下来了吧,这位小姐会阻止贤人的堕落吧。贤人很清楚妈妈是这么想的。虽然有些扫兴,但确实有些过意不去。十八岁之前,一直给别人添麻烦倒是事实。

离家十年间，寄给贤人的信件，就连快讯商品广告，妈妈也会认真转发。所以，两个多月前的那封信被塞进杂志架里，实在让人感到匪夷所思。信好像被打开过，因为粘胶水的地方有些不自然，皱皱巴巴的。贤人没有把发现信件的事说出来，而是悄悄塞进了自己的行李。就那样，和笑在老家住了一晚后，他们回到了现在的住处。

信上写着："你是否是在某医院、由某医生接生的孩子呢？"

写信人好像在寻找那个时期、在那家医院、由那个医生主治的生孩子的孕妇及其家人，但没有写原因。信上写着："如果是，或者知道什么线索，请联系。"后面还附有邮箱地址。贤人隐约推测写信的人想问自己什么以及为什么没有写理由。但是，如果这个推测正确的话，那寄信人就搞错了。因为他不是在那家医院出生的。

贤人也推测出了这样的信寄到毫无关系的自己这里的原因。虽然不是在那家医院出生的，但他曾被带到那家综合医院看过精神内科。他上高二时，曾让交往的比自己大两岁的女大学生怀过孕。这不是第一次，而是第二次。在初三结束时，也发生过类似的情况。因此，不知是阿辰还是妈妈提议，让最好去看看医生。寄信人应该是拿到了当时的病历或患者名册之类的东西吧。大概是青春期，在自己出生的医院接受心理治疗的同龄人写了这样的信吧。难度如同在小石头堆中找到掉进去的砂砾一样。

贤人没有回信。虽然没有回信，但在网上搜索到了寄件人的名字，还找到了其建立的主页。从那以后，贤人每天都会浏览这个主页和访客随心写下的留言。这个主页一天有很多点击量，也有很多评论。

越着急睡越睡不着，贤人带着淡淡的焦躁听着笑的呼吸声。她一躺下就会睡着，一睡着，即使发生四级地震也不会醒。之所以会一起生活，是因为笑强烈要求同居。而贤人之所以接受，很大程度上是因为笑宣布不打算结婚。但实际上，贤人在黑暗中睁着眼睛想：也许是因为羡慕她这种无忧无虑的健康睡眠吧。

第二天早上，晕晕乎乎的贤人突然看见发下来的资料上写着船渡树里的名字。

贤人工作的广告公司负责宣传饮料公司新上市的酒精饮料。最近将要邀请广告方在公司里举行吉祥物的竞选。这是最终决定包括个人和法人在内的参赛作品获奖情况的会议。贤人啜了口塑料杯里的咖啡，翻开了资料。有七部作品的彩色复印件，下面写着简介。船渡树里：1978年生于东京，毕业于美术大学，几年前在设计事务所工作。

树里。贤人又看了一眼这两个字。他想：怎么可能？同时又想：这么稀有的名字应该不会是巧合吧。不，也许是笔名。树里这个名字很适合做笔名。

不可能一直记得，不记得的时候要长得多。那是小时候那几年参加露营的回忆。贤人在那里经历了初恋，甚至还和初恋的女孩儿举行了婚礼。但是，他从来没有想过要积极去寻找，无论是露营的地点，还是参加露营的孩子们。只是，有时会突然想起。对贤人来说，十几岁时的事，经常被茫然若失的空白吞没。回过神儿来的时候，不知为何，会突然想起来，但并没有记住所有人的名字，只记得阿弹和树里。因为名字很稀少，所以记得。还有纪子，因为是和自己结过婚的女孩儿，所以记得。至于姓，几乎记不得了，只记得树里名字的笔画特别多。他还记得，当谈到名字的汉字难写时，树里把自己的名字写成了一篇文章，像是在说"乘船渡河去树的故乡"，但"乘船渡河"的部分却想不起来了。也许是因为看到了"船渡"这两个汉字才这么想的吧。

结果，贤人一句话都没说，会议就结束了。船渡树里落选了。剩下的三部作品，连同其他公司选送的作品，将在下下周的正式竞赛中一决高下。

回到办公桌后，贤人喝着重泡的咖啡，又看了一遍资料。其他的作品都是以瓶子和酿酒原料的果实为吉祥物，而船渡树里的作品却是桶状的冰。

船渡树里的个人资料上写着她的邮箱地址，但直观上看不出这是她个人的邮箱地址，还是经纪人的邮箱地址。

贤人看了一段时间精神内科后,妈妈才告诉了他小时候露营的事及聚集在一起的都是什么样的孩子。在代代木一家小巧的意大利餐厅里,妈妈一脸神秘地说出了这件事。在非常昏暗的店里,妈妈说:"我原本没打算告诉你,但一看到你,就很担心。"

"你为什么想隐瞒?"贤人问。

听了妈妈的话,贤人终于明白了自己为什么有时会被空白吞噬。因为自己在那个家里是外人。他觉得,这既没有扭曲事实,也没有贬低事实。姓铃木的铃木辰、妈妈、茉莉香和姓松泽的自己,隔阂的不只是姓。就像混进别人家一样,感觉自己像个透明人。如果早一点儿告诉自己的话,也许他会更好地处理好自己的存在方式,不,应该说对待吞噬自己的空白的方式。虽然贤人知道"如果"没有任何意义,但还是这么想了。

"我不想因为说了而伤害到你。"面对贤人的质问,妈妈一本正经地说道。

贤人心想:或许的确如此。什么会伤害到别人呢？除了自己，谁都不知道。

贤人打开新建邮件的画面，并告诉自己不要发送后，才开始输入文字。"你在小时候的夏天，是否参加过夏令营呢？"他发现这句话的措辞和一个素不相识的人写得一模一样时，不禁苦笑了一下。

5

从私营车站步行十分钟左右才能到妈妈家。即使走在人行道旁的树荫下，很快也会汗流浃背，连衬衫也贴在了后背上。婴儿车上虽然盖着遮阳罩，但步美好像也很热，一副不耐烦的样子。

"马上，马上就到了。"纪子对步美说，"我稍微再加快点儿脚步。"她在红灯前停下脚步，看了下手机，没有未接电话什么的。

打开生锈的门，连门铃都没按，妈妈就打开了玄关大门。穿着拖鞋出来的妈妈没有跟纪子打招呼，就往婴儿车里看。

"欢灵（迎）光临，热热吧！"不管纪子怎么跟妈妈说不要用儿语,可妈妈就是不听,好像并没有打算停止使用这种语气。妈妈打开遮阳罩,伸手抱起步美。步美张大嘴巴笑了。

"啊,笑了笑了,咱美美笑了啊!"

"上周不是刚见过面吗?"纪子笑着跟着妈妈进了家门。光线瞬间变暗,她突然有一种解放感,就像脱下湿泳衣一样的解放感。纪子自己总是畏首畏尾的。

她和妈妈面对面吃着素面午餐。虽然每周都会带步美回来一次,但妈妈却一刻都不想离开步美。妈妈把步美放在膝盖上,草草地吃了饭,开始喂步美吃从早上就准备好的好几种离乳食品。因为太执着,以致步美有时都快哭了。

妈妈和上周一样,说些无关痛痒的话。

"慎也怎么样?"妈妈问纪子丈夫的情况。

"还是老样子,身体很好。"纪子回答道,然后她又开始问爸爸的情况,"爸爸怎么样?开始散步了吗?"

"盂兰盆节说要去北海道。"妈妈用比纪子更长的时间说了爸爸的近况。然后纪子开始谈论步美,会叫爸爸了；有一次从椅子上掉下来，哭得很厉害；在儿童馆，总是交不到朋友。

"对了，你小时候也挺怕生。"妈妈有时也会说起往事。

吃完饭，纪子把碗盘都洗完后，上了二楼自己的房间。这里的布置还和之前在这里生活时一样，她躺在床上，看着窗外绿叶茂盛的水杉树。楼下传来妈妈对步美说的儿语和古典音乐声，就像在哄自己一样，她迷迷糊糊地犯困了，终于无法抗拒地闭上了眼睛。

步美是去年十月出生的，现在他们一家三口人住在公寓里。纪子每周要花四十分钟左右倒两次电车回老家一趟。她星期三有烹饪课，再加上推着婴儿车移动很辛苦，见到妈妈也没有什么特别要说的，而且周末有时也会和慎也、步美一起回来坐坐，所以根本没必要那么认真地按时回来。可即便如此，纪子还是无法想象星期三不来这里会怎么样。

纪子自己笑醒了。她睁开眼睛，一动不动地盯着天花板，笑容就像残羹剩饭一样从嘴角漏了出来。什么事情这么可笑呢？她觉得有点不可思议。笑容好不容易才消失。做了什么样的梦呢？为什么笑呢？现在已经想不起来了。纪子一下子坐了起来。先不说这个，现在几点了？她看了看床头柜上的表，快三点了。好像睡了一个小时左右。她爬起来，关掉空调，下了楼。在榻榻米的房间里，妈妈和步美也盖着毛巾被睡着了。

手机里有慎也发来的短信。"今天学了什么？晚饭很期待哦。"简短的文字里到处都是表情包。看了看收信时间，还不到十分钟。纪子急忙回信："今天学的鲹鱼寿司。因为我要复习，所以敬请期待哦。"她也放了很多表情包进去，鱼呀、笑脸呀等。确认发送成功后，纪子急忙叫醒妈妈和步美。

纪子和慎也是在大学时认识的。大三她找工作时，认识了在其他学校上学的慎也，两人从四年级时开始交往。慎也和纪子都想做媒体。慎也的首选是大型出版社，纪子的首选是童书出版社。结果，纪子去了大量出版翻译作品的出版社，慎也定了面向初高中生教材的出版社。两个人工作确定后，慎也和纪子定了一家法国餐馆，用香槟干杯庆贺。但纪子只工作了一年。因为是家小出版社，研修三个月后，纪子就被分配到了编辑部，并连续编辑了两本翻译童话书，虽然什么都不懂，但她开始觉得这份工作很有意思。但是，在纪子二十三岁那年的秋天，慎也向她求婚了。纪子心想：反正总有一天会结婚，就答应了。之前慎也见过纪子的父母，纪子也和住在岐阜的慎也父母吃过几次饭。

出乎意料的只有一件事，那就是工作。纪子在交往中说过好几次，即使结婚了，也想继续工作。可没想到的是，在订完婚后，慎也却提出："如果可能的话，希望你辞掉工作。我没要求你一直做家庭主妇，只是希望你暂时把家庭放在第一位。"纪子试着反抗。就职还不到一年，慎也却说结婚后就让她辞职，这类话他以前也从未说过。她再三强调绝对不是吵架的态度，只是想把自己的想法告诉对方。

那之后慎也的言行，纪子至今都不愿回想。

当时，她们在深夜的酒吧里聊天。这是开始工作后，相约着一起吃完晚饭后常去的酒吧。当时并不觉得慎也喝得有多醉，但他却把喝伏特加酒的杯子狠狠地扔到了墙上。

"既然那么重视工作，那就一辈子一个人工作吧，蠢货！"丢下狠话后，自己便扬长而去了。

那年年末，纪子辞掉了工作，第二个月，便按计划和慎也举行了婚礼。是和慎也结婚，还是不结婚继续工作，对当时的纪子来说，不可能是二选一。不，准确地说，从酒吧事件的那天晚上开始，纪子几乎停止了思考。就像慎也说的那样，工作什么时候想干再找，暂时把家庭放在第一位没什么不对。所有的思考都在无意识中遵从了慎也的想法。

从那以后，慎也再也没有扔过什么东西，也没有破坏过什么东西，更没有用粗鲁的语气说过话。他从未忘记过纪子的生日和结婚纪念日，也从不缺礼物。不加班的时候，会气喘吁吁地赶回家给步美洗澡；休息日，也会做饭；不讨厌来纪子的娘家，还会陪着一喝就话多的岳父喝酒；平时工作的间隙，也会给纪子发短信。

"找到了一个好丈夫,真是幸运。"纪子的母亲似乎从心底里放下了心。

只有一次,只有一次纪子感到了恐惧。纪子觉得这大概不会有人能理解。

她对父母坦白说:"慎也希望我辞职。"

"不管怎样,有了孩子都得这样。"身为家庭主妇的妈妈说。

"想工作的话,什么时候都有机会。"爸爸说道,他似乎不知道"就职冰河期"这个词。

纪子没能传达出自己的真实想法。不,她不知道自己是否有真实想法。纪子当时心想:或许写在信上就能明白,就像小时候那样,把自己的想法写给虚构的恋人,也许很多事情就会变得明确。但纪子已经不写信了,因为她不知道寄给谁,也知道把自己的心情用文字写出来也不一定能准确表达。

纪子朝送她到车站的母亲挥了挥手,然后推着婴儿车穿过检票口。调成振动模式的手机开始在包里振动起来。乘电梯上了月台后,她在长椅上坐下。

"已经回去了吗？我今天八点就能回家。"

看了带有表情包的短信后，纪子回复："不加班啊，我和步美等你！"

蝉鸣声震耳欲聋，仿佛要隔绝整个世界。发完邮件抬头一看，不知何时进站的电车已打开了车门。纪子茫然地看着映在玻璃窗上的自己的脸。看起来和刚才发送的邮件内容完全相反，她呆若木鸡。车门关上，电车慢慢开走了。

"啊，忘了上车了。"电车开走了，把蝉鸣声、步美和纪子留在了月台上。

6

邮件是在九月放暑假前发送到树里那里的。因此，在葡萄牙旅行期间，树里总是心不在焉，宫殿和教堂都没怎么好好看，就连那么期待的葡萄牙料理菜品的选择也交给了敦。

邮件的开头是"如果我发错了，深表抱歉"，接着是"请相信这不是为了恶搞而发的邮件"。顺理成章，树里做好了心理准备。但下一个瞬间，因为太过惊讶，她小声喊了出来。

　　你小时候是否只在夏天参加过露营呢？不是学校或地方社区的夏令营，而是几个家庭在山庄里度过几天的露营。我是那个夏令营的参加者，很怀念当时的情景。如果可以的话，我想和当时一起参加的人交流一下。非常抱歉，明知很失礼，却还是给你发了邮件。

寄信人是"松泽贤人"。树里虽立刻想到了小贤，但却连他的脸都想不起来了。也不能确定这个松泽贤人是不是当时的小贤。从信中得知"松泽贤人"在广告公司工作，他是从树里的插画资料中获得了她的邮箱地址。信的后面还添加了他自己的联系方式。

　　树里没有马上回信是因为还不确信。她最不相信的是因为"松泽贤人"这个人知道自己的愿望。忘记的时间虽然很长，但她还是会时不时地想起夏天的露营，想知道一起参加的孩子们现在怎么样了。有时也会想：在死之前会知道他们的行踪吗？如此天马行空，瞎想一通。

比如患子宫内膜异位症时，她曾无数次在幻想中对早已想不起面容的朋友说话。"喂，我要是不能生孩子怎么办？如果是你会怎么做？"只要是绝对不能对现实中的朋友说的话，就对他们说。

这封邮件就像是知道自己在暗暗祈祷想见到他们一样，让树里觉得十分可疑。说不定松泽贤人就是那个小贤，小贤在长大成人的过程中，偶尔也会想起一起度过夏天的那些人，梦想着有一天能见到他们。这种想法一闪而过，不过，树里觉得这样想很危险，太感伤了。于是她没有回信，就启程去了葡萄牙。

"怎么了？"敦问了好几次。树里不是说天太热累了，就是说中午葡萄酒喝多了，每次都用这类话搪塞过去。其实她一直在想松泽贤人的事情。

转了波尔图、拿撒勒，又回到了里斯本。在旅行的最后一天，树里说"头疼，想休息一下"，便打发敦去买礼物，自己则留在了酒店。她打开随身携带的笔记本电脑，给松泽贤人写了回信。这几天，在观看石板路、城堡、宫殿和大海时，树里想起了小时候的露营，渐渐地不知道自己在哪里、在做什么了。树里心想：如果不是在这种非日常状态的旅途中，自己一定不会给松泽贤人回信。想到这里，她甚至觉得，或许就是为了给松泽贤人回信，自己才选择这个时期来到这个地方旅行的。

树里写道："露营时大家叫我朱莉。露营突然消失了，参加的任何人都联系不上了。上初中时，我曾和其中一个人有过一段时间的书信往来，后来也联系不上了。情况就是这样。"树里既不想详细了解那个露营的情况，也没打算热心地寻找参加者，但自己确实想过他们现在在干什么。难道说他就是那个叫小贤的孩子吗？都想不起他的长相了……

树里一边写着，一边确信自己是在给长大了的小贤写邮件，但她却想不起小贤长什么样了。

发完邮件，树里从酒店的窗户俯瞰着石板路想：今天晚饭时，我要把这件事告诉敦。夏令营的事，突如其来的邮件的事，都告诉他吧。

结果，在敦约好的能听葡萄牙民歌的店里，树里既没说邮件的事，也没说夏天的记忆。因为在能听葡萄牙民歌的店里不能聊天，树里像是在找借口一样，但她也不知道不能告诉丈夫的理由。

坐在面前的是小贤。

树里既没感到想象中的怀念，也没感到重逢的喜悦。对此，树里自己也感到困惑，不得不在心中反复念叨。现在出现在眼前的是小贤，那个矮小的小贤，总是和好朋友黏在一起的男孩儿。

但无论怎么想，都没有任何感动。树里觉得对方似乎也和她一样。他那忙着抓咖啡杯的指尖，以及在桌子下跷二郎腿的细微动作，都表现出了他的困惑。

见面的地点在贤人单位附近一家酒店的咖啡厅。墙壁是玻璃幕墙，阳光普照。树里面前放着咖啡，她与贤人面对面坐着。

"你竟然是小贤？"树里把见面后十五分钟内说过两次的话又说了一遍，"真没想到能见到你。"

"我也是。幸亏下决心给你发邮件了。"

两人四目相对，相视一笑。又是一阵沉默。

确实如此，树里心想。他是一个在孩童时代，顶多几年前，而且还只是在夏天的那几天里见过，完全是一个陌生人。还没到高兴得手拉手的程度，也没到凭记忆中的小贤的面孔就能认出他的程度。

"不知道其他人都怎么样了？虽然名字和长相都已经模糊了。小贤你不是和一个女孩儿举行婚礼了吗？"树里笑着说道，贤人也笑了，两人因此放松下来，"关系那么好，最后也没和那个女孩儿联系吗？"

"大概谁都没像我们现在这样见过面吧。我认为这次能见到朱莉你纯属偶然。正因为如此，没人跟船渡小姐你联系吗？做你们这种工作，名字和露面的机会应该很多吧。"

树里对贤人的敬语感到有些别扭。她回想起了阿弹写的"最好不要告诉父母"的信，以及母亲刻意隐瞒什么的态度。

"可是，到底是怎么回事呢？父母坚决不告诉我大家的联系方式。那段往事在我的记忆中是最不可思议的回忆。"

"因为父母不一定比我聪明。小时候，我一直认为父母就是大人，正因为是父母，所以就无条件地信赖他们，但其实也有不合格的父母。"

眯着眼睛，盯着窗玻璃的贤人好像自言自语似的小声说道。树里不明白他在说什么。由于太过糊涂，连该问什么、该怎么问都不知道了，所以她只好偷看贤人的各处。白皙的皮肤，没戴戒指的无名指，漂白过的衬衫领口，修剪整齐的指甲，等等。树里心想：虽然自己的工作还没有达到随处都有名字和照片的程度，但如果有人像这次一样联系自己，该怎么办呢？能像跟贤人这样见面吗？还是像这次一样因在意贤人的些许别扭而不见了呢？

正当她这么想着的时候，贤人看着玻璃窗说道："朱莉，要不要找找看，那个时候去山庄的孩子们？"

这是不可能的。首先，找了又能怎么样？像这样别别扭扭地喝茶吗？仅仅为了这个，就开始一件麻烦的事情吗？一瞬间，她的大脑里冒出了很多想说的话。

但树里脱口而出的却是这句话："怎么做？"

7

纱有美是在每天都去的网吧里听到关于那个男人的事情的。她在饮料自助区，听不知是高中生还是初中生的两个女孩儿说话。她们单手拿着空杯子靠在吧台上，说着说着好像忘了自己是来拿饮料的，一直在聊天。

纱有美在便利店买了杯装炒面，来加热水，在等着炒面泡好时听到了两人的聊天。两个人说的似乎是"留宿男"的事情。纱有美知道，好像有一种"留宿男"，专门收留离家出走、无处可去的女孩儿。据说有很多男人会强迫性交来代替住宿费，或唆使女孩卖春来支付住宿费。

"可是，听说那个人不是这样的。"短制服裙下穿着打底裤的女孩儿说。

"怎么不是这样的？"头发上插着扶桑花的女孩儿嘿嘿笑着问。

"因为他是同性恋，所以不谈色情，也不多要钱。"

"哎，法林你在那里住过啊？"

"不是我，是朋友的朋友。"

"哎，骗你的。"

"你不信也可以，我不告诉你了。"

"不过，那种人不是很危险吗？可能是在偷拍什么吧。"

纱有美在饮料区旁的洗碗池里倒掉了热水。

"听说那个人是被遗弃的孩子。"

"哎？什么？"

"哎，听说是在一个奇怪的地方长大的，很希望和别人一起生活。"

"哎？奇怪的地方是什么地方？"

"没有孩子的夫妇和弃婴像一家人一样生活。"

"不过，这样的人家能去住吗？好奇怪啊！既然这样，那附近的流浪汉也可以去借宿吧？"

"没听说，不知道。不过，听说那个人超帅。"

"切！越来越离谱了。"

纱有美手里拿着酱料包，静止不动。刚才两人说的话，好像有什么地方值得怀疑。怎么回事？在哪里？她的大脑在飞速运转。弃婴和没有孩子的夫妇……她反复确认了值得怀疑的部分，就在那一瞬间，露营的情景又浮现在眼前。

她明白这和她们说的完全不一样。那个露营不是弃婴和没有孩子的夫妇的聚会。甚至原本就没有听说过弃婴和没有孩子的夫妇一起生活的事，也没听说过福利院和养父母，简直无法想象。但是，总觉得有什么地方可疑。是直觉。就和突然想起了小田原，听到 hal 的歌时的直觉一样。

"喂。"纱有美凭着这微弱的直觉，跟女孩儿们搭话，"你们知道那个男人的联系方式吗？"

两个人的表情瞬间僵住了，大概是因为惊讶和紧张吧，然后又咯咯地笑了起来。

"法林你知道吗？"

"不问耀西不知道。"

"那你问一下。"

"有点可怕。"

"阿姨，面有点儿坨了。"

"那确实有点儿麻烦。"

"不过，我还是想知道。拜托了，告诉我吧。"

"嗯，在网上搜索一下不就知道了吗？在日志或者社区里输入'留宿男'就出来了。"

"日志是什么？"

"哎呀，太可怕了。"

"你不觉得这个人好像很奇怪？"两个人各自抱着胳膊，高声笑着走了。的确，被一个一手拿着杯面调料，一手端着面，穿运动服的素颜女人凑过来搭讪，确实很可怕吧。纱有美这么想着，迅速把调料和食材放进容器里，开始搅拌炒条，然后回到了包间。她一边吃炒面，一边在网上搜索日志。

日志似乎是社交网络服务的一种。只要注册，任何人都可以成为会员，可以在网上交友，公开日记和照片，会员之间还可以互相阅览。女孩儿们所说的"社区"，是会员之间建立的兴趣爱好的场所，只要搜索某个明星的名字，就会出现几个类似粉丝俱乐部一样的东西，会员们可以在里面互相交换信息。这就是社区。按照她们说的，纱有美搜索了一下"留宿男"，却显示没有符合的社区，这让她很失望。换了几个词重新搜索后，却连想知道的信息碎片都没找到。她发现，在日志内搜索登记的社区时，可以选择音乐、搞笑、电视、游戏等类型。在这些领域中，有地域、学校、年级、团体等。具体是什么呢？例如，某小学一九九〇年毕业生参加的社区，同年同月出生的人参加的社区，等等，数量之多令人难以置信。纱有美完全忘记了"留宿男"的事，把脸凑近屏幕。能从这里找到吗？能找到从哪年到哪年参加夏令营的那种社区吗？

不仅仅有这些服务，纱有美了解到还有类似 SNS[①]

[①] 社交网站，指用户基于共同的兴趣、爱好、活动，在网络平台上构建的一种社会关系网络。

的很多社交媒体。她都注册成了会员，如果进行地毯式搜寻，总有一天会找到吧。

也许每个人过得都比自己好，被朋友们簇拥着，和露营时一样，和温柔的父母一起跳舞，一起开怀大笑，然后长大成人吧。既有人选择结婚、生子，也有像波留一样从事着自己喜欢的工作，还有人在为实现目标而努力奋斗着。和自己相比，大家无论过去和现在都过着光辉灿烂的日子吧。但是，即便如此，他们应该也会想起一起参加露营的孩子们，并祈愿再次相见吧。在他们中间有没有人已经开始行动了呢？以前也许不现实，但现在有了网络和邮件，有一两个想通过这些方式找到当年朋友的人也不足为奇。

等她回过神儿来，发现已经快十点了。已经在包间里待了十几个小时了。在这十几个小时里，纱有美注册了四个SNS会员。虽然搞得眼睛又干又痛，但却没有得到任何线索。她开始准备回家。付了钱后，离开了网吧，一股湿乎乎的热气扑面而来。虽然想知道的东西没有一点儿头绪，想到达的地方一步都没有接近，但她的心情却很明朗了。

一周后，纱有美在网吧的同一个单间里凝视着网上的新闻。这是她在点击"被捕留宿男"标题后出现的报道。

十一日，神奈川县户冢警察局以违反《青少年健全有成条例》为由，逮捕了无业游民中村孝利（三十三岁）。中村孝利在没有监护人许可的情况下，让离家出走没有住处的少女连续住宿。

被逮捕的这个男子，未必就是女孩儿们提到的"留宿男"。既不可能是那些女孩儿所说的"弃婴"，也不可能是和"没有孩子的夫妇"一起在特殊机构生活过的人，是和自己及自己要找的人完全无关的新闻。虽然这么想，但纱有美还是反复看了那个新闻。她自己也不明白自己到底在意这个新闻的什么，以致无法移开视线。她因找不到契合点及自己天马行空的直觉而感到焦虑。

莫非，她心想：莫非女孩儿们说的那个"留宿男"就是那个露营里的某个人？那个人会不会把那些不可思议的夏天的记忆形容为"弃婴和没有孩子的夫妇一起度过的时光"呢？她一直有种被掏空的孤独感，那个孩子也一直有吧，所以才让别人住在自己家里的吧……纱有美这样凭空想象着。

纱有美心想：如果自己是被留宿的一方，这样就能见到那个男人吧。输入离家出走、留宿等关键词进行搜索，出现了很多条目。真是个奇怪的东西，完全不知道这些被称为离家出走的网站有多少是真的，这是一个什么组织。她觉得一周前感到的那种淡淡的希望，就像被吸进了森林深处一样，消失了。就连那个夏天的记忆，也和繁杂的信息交织在一起，完全不知道哪些是真哪些是假。

8

醒来后，波留一动不动地躺着，确认着眼前的一切。被台灯照射的天花板、窗帘、靠墙的书架、装饰架，挂在它旁边的怀斯的复制品、门把手，基本上和昨天看到的一样。但波留对此并不确定，每天早上都会感到不安。昨天不是连门合页都确认过了吗？快要被不安压垮时，她慌忙坐起来。"好吧。"她小声对自己说道。

除了和朋友见面、去美容院等私事外，波留几乎不知道自己一天的日程。外务经理须藤打来电话，说一小时后开自己的小车来接她。当她坐在副驾驶上，须藤会给她介绍一天的日程。

今天有医院的预约。在医院治疗一事，波留没有对任何人说过。从医院到新宿坐地铁只要两站，因不方便让须藤来医院接，所以，她让须藤在新宿的百货商店前等她。如果在新宿的话，大家就能随意推测她是来买唱片或衣服的吧。

须藤告诉她首先在事务所有一个采访，然后去出版社再有一个采访，五点开始再在工作室工作两个小时。波留边听边望向窗外。临近入梅的阴天，鳞次栉比的大楼，仿佛要把天空隔开的电线，走在人行横道上的人们。

波留把胡乱塞在纸箱里的信件和礼物一一拿在手

里，喊道："怎么说呢，无论怎么努力都没用，管理太差了！"

"这是点心吧？离保质期还有三个月。还有这个，绝对是自己做的。我不想打开，你看着办吧。"

"这个是昨天收到的。光是寄过来就已经很感谢了。即使被人讨厌，也毫无办法啊。"奈美绘坐在地板上，整理着杂志。

"我来帮忙。"坐在桌边的女孩儿站了起来，和波留面对面，把纸箱里的礼物摆到了桌子上。

隶属于大型唱片公司的波留，与半年前发掘自己的真锅刚，以及在其他唱片公司工作的真锅的妻子奈美绘，三个人一起成立了公司。然后又分别从各个公司挖来了三名员工，还新雇了五名兼职员工。现在，事务所里的艺人只有波留和三年前刚被发掘出道的朋克乐队。事务所设在代代木的一间公寓里，这半年来，与新事务所有关的所有人都忙得不可开交。

波留沉默了一会儿，开始埋头整理。歌迷们寄来的信件和礼物都寄给了唱片公司，虽然数量不多。这半年来，被放置的礼物，包括刊登采访她的杂志，好像唱片公司昨天才送过来。波留看了所有来信，包括不时混进来的"我和你的结婚派对应该邀请多少人"之类的脑子进水者的来信，还有检查人员忘记挑出来的"丑女，去死吧"之类的中伤信。

然后波留又看到了"牧原纱有美"的来信。波留也翻找了对面女孩儿分好类的信堆，确认有没有其他来信。有了，还有一封。这半年里，她来了两封信。

以前也收到过一次。波留心想：自己大概认识纱有美吧。

最初的信里这么写道："hal，你是以前参加过夏令营的haru吗？如果不是的话，非常抱歉。"

纱有美，在波留的记忆中那个被称为小纱的阴郁女孩儿，好像正在寻找当时一起露营的孩子们。只用hal标记，没有表明本名和出生年月日的自己，为什么会被认为是参加露营的孩子呢？这的确是个谜，不过，不管怎么说，纱有美是在确信hal就是波留后才连续写信的。她似乎很想找到那个时候的孩子们，然后和他们见面。波留不明白她为什么想见他们。自己之所以还记得露营，是因为最后一次夏令营结束后，母亲告诉了她那个聚会的意义。如果母亲没说的话，大概早就忘了吧，因为她去那里参加露营的次数屈指可数。不仅是夏令营，母亲还让她去参加全国孩子们都能参加的各种活动。她还曾参加过一段时间的滑雪集训，也和母亲一起参加了好几次以孩子为对象的徒步旅行。每次都会交到朋友，之后也有互相写信的，但大部分都像自然淘汰一样音信全无了。

所以，波留不知道纱有美写这封信是出于什么目的。因此，也没有回信。现在，波留正在犹豫要不要把新寄来的两封信拆开。

"不好意思，采访团马上要来了。"须藤说。

"啊，那我马上收拾。这个，我先去那边收拾。"女孩儿抱着纸箱回到办公桌前。波留和须藤一起收拾客厅的桌子。

"我去抽支烟。"波留若无其事地把纱有美的信放进工装裤的口袋里，然后拿起烟盒，走到阳台上。

"不是要戒烟吗？"她无视追着这么问的奈美绘，蹲下来打开信封。

这两封信的内容都和第一封信差不多。纱有美在寻找露营的参加者，想见他们。在第二封信里，写了这么做的理由——好像只有那个夏令营是自己人生中最辉煌的时光。在第三封信里，写了她去了一次演唱会后的感想，以及她认为 hal 就是波留的理由。给自己写信的孩子大多倾诉孤独、绝望、不安、焦虑等，对此，波留也束手无策，纱有美的话对她来说也和这些没什么两样。"小纱，你的人生真是太无聊了。"波留觉得这是别人的事，跟自己无关。

但是，波留透过展开的信纸看乌云下的天空，她吐着烟圈，左右眼依次闭上后，确认看到的东西。浅蓝色的信纸，文字，阴沉的天空，电线，旁边大楼的广告牌。不过，也许并非跟自己毫无关系。

波留第一次意识到自己的视野变窄是在二十岁以后。即便如此，一开始她也没特别在意。接下来，有次夜里被尿憋醒，发现什么都看不见了，一瞬间她非常紧张。当时，虽然关着灯睡觉，但也不是伸手不见五指。尽管如此，波留并没有去看眼睛。二十一岁时，她遇到了真锅刚，两人一见如故、相谈甚欢，并于第二年决定正式出道。她决定加入唱片公司，还进行了体检。寄到家里的体检报告说需要再次检查眼睛。在就诊的大学附属医院里，波留第一次听说了"视网膜色素变性症"这个词，即在黑暗的地方看不清东西，视野变窄，色觉出现异常。虽然视力急剧衰退导致失明的情况并不多见，但即便如此，还是有人会慢慢出现这种症状。

你的家人中，有人患有同样的病症吗？被医生这么一问，波留一时语塞。因为她不知道自己的父亲是谁。据医生说，这种病有遗传的可能性，症状和病情发展的个体差异很大，所以想知道家人和亲属的病历，据此，治疗方法和应对策略也会有所不同。波留犹豫后，去找母亲商量。可是，母亲也不知道她的父亲在哪里。既然这样，也是没有办法的事。波留只好告诉医生自己完全不知道父亲的病历，决定先住院看看情况。从那之后已经过去四年了,目前还没有明显的进展。即便如此,波留每天早上醒来后,都会感到不安和恐惧。会不会比昨天看到的东西少了呢?

波留的视线追随着香烟的烟雾,心想:如果这样能知道些什么的话,那么还是应该和纱有美这个现在连长相都想不起来的人取得联系吧。

"采访的人来了。"打工的女孩儿打开玻璃门,通知道。波留把烟扔进空易拉罐,站了起来。

9

和贤人见面时,树里心想:要是能聊聊过去的事就好了。她偶尔也会想:如果能像自己想象的那样,和贤人以不同于其他朋友的感觉亲近起来,就好了。

那场聚会是怎么回事呢?为什么突然,而且是故意地,和谁都联系不上了呢?她期待着能弄清其中的原因,但又觉得,就算知道了,也不会有什么结果。而且,孩子们肯定什么都不知道。就连曾经有过书信往来的阿弹,也只是推测而已。

九月末,树里和贤人第一次在咖啡馆见面时,就觉得两人话不投机。但她想:这大概是太久没见面的缘故吧。

贤人说要寻找当年的孩子们。树里认为贤人也想和当年的孩子们以不同于其他人的感觉亲近起来,于是两个人开始商量具体办法。

"山庄的所在位置问一下母亲就会知道,可以去那里向别墅管理员打听情况,如果还是什么都不知道,就利用网络做些什么。"

看他说话的样子,树里觉得贤人和自己不一样。好像他从母亲那里听说了很多,多少知道一些,于是漫不经心地问:"那么,那是哪里?"

贤人回答说:"静冈县。"他怜悯地看着树里,以一副"果然不知道啊!"的表情。

那天,在贤人的午休时间快结束时,他们交换了手机号码,就此分手了。树里本来打算找到大家,等有了具体方案后再见面商量的,但总觉得有些奇怪,于是第二天就用刚知道的手机号码给贤人打了电话。然后对敦撒谎说："要和治美去喝酒。"七点多，她去了贤人指定的店。

在外苑前错综复杂的小巷尽头的意大利餐厅见面后，树里开门见山地说："把我不知道而你已经知道的全部告诉我。"

"你真的想知道？"贤人一改一天前的敬语腔调，目不转睛地盯着树里。树里点点头。

他表情严肃地继续说："这是非常重要的事情，也许你会觉得还是不问为好。不过，我觉得你应该知道，所以说出来也没关系。你好好考虑考虑再决定。"

装腔作势。树里心想：这不是什么大事，却这么装腔作势，这孩子有什么企图吗？这么一想后，又立刻不安起来。自己为什么要对敦说谎，特意把他叫出来见面呢？

"决定好了，不管发生了什么，我都想知道。"树里半开玩笑地说。她过后想了好几次，当时为什么会那样笑呢？但当时，她甚至想都没想。

从贤人那里听到的话，令树里一时难以置信。

"关于那个聚会，妈妈们既不是朋友，也不是在产房认识的。因为每个家庭都有一个共同点，所以才聚在一起的。"贤人说。

"有什么共同点？"树里问。

贤人凝视着树里说："去那里的所有母亲都是通过人工授精生下孩子的。"

虽然有些意外，但并不值得惊讶。对于被生不生孩子这个实际问题困扰的树里来说，人工授精并不是什么奇怪的事。如果很难怀孕，当然也可以考虑这种方法。"啊！"她差点叫出声来。因为是不易受孕的母亲的女儿，自己才会患上子宫内膜异位症吧，这其中有没有什么遗传因素呢？她心想。她正在寻找让人信服的不孕的理由，而此时好像找到了答案。

"这事没有什么好隐瞒的，但在八十年代，这种事情还是会被人用异样的眼光看待吧。"树里不由自主地说。

贤人欲言又止，服务员来上意大利面时，他闭口不谈，等服务员一走，就压低声音说："母亲们人工授精用的不是丈夫的精子。"

"啊？怎么回事？"树里问。她完全不知道什么意思。

"那我说说我母亲的情况吧。"贤人开始叙述。

贤人的母亲虽然结了婚，但一直没有怀孕，夫妻俩商量后，抱着找出原因并治疗的想法去检查了。检查结果显示：母亲没有问题，父亲被诊断为无精子症，睾丸无法产生精子。但两个人无论如何都想要孩子。经过讨论，父母决定让第三者的精子与母亲的卵子结合，于是便有了我。

树里想说那是你的事吧，却把话咽了回去。贤人为什么会把那么私人的事情告诉自己呢？

也就是说，这就是他说的共同点。

之后的几分钟，树里已经不记得了，只记得光景变成浓淡分明的影像，一个接一个地浮现在眼前。只有孩子们的夜晚，偷偷地喝咖啡，黏在一起的小贤和小女孩儿，被拖着离开的两个人，说今年不去露营的父亲，露营回来后随便丢在门口的父亲的鞋子，不见了的父亲，放高尔夫球袋的地方积了厚厚的灰尘，比母亲更大更粗糙的父亲的手。

回过神儿来时，眼前的甜点盘已经空了。自己发呆时竟不知不觉地吃完了。这么一想就觉得很奇怪，觉得奇怪就不由自主地笑了出来，不一会儿就笑得其他客人都回头看。服务员问她裙子没事吧，树里确认了一下，发现有一大片红酒渍。什么时候弄的呢？她觉得很滑稽，就又笑了。对于她的傻笑，贤人既没有阻止也没有责备，只是怜悯地看着她。

直到打烊，树里都一直那样坐着。其他客人都走了，灯也关了一半。

贤人对好不容易站起来的树里说："没事吧？你不想听吗？"他边说边看着树里，这和小时候的记忆重叠在了一起。说起来，小贤是个温柔的孩子，说话声音像女孩儿一样柔和，总是关心别人。

"是我说想听的，所以不用担心，只是不敢相信。"走出店门的树里说。明明没喝多少，脚下却摇摇晃晃的。

"如果不愿相信，还是不信为好。我刚才说的是我家的事情。是长大后听说的，据说是这样的聚会。不过，我想朱莉你也知道，大人们都是骗子吧！所以我母亲说的话，也不知道有几分是真的。她自己是这样的，其他夫妇的情况可能就不一样了。"

树里想：也许真是这样。的确，大人们总是说谎。恐怕只有贤人不知道自己的父亲是谁吧。自己和其他孩子会不会如贤人所说，属于其他情形呢？对，比如用父亲的精子进行体外受精。没错，一定是那样。贤人和我的情况应该不一样。树里想用这样的想法来平静自己混乱的思想。

得到第三者精子的只有贤人的母亲，其他母亲恐怕是用丈夫的精子进行了体外受精吧。恐怕是在同一家妇产科或者同一个医生那里吧。虽然不知道发生了什么，但因为他们是通过同样的途径生儿育女的夫妇，所以取得了联系，聚在了一起。因为他们当时用了不常见的方法生育儿女，所以感到不安，为此聚在一起来确认彼此这样出生的孩子都在健康成长吧。没错，一定是这样，仅此而已。

"要不要喝杯咖啡醒醒酒？"贤人平静地问。

"不，我回去了，在街上叫出租车。"树里害怕再和贤人在一起的话，自己会问得更多。如果再问下去，她可能会对这个不熟悉的男人产生毫无道理的憎恨。树里几乎断定他是个天大的骗子。

"太好了，能听你说这些。"树里好不容易才说道。

10

波留叫喊着睁开了眼。明明眼睛睁着，却一瞬间什么都看不见，她又喊了起来。喊着喊着，被间接照明灯照亮的房间仿佛浮现在眼前，她终于停止了喊叫，但心脏的跳动依然在加快。

她做了一个梦，梦见自己站在舞台上，好像电路开关跳闸了，什么都看不见了。在梦中，她一开始以为是电闸跳了。所以她想继续唱下去，平息将要出现的观众的骚动。但观众席上一片嘈杂，一丝光亮都没有。啊，该来的还是来了，正当她这么想的时候，话筒掉在了地上，她喊了起来。波留坐起来，像找错误一样仔细地盯着房间的每个角落。怀斯的复制品，书架，书脊，装饰架，装饰架上的姆明摆件。

波留是在第二天给纱有美写的信。

纱有美很快就给她的邮箱发来了回信。

"真的？！真的是波留啊？！好开心啊！"

看着她兴奋的样子，找不到一点儿记忆中的阴郁的小纱的影子，波留开始怀疑自己是不是被粉丝骗了。

即便如此，确认须藤没有任何安排的那天傍晚，波留一个人去了和纱有美约好的酒店的咖啡厅。

到了咖啡厅，告诉店员自己在等人后，在店里转了一下，她无法想象出纱有美现在会是什么样子。她判断纱有美应该还没到，就定了露天的座位。她通过玻璃门来到露台，在桌前坐了下来。新干线从眼前飞驰而过。

"是波留吧？"听到有人说话，她转过头一看，一个女人呆呆地站在那里，黑色肥大的裤子搭配着灰色针织衫。虽然不胖，但总觉得有些松弛。没化妆的脸虽然不算丑，但和体型一样，给人一种不利索的感觉。波留瞬间认出了纱有美，但还是觉得没有什么印象。

"没想到会收到回信，真的谢谢你。像做梦一样。"坐在对面的纱有美热泪盈眶，不停地道谢。站在旁边的服务员没有立即递上菜单，而是一脸困惑地看着波留。波留伸手接过菜单，点了冰咖啡，然后塞给纱有美。纱有美没有打开强行塞给她的菜单，也没有看服务员，只是重复着说："真的是波留啊！我一直在找你，没想到能见到你。"

"你真的是纱有美吗？真的是吗？"波留打断了絮絮叨叨的纱有美，问道。

"对，大家都叫我小纱。你是波留，头发像男孩子一样短，和男孩子一起玩，还告诉我们咖啡加冰淇淋很好喝。"纱有美一口气说完。

波留心想：啊，果然是夏令营的小纱啊。

冰咖啡上来了。

"不过，现在的波留真厉害啊，竟然当上了音乐家。从来没想过参加夏令营的孩子中会出名人。你既不戴帽子也不戴墨镜呀！啊，对了，因为你很少露面，所以即使那么有名也没关系。我把你的CD都买了。最喜欢……"

波留打断了纱有美的话，说道："喂，小纱，我联系你是因为想了解一些事情。小纱，你了解自己的父亲吗？你有其他参加夏令营的孩子的联系方式吗？"

纱有美一脸茫然地看着波留。

啊，肯定不知道吧！波留想。可想而知，当时的孩子大概有一半都没听说那是怎样的聚会吧。

"联系方式一个都不知道。倒是……我父亲和你有什么关系吗？"

毫无意义。只是为了让这个家伙高兴而已，波留有些失望，难得的休息日，又浪费了时间，还是回去吧。她正想着该说什么回去时，纱有美说："波留你知道谁的联系方式吗？知道那个山庄在哪里吗？我一直在找，高中时，在小田原换乘电车的时候突然想起来了，就一个人去了。但结果，什么都没想起来。"

纱有美非常兴奋，好像膨胀的气球。波留看着说个不停的她，心想：好像她妈妈什么都没告诉她，所以她才特别想跟谁说说那个露营的事。还是赶快回去吧。

波留盯着说个不停的纱有美。刚要开口说："我一会因为工作……"

纱有美却接着说："对我来说，那几年的夏天就是天堂，只要收集记忆的残骸就会提起，对你来说，肯定也是天堂吧。"

波留内心翻滚，涌起一种残酷的想法，心想：要不现在就把一切都告诉这个孩子吧。不，这是残酷的事情吗？一直不知道不是更残酷吗？

"山庄在御殿场。我们平时都开车去，不知道怎么搭电车。另外，我也不知道其他人的联系方式。所以我跟你联系，原本想让你告诉我，但好像你也不知道。"波留在做激烈的思想斗争，到底要不要把纱有美不知而自己知道的事情告诉她呢。

还是算了吧。如果她这里没有任何线索，就不用再见面了吧。她拿着账单，正要站起来时，纱有美一脸陶醉地说："如果没有那段天堂般的时光，我可能活不下来。"

"你知道那是什么聚会吗？还说那是天堂？"波留说道，她不知道自己因为什么而烦躁，但却能清楚地感受到自己内心的恶意，"你不是说什么都不知道吗？那你想知道吗？如果真想知道的话，我告诉你吧。我可能比你知道得更多。"

说着，波留把账单放回原处，看着纱有美。纱有美对着正直视自己的波留轻轻点了点头。啊，波留差点叫出声来。在那张皮肤白皙的脸上，重叠着一张总是抬眼观察别人内心的小女孩儿的脸。

一定要寻找。波留透过出租车的车窗，望着傍晚的街道想。

纱有美什么都不知道。既然如此，那她就一定要寻找其他人。不可能所有人都什么也不知道吧。但是，怎么找才好呢？

纱有美既没太吃惊，也没受到打击，也许是预料之中的吧。

波留是在十二岁时听母亲说自己是人工授精,而且是通过精子库的精子受精出生的,之后她花了五年时间,才学会了表述和理解。当她知道这些时,心灵既没有受到伤害,也没有受到打击。因为她多次反复思考,并反复和母亲交流。波留觉得这些都是母亲精心安排的。如果不这样的话,万一成年后突然听到真相,完全无法想象会是怎样的心情。大部分人或许会像纱有美那样淡然地听,然后恍然大悟地说:"原来是这样啊。"或许纱有美有点奇怪。临别时,她笑着说了声:"谢谢,谢谢你告诉我。"

"如果没有那段天堂般的时光,我可能活不下来。"当时听到这句话的波留很生气。现在冷静下来后,她终于明白了。一定是有什么痛苦的事吧。被欺负了吗?没考上理想的学校?失业?失恋?受挫?一定都是微不足道的事。连这一点儿都没注意到,就变成了悲剧的女主角,动不动就说活不下去了,这种想法让她很生气。波留心想:我每次大叫着醒来后都会确认视野,也许在别人眼中,这种恐惧看起来也是微不足道的吧。

她猛地抬起头。该如何寻找露营的孩子们呢？纱有美有找到自己的方法。是歌曲，那是只有曾经在某个地方生活过的孩子们才懂的语言。尽快。

11

纪子偶然在互联网上发现了这个网站。

下午两点多，洗完衣服打扫完卫生，趁步美午睡的这将近一个小时，纪子经常上网打发时间。搜索菜谱，阅读不认识的主妇写的料理日记，浏览卖儿童服装和玩具的网站，有时还会买书、米、酱油等这些重的东西。

那天，纪子上了经常浏览的童装网站。这家网站除了罗列在网上销售的商品和店铺信息外，还发表员工轮流写的日记。虽然没什么意思，但为了打发时间，她有时也会阅读。那天更新的日记里有新商品的介绍。上面写着新晋插画家创作的动物系列的马克杯即将上市，今后网站不仅卖衣服，而且还会卖类似的杂货，这是第一弹。上面有马克杯的照片，还有新晋插画家的名字和主页地址，纪子真的是无意中点击了那个地址。

打开新窗口后，封面出现在眼前。

看着屏幕的纪子不知为什么感到胸口一紧。上面显示的是一条被笔直生长的树木环绕的小路，树木后面有一座用木头搭成的可爱建筑。是什么呢？为什么会如此心潮澎湃呢？百思不得其解的纪子按下了回车键。

人物简介、作品介绍、至今为止的主要工作、博客、目录等顺次出现。打开博客，她发现这是一位女性插画家的日记。里面也写着自己设计的马克杯将要发售的消息。有在饭店吃饭的照片，有对做过的工作的宣传，有去哪儿买东西之类的内容，都是些平淡无奇的日常杂记。虽然没有什么特别之处，但文章却有一种让人不由自主地读下去的魅力。这个人，是个什么样的人呢？年轻吗？纪子带着些许好奇打开了个人简介页。

插画家和自己同龄，女性，东京都出身，毕业于美大……读着读着，纪子把脸凑近屏幕，反复读着最后的文章。渐渐地，她的手心开始冒汗，交叉的双腿微微颤抖，喉咙干得冒烟儿。

封面上的画上用很小的文字写着：这是我一边回想夏天那几天的露营，一边画的。有几年夏天，还是小学生的我和几个朋友一起露营。喂，你想起来了吗？

夏令营，渐渐模糊的记忆慢慢复苏。绿叶的摩擦声，咖喱的香味，嘈杂的音乐，大人们的欢笑，孔雀婴儿般的叫声。"喂，你想起来了吗？"一个女孩儿出现了，问道。是最年长的那个少女。她一笑起来，鼻头就微微泛起皱纹。喂，你想起来了吗？纪子确认了一下插画家的名字。船渡树里。朱莉！一个已经很久没想起来的名字脱口而出。她认为取消露营都是自己的错。因为自己做了一件非常不好的事，所以露营就取消了。不过，自己真的做了那么坏的事吗？想想就很痛苦。不知道是不是因为太痛苦了，一会儿，记忆就像水洼里的水被蒸发掉了一样忘记了。她深信抽屉里塞满的信是写给虚构的某个人的。但是，那些信也早就扔掉了。

阳光透过树叶空隙，像落在树木之间道路上的花边。寺庙白色的圆形屋顶。不知是谁的哭泣声，纪子抬起头。响彻整个房间的哭声是睡在隔壁房间的步美发出的，还是记忆中的某个人发出的？哭声清晰得让她无法判断，她被早该忘记的记忆笼罩着。

星期三下午，纪子随口问了母亲一句："你还记得朱莉吗？"和往常一样，她和妈妈、步美三个人正在吃午餐咖喱炒饭。

"小时候参加夏令营的那个孩子，好像成了很有名的插画家。"

"你见她了？"母亲的声音听起来很奇怪。

"不是，我在网上看到的。她好像很怀念露营的事。我还想是不是认错人了，但总感觉应该是同一个孩子。"

"写了露营的事情？"母亲以与话题极不相称的严肃表情问道。

"不，说是想起了那时候的事才画的画。可以给主页上的联系地址发邮件，要不要联系一下呢？不过，她已经是名人了，也许不会回信吧。"

妈妈默默地抚摸着步美的头发说："是啊，那么有名的话，不可能的。应该不会有回复吧。"母亲坚定地说，好像生气似的。

"我说了什么奇怪的话吗？"纪子看了母亲的反应，觉得莫名其妙，问道。

"认错人的可能性比较高。"母亲说完，似乎想说这件事就此打住，然后一个劲儿地对臂弯里的步美说，"美美呀，困了吧，真困了吧。"

两天后的下午，母亲打来电话，说有话要跟纪子说，希望她能一个人来一趟。

"一个人？步美呢？"纪子问道。

妈妈听后赶紧说："步美可以带来，希望不要带慎也过来。"

纪子先给慎也发了个短信，说有急事必须回娘家一趟，然后麻利地做了晚饭，收拾好衣服，出了家门。

虽然现在有了步美，但只要和父母一起坐在饭桌前，纪子就觉得自己又回到了高中时代。心情变得既轻松又苦闷，有点儿半途而废的感觉。桌子上摆着苏格兰蛋、沙拉、凉拌蔬菜和味噌汤。纪子觉得可笑，自己明明是小学时才喜欢吃苏格兰蛋的。

"关于那个露营的事。"开口说话的是父亲，杯子里的啤酒只喝了一口，菜连筷子都没动，"聚集在那里的家人，不是朋友或亲戚。"

纪子不自觉地吃了起来，看着父亲点了点头。

"我一直想找个机会跟你好好谈谈，但不知道怎么说才好，就这样拖了这么久。这件事请你一定要原谅我。"父亲低下了头。纪子心里一紧。

"你突然要求我原谅你，太吓人了。"纪子笑着说。但父亲和母亲都没有笑。于是，他们轮流说了起来。纪子一时难以置信。

纪子已经记不清是怎么回去的了。电车是拥挤的还是空置的，自己是坐着的还是站着的，步美是哭了还是很听话，她完全不记得了。她记得打开公寓家门时说了声"我回来了"，然后边说着"对不起，回来晚了"，边走向餐厅。慎也坐在餐桌边。桌子上放着四五个捏扁的啤酒罐和空烧酒瓶。晚饭已经吃完了吗？但桌子上没有盘子。她还记得自己一边说着老家发生了很多事，一边犹豫着要不要把今天听到的事情告诉慎也。

"吃饭了吗？"她问道。

就在这时，空易拉罐猛地飞了过来，落在了纪子的脚边，反弹了好几下后，不解人意地发出嘎啦嘎啦的声音。在纪子怀里打盹的步美猛地哭了起来。

"你这是什么语气？"慎也扔下这句话后，接着传来关卧室门和锁门的声音。

纪子忘记了哄哭得面红耳赤的步美，茫然地看着慎也离开后昏暗的走廊。接着，腿开始微微颤抖。她紧紧地抱着步美，双腿颤抖着走向厨房，打开冰箱。用保鲜膜包起来的饭菜都没打开过。纪子心想：他还没吃饭呢。她突然觉得很可笑，自己到底在确认什么呢？但她拼命忍住没笑，同时也忍住没哭。

12

雄一郎懒懒地坐在电视机前的廉价沙发上，摆弄了一会儿电视遥控器，关掉电源后，把遥控器扔在了地板上。从开了十厘米左右的拉门那边，突然传来了音乐声，在寂静的房间里扩散开来。他啜饮着白酒，下意识地听了一会儿音乐，突然站起身来，站在拉门前，侧耳倾听。虽然不打算偷看，但透过十厘米的缝隙，还是能看到和室房间里面的情况。前天来的这个女孩儿抱着小型音箱一动不动。觉得她好像在哭，但她似乎注意到了雄一郎的视线，抬起头来。雄一郎发现她的脸颊并没有湿润。

"这是谁的歌？"雄一郎问与自己对视的女孩儿。

女孩儿伸手拉开拉门，几乎没有家具的房间里，放着她带来的拉杆尼龙箱。她手里的小型音箱里插着粉红色的 iPod[①]。

"声音太大了吗？"女孩儿笑着问，脸上却隐隐浮现出惊吓的表情。

"没有，没关系。我只是想让你告诉我这首歌是谁唱的。"雄一郎为了不让她感到害怕，挤出笑容说道。

---

① 苹果公司发布的多媒体播放器。

"hal。"她回答道。这时曲子中断，换成了别的。

"再来一次，可以再听一下刚才的音乐吗？"

"你喜欢吗？我给你再放一遍。我也很喜欢 hal，听了让人很振奋，喜欢的曲子我会一遍一遍地循环播放。我朋友都说这样很烦。"女孩儿说着操作了什么。几秒寂静后，曲子缓缓开始了。雄一郎站在和式房间的门口，垂着头，全神贯注地听着。

"盼望已久的不是圣诞节，而是夏令营。孩子们咯咯地笑着烤曲奇。在喧嚣的灯光下，大人们跳舞、接吻。星星从天窗落下，孩子们为了明天的婚礼，用三叶草编织花束。"

长长的歌曲中，有几句话突然浮现在雄一郎的眼前。这是什么？这是什么？曲子结束后，又开始播放了。"盼望已久的不是圣诞节……"这些，我都知道。这是怎么回事？雄一郎在心里嘀咕着。

"哎？"女孩儿把脸贴在地板上的音箱上，听着歌问道。

实际上好像还是发出了声音。

"你刚才说是谁唱的？"

"hal。"

"hal？" hal？ hal。眼前浮现出一张小女孩儿的脸。剪着短头发，晒得黝黑，笑容可掬的小女孩儿。最后还是没想起来她的名字里到底有没有hal。

"汉字怎么写？"

"三个英文字母，hal。租赁店一般都有。这首歌是刚出的单曲，所以在新唱片专柜。还有很多不错的。我还没去过音乐会呢。"女孩儿似乎明白了站在拉门前的房东既不会对自己施暴，也不会袭击自己，于是放下心来，开始侃侃而谈。

一直到十点多女孩儿出门前，雄一郎都在和陌生女孩儿听着那首歌。两人都一言不发，静静地听着音乐。临出门时，女孩指着iPod说："这个，给你放这儿吧。"雄一郎点了点头。

已经是冬天了，光着腿穿着迷你裙出门的女孩儿说自己的老家在埼玉，不知道是不是真的。她说她是从在涩谷认识的一个叫阿丽莎的女孩儿那里听说雄一郎的。据说今年的梅雨季节，阿丽莎好像在这里住了一个星期。雄一郎当然不记得阿丽莎，也忘了刚才出门的那个女孩儿的名字。这么说来，他想起来昨天和前天那个女孩儿都一直在听音乐。在这个房间里，她也像刚才一样抱着音箱吗？

住在这里的大多数女孩儿，房间里到处都是衣服、首饰、杂志什么的，而刚才那个女孩儿只放了音箱和尼龙箱。雄一郎盘腿坐在房间里，听着叫 hal 这个音乐人的歌。只要不按下停止键，它就会永远重复，一遍又一遍，沉入遥远记忆里的光景不断浮现、消失地交替重复着。雄一郎心想：那个孩子在这首歌的背后，看到了什么呢？

父亲是在那年的夏天去世的，联系他的是在雄一郎十四岁时离家出走的母亲。母亲告诉他要在千叶的殡仪馆里举行守夜和葬礼。他犹豫再三，最后还是在附近的批发店里买了一套丧服，去守夜了。与其说是去哀悼，不如说是想知道他是不是真的死去了，他想弄清楚父亲和自己的关系到底是什么，虽然他心里非常明白已无从得知。

离殡仪馆最近的车站是幕张本乡,雄一郎从未在那里下过车,从车站走二十分钟才能到殡仪馆。丧主是父亲的现任妻子,是个瘦削、眉清目秀的女人。此时,雄一郎才知道父亲已经再婚了。

虽然准备了五十张椅子,但只稀稀拉拉地坐着一些人。坐在最后一排的雄一郎发现了坐在前两排的母亲的背影。虽然已有十多年没见面了,但他马上就认出来了。遗像中的父亲安心地笑着,那是雄一郎小时候认识的男人。

葬礼结束后,雄一郎既没去参加为守夜者准备的素食餐会,也没跟父亲的现任妻子打招呼,就离开了灵堂。刚走不远,母亲就追了上来,眼眶湿润地说:"对不起,你长大了。"

雄一郎和母亲走进车站前的连锁居酒屋。从背影一眼就认出的母亲,在吧台旁边仔细一看,立刻觉得是个陌生的老女人。母亲几乎没碰下酒菜,一边喝着啤酒,一边反复找各种借口。自己离家出走的借口,丢下雄一郎不管的借口，寄了信之后再无联系的借口。

"没关系，不用找借口。"雄一郎说出了心中所想，这也是他的真情实感。他从没觉得从父亲身边逃走的母亲狡猾，只是有件事想知道。他并不是想把自己现在的处境归咎于任何人，但对于父亲的发言，他觉得只有那个才是他走向今天的分歧点。

"我是被遗弃的孩子吗？"母亲的话音刚落，雄一郎就开门见山地问。

初中毕业那天，父亲在烤肉店对雄一郎说："那里的孩子，都是被父母遗弃在福利院的，所有的大人都是没有孩子的养父母。因为担心福利院的孩子们今后的生活，所以要互相观察一段时间，了解一下情况。"父亲说着，微微一笑。

是吗？原来是弃婴啊。雄一郎信以为真。所以，母亲不在了，自己想做点儿什么，想成为什么样的人，等等，这些希望从那天开始就莫名地消失了。

"夏令营是弃婴和养父母的聚会吗？"雄一郎又问了一遍，瞪大眼睛看着自己的母亲。

母亲移开视线，双手掩面哭泣，哭着问："是谁那样说的？那个人啊！这就是报应吧。"

母亲双手捂着脸，含混不清地喃喃自语，然后抬起头，用炽热的眼睛盯着雄一郎，低声说："什么弃婴，开什么玩笑？你明明是我的孩子，只不过不是那个男人的孩子。"

不知是因为在居酒屋吧台前听到了身后醉汉们的欢呼声，还是因为完全相信了父亲的弃婴一说，母亲的突然告白，并没有给雄一郎很大冲击。

从遗传基因上看，自己和那个父亲之间并无关系，而是由母亲和连母亲都不知道来历的精子的主人，通过人工授精的方式生的，雄一郎甚至感到些许安心。

在那之后一直持续到末班电车前，母亲都继续着她的新借口——申请精子库的借口，一直没有告诉他真相的借口，和父亲相处不好的借口，把他留在不是生物学上的父亲身边的借口。这样就和前面所说的借口联系上了。雄一郎真心觉得，如果放任不管的话，母亲可能永远都摆脱不了这个借口的怪圈，于是笑着打断了母亲的话题说道："谢谢你，告诉我这些。"雄一郎心想：太好了，我不是弃婴，终于松了一口气。他真的笑了起来。看到笑个不停的雄一郎，母亲似乎放心了，也跟着笑了起来。

hal 这个音乐人还在继续唱歌，让人觉得那个甜美的暑假会永远持续下去。雄一郎慢慢站起身来，打开隔壁寝室的书桌抽屉，取出夹在初中名册里的那张纸片，看了起来。从居酒屋走向车站的路上，雄一郎问母亲："你还记得那里谁的联系方式吗？"

母亲说："几年前，她和某位母亲还保持着联系，虽不知她是否还住在这里。"她边说边把联系方式写在记事本上，递给了雄一郎。虽然心里有些愧疚，但不知道是不是因为罪恶感。听说从露营结束后，从她和父亲的关系不融洽时开始，母亲就经常找那位母亲商量事情。可是，雄一郎看了上面潦草的字迹后，却怎么都想不起来是谁。

雄一郎问："这是谁？"

母亲回答道："船渡凉子，朱莉的妈妈。"

船渡凉子。这是几个月前母亲写下的文字和十位数字,雄一郎几乎要背熟了。背后依然回响着那个陌生女子的歌声,歌唱着夏日的美好时光。

13

透过巴士车窗,看到银杏叶已被染成了一片金黄。树里突然意识到,蔚蓝高远的天空和金黄的银杏叶如此相配。从高速公路右转后,她在第一个公交车站下了车。曾经住过的公寓,看起来已经非常破旧了。

树里按了门铃,母亲笑着迎了出来。

"这个,给你!"树里递上在地下商场买来的蛋糕。

母亲大概知道女儿接下来要问什么,不知道她是要改变态度,还是对能说的话感到放心,看起来出乎意料地放松。两人并排坐在餐桌前,直到大学毕业,母女俩都这么坐着。透过客厅和阳台之间的玻璃门,可以看到远处副都心的灯光。所以,母女俩没有面对面,而是一直并排坐着吃晚饭。

母亲端来切好的瑞士卷和红茶,坐在树里旁边。

红茶沏在树里绘制插画的马克杯里。这是做好后立刻寄给母亲的。

"这个，还挺不错的。"

"对吧？据说评价很好，下次还要做儿童餐具呢。"

"嗯，看来很顺利啊。敦挺好的吧？对了，谢谢你的礼物——波尔图葡萄酒。"

家里几乎没变。安息香树枝繁叶茂，书架上的书也没增没减，自己订阅的插画专刊也还在。

"很顺利啊！工作。"

"你强调工作？什么意思？和敦吵架了吗？"母亲揶揄地看着树里。

"没吵架，他是个很温柔的人……孩子的事情，一点儿进展都没有。"

"什么啊，这件事我之前就跟你说过了，你还年轻，慢慢来好了。"

"不过，妈妈你应该能理解吧？那种一直想要，脑袋都快被它困住的心情，妈妈你能理解吧？"

母亲看着树里，表情没有变化，嘴角还残留着浅笑。

"是啊，我明白。"母亲平静地说，"所以我才说，如果真的发自内心地想要的话，方法有的是。更何况现在的医学和人们的意识都比妈妈那时进步了很多，所以我觉得慢慢来吧。树里，如果真想生孩子，夫妻都要有相应的觉悟。找出原因，共享结果，然后互相帮助。这既要花时间，又要花钱。不过比起这些，精神更重要。最难的是如果知道原因是你单方面造成的，你和敦都能忍受吗？不光是现在，今后也一样。"

树里凝视着盯着自己的母亲。

"妈妈，你们是两个人商量后决定的吧？"树里问。见到贤人时的动摇就像谎言一样消失了，她突然下定决心，"无论发生什么，都要接受"。对于母亲的所作所为，自己要毫不责备、毫不怨恨。

"是的，我们商量了好多次才决定的。我们的原因在于你爸爸。你可能连他的长相都想不起来了吧。医生明确告知不孕的原因在于你爸爸，而且此病还无法医治。我觉得你爸爸非常痛苦。而且，我们已经决定放弃生孩子了。我虽然辞了工作，但又开始找工作，学了那个时候开始做的瑜伽，和你爸爸两个人像恋人一样约会，那是相当优雅、快乐的日子。"

母亲把视线从树里身上移开，凝视着窗外，喝着红茶。母亲也有成为母亲之前的日子，这是理所当然的，但树里却无法想象。八岁之后就没见过父亲了，现在也只能模糊地想起他的脸，但无法确认那个模糊的轮廓是否是父亲的真实面容。自己小时候和母亲的合影还在，但和父亲的却一张都没有。

"我的工作单位是一家健康食品公司。现在，有机、无农药虽然已经很常见了，但在当时，虽说很注重养生，但还是很稀少的。我虽然是办公室人员，但工作忙时，也会去店铺里帮忙，那是一家小公司。在那里，有一位客人告诉我有一家可以接受人工授精的诊所。当时，也有一些大学附属医院愿意提供这种咨询，如果男性不育，可以使用第三者的精子进行人工授精。但我听到的不是这样的，怎么说呢……"母亲说到这里停了下来，咬了咬指甲。树里什么都没说，等着母亲继续说。

"非配偶间人工授精，也就是说，如果接受非丈夫的精子进行人工授精，大学附属医院不能告知供体即精子提供者的所有信息，这是前提。但在那家诊所里，虽然详细的个人信息同样是非公开的，但在某种程度上，比如身高、体重、最终学历等都会告诉我们。美国不是也有商业性质的精子库吗？我觉得，可以认为和那个差不多。当我听到那家诊所是这种情况时，怎么说呢……给我的印象和大学附属医院完全不同。应该是更加自由、开放，没有什么可隐瞒的吧……因为不能生育，我们有很强烈的罪恶感。我有时会愚蠢地想：是不是因为做了什么坏事，遭报应了呢？但听了那个诊所的事，我觉得不是那样的。既没必要产生罪恶感，也不是什么令人绝望的事情，只是有什么东西让我这么想，至少我和你爸爸当时是这么想的。"

树里喝着红茶，不知道是热的还是凉的，是甜味的还是原味的。她把刚才自言自语说的"无论发生什么，都要接受"又重复了一遍，感觉就像刚记住的台词在舌头上滚动。

"我们去了那家诊所，认识了一对夫妇，实际上也是在那里接受非配偶人工授精的夫妇。我们年龄接近，也很投缘。没过多久，那位太太就怀孕了，我们四个人像老朋友一样高兴地拉着手……于是，我和你爸爸又商量了一下，得出的结论是真的没有比这更好的机会了，我们决定最后赌一把。如果这次没有怀孕，就再也不谈孩子的事了。我们决定把赌注压在那家诊所。"

"然后，你们赌赢了。"树里说。她觉得自己的声音听起来出乎意料地平静。

"知道怀孕的时候，那天的事真的终生难忘。我们兴致勃勃地去外面吃饭，在餐厅干杯庆贺，还到处跟店里的人说我怀孕了，那些素不相识的人都为我们干杯庆贺，我觉得自己出生就是为了这一天。我是那么高兴，但是还有更加高兴的事情在等着我，那就是你出生的那一刻。"

母亲说着，望着窗外，像少女一样陶醉地微笑着。树里偷看着母亲的侧脸，心想：自己的确是被人期待着出生的。如今不在身边的父亲也确实为自己的出生感到高兴吧。现在的树里很容易就能想象出父母当时的苦恼和喜悦。

"你也许会生气，之前一直没跟你说。爸爸离家出走的原因你也不太清楚吧。但是我觉得在你问之前没必要说，因为你肯定是我们的孩子。当时我们无论如何都想要孩子，当我们想无论用什么方法都想要孩子的那一刻，你就已经是我们的孩子了。"

气氛一缓和，人就容易发呆。树里用叉子叉起蛋糕，一口气吃了下去，既感觉不到甜也感觉不到酸。树里认为母亲的话只是她想知道的事情的入口。她认为是否相信母亲的话，要等自己想知道的事情都知道后再做决定。这样想着的同时，树里想笑。明明已经没有相信或不相信的余地了。

第三章

1

二〇〇九年

非常尴尬的相聚。

比起居酒屋和咖啡店，贤人觉得自己家更好。于是，他提供了自己的住所。在过年气氛完全消散的一月份的最后那个星期六，树里前往贤人的住处。贤人住在中目黑的那栋七层公寓中，顶层的房间比想象中宽敞，就像室内装饰杂志上登载的那样，布置得整整齐齐。树里是第一个到的，随后雄一郎、波留和纱有美陆续到达。然而，树里只是像记号一样命名着雄一郎、波留、纱有美，而对出现在眼前的雄一郎、波留、纱有美只觉得像陌生人。

他们分别坐在沙发和餐桌前，能看得出大家都很紧张。大家没有相互对视，似乎在犹豫着该从何说起。只有纱有美一个人兴奋地连声喊着"怀念""高兴""难以置信",这种太过明显的兴奋,反而让人觉得像是在演戏。贤人沏了香浓的红茶,把茶杯放在各自面前。

"朱莉,要不要找找那个时候的孩子们?"听贤人这么说时,树里虽然不明白他这么做的意思,但还是帮忙了。说是帮忙,其实也只是在单纯介绍自己作品的主页上写写日记,换了首页插图而已。她画出了记忆中的山庄,然后填上了孩子们一看就知道的信息。但树里并不相信这样就能找到谁。后台告诉她,一天的浏览人数充其量也就一百人左右。在日本全国,不,可能是世界各地生活的那六七个人,来浏览一个名不见经传的插画家的网站主页的偶然性约等于零。实际上,和雄一郎取得联系,并不是因为网站主页,而是雄一郎联系了自己的母亲,说想见见树里。这是新年刚过时的事。雄一郎用手机给树里的电脑发了邮件，商量了今天的聚会，因为双方都没有勇气通电话。

树里一周前收到了雄一郎的邮件，说今天要带波留一起来。她惊讶地问他两人是怎么见到的，他回答说："一到波留的事务所就见到了。"树里这才知道波留已经成了专业音乐人。上网搜索后，还买了她所有发售的 CD 来听。当听到去年年末发行的最新单曲的 CD 歌词时，树里大吃一惊。她觉得歌词和自己在主页上的留言虽然措辞不同，但意思完全相同。

像是在小声诉说："你们都在哪里啊？听了这首歌请联系我。"

树里心想：这位不知名字的叫 hal 的音乐人的这首歌，比我的效力大好几倍。

树里打电话告诉贤人，雄一郎会把波留也带来。贤人莫名其妙地笑了一下说："真厉害，没想到在这么短的时间就能聚到一起。"并且，就在昨天，雄一郎又打来电话，说波留要带纱有美来。

雄一郎，纱有美，波留，一想到明天就要见到近二十年没见过的儿时朋友,树里昨晚紧张得都睡不着觉。现在,她坐在贤人家的餐桌旁,发现自己的紧张已经变成了无法抹去的不自在。

"要不要自我介绍一下?我们很久没见面了,好像完全不认识了。"贤人快活地说道。大家都抬起了头。贤人的目的是什么呢?树里突然想。而且,她对自己使用"目的"这个词感到不可思议。寻找并非大多数的,有特殊出身的,关系特别好的人,并召集他们见面,这还需要什么"目的"吗?首先,大家已经不是孩子了。想见就来,不想见即使叫了也不会来。而现在,五个人毫不犹豫地聚到了一起,即使其中大部分看起来都不像特别想见的样子。

没人说话,贤人笑着指着雄一郎说:"那么,从这边往右轮。"树里瞥了一眼贤人的笑容,不知为什么,觉得眼前这个五官端正的男人越是笑眯眯的,就越是有一种可怕的感觉。

"说是自由职业者,其实是在打工。"雄一郎说,接着还补充道,"自己一个人住在靠近埼玉的东京的一个小区里。"

"我也是打工的。去年受经济不景气的影响，派遣工作也被裁员了，现在还没找到工作，只能打一些短工。别说结婚了，连男朋友都没有。虽然想说些更了不起的话，但我绝不能对咱们这些人撒谎。"看不出纱有美是完全不紧张，还是紧张，她就像上周还跟大家在一起聊天一样轻松地说着。

"我在广告公司工作，因此和船渡见了面，然后就说要去寻找当时的那些人。现在和恋人住在一起，今天让她出去了。我不知道能不能很好地传达这种关系。"贤人说完看了树里一眼。

"其实说好久不见让人觉得奇怪，不过还是说好久不见吧。"树里说道，然后环视着这些毫不夸张地说没有印象的面容，又开口道，"大家都叫我朱莉。现在结婚了，和丈夫一起生活，画插画的。"

"大家都很厉害啊，有音乐家，有插画家。我觉得很自豪。"纱有美这么说完后，连树里自己都感到意外的是，她的发言既不是焦躁，也不是生气，而是让人觉得淡淡的不快。讽刺的是，这种不快瞬间唤醒了遥远的记忆。小纱，那个动不动就闹别扭哭鼻子的小纱。关于小纱的记忆像巨浪一样淹没了树里。对阿雄、波留的印象如下：果敢、我行我素、温柔的阿雄；和男孩子一起玩耍，比实际年龄知识渊博很多的波留；还有小贤，总是和小女孩儿在一起。为什么大家都在这种地方？突然回想起鲜明情节的树里反而感到困惑。陌生的大人们聚集在陌生的空间里。

"我是波留，做音乐的。"最后波留开口道，"我今天来这里，或者说和来事务所拜访的久米雄一郎先生见面，不是为了像这样聚在一起聊往事，而是想知道自己的父亲是谁。对吧，大家都是这样的吧？"

听了波留的话，大家都抬起了头，每一张脸上都带着困惑。

"我根本就没想过那种事。应该说，我并不是为了这个才来这里的，我只是想再见到大家。我来这里是想看看我们还能不能像以前那样和睦相处。"纱有美说。

树里问自己:"我为什么会来这里?收到雄一郎的联系后,为什么要向贤人提议举行这次聚会呢?我从没想过要了解父亲,但也没有积极地想和大家和睦相处。但是,必须要来。"树里突然想到,参加夏令营的母亲们是不是也是这样的心情呢?

"大家应该都想知道那个夏令营是什么,或者说我们的共同点是什么吧?在这里,不用再从那个话题说起吧?"波留无视纱有美,直截了当地说道,而后她又环视着大家继续说,"我想知道生物学上的父亲,并不是为了身份问题或寻找自我那样浪漫而悠闲的事情,而是想确切地知道那个人的病历,如果不知道,就麻烦了。我猜想大家的理由虽然不同,但应该都大同小异。也就是说,今天我们聚在这里,就是为了从每个人目前掌握的线索来寻找父亲的吧!"

房间里一片寂静。树里感到的不自在像不合理的梦一样膨胀起来。

"所以,我就说说我知道的事情。"波留深深地坐在沙发上,一脸生气地说道。

2

波留的母亲野村香苗是一九七四年结的婚，当时她才二十八岁。结婚对象木内宏和是她学生时期的学长，在报社工作。那年，他终于从工作长达八年的地方调回到了总公司，借此机会，他们结了婚。婚后，香苗继续在童装公司工作。虽然双方父母都催着要孩子，但两个人都没多想。因为他们没有采取避孕措施，认为新生命总有一天会以自然的方式到来。即使香苗过了三十岁，两个人的想法也没有什么变化。其中，一方面是因为工作有意思，另一方面是因为两个人都还沉浸在新婚的感觉中。

结婚五年后，因社会部的采访而到地方出差的宏和，被酒店服务员发现死在了住宿的地方。解剖结果显示，直接死因是急性硬膜外血肿，对此，香苗闻所未闻。目击者的证言显示，他是一个人去繁华街的小酒馆喝得烂醉如泥后回去的。据推测，可能那之后醉酒摔倒或与人打架，头部受到严重撞击，当场无事返回酒店，之后因血管断裂堵塞而死亡的。

香苗不解其意。从学生时代就认识的宏和非常健康，连感冒都很少得。大约三天前，他出差前还说回来后要一起去吃烤肉。而且死的那一瞬间，谁也没有看到。毫无征兆地消失，这是不可能的。也许根本没有死。

即便如此，葬礼结束后，过了四十九天，双方父母还是委婉地劝香苗把户口从木内家迁了出来。香苗没有孩子，而且才三十出头，以后完全可以再婚，但香苗断然拒绝了，也没有摘下无名指上的戒指。

香苗在波留十二岁时说过："妈妈决定不再喜欢谁了。不是这么想的，是这么决定的。"

"决定"是什么意思，直到波留长大一些才明白。母亲生下孩子，以单身母亲的身份生活，不想喜欢丈夫以外的男人。十几岁的时候，母亲说的那些话，虽然她还有些无法理解，但对她来说，却有种浪漫的感觉。随着年龄的增长，波留渐渐意识到，这并不是什么浪漫的事情。难道不是更奇怪、更可怕的事情吗？通过生孩子决定不和任何人恋爱，这超出了波留的想象。

香苗按照自己的决定，在宏和去世一周年前后，去了那家诊所。那家诊所是她偶然间在深夜的电视节目上看到的。

电视节目介绍说，轻井泽有一家专门治疗不孕不育症的诊所，不仅是夫妻之间的不孕不育症，而且还提供各种咨询服务。他们不仅为法律上的夫妻，也会为没有结婚对象却无论如何都想要孩子的女性提供咨询、帮助。电视节目本身把那家诊所描写成了治疗不孕不育的救世主，同时也提到生命有可能成为商业交易的危险，可谓褒贬不一。但对香苗来说，那就是救世主。香苗没有和任何人商量，也没有告诉任何人，就去了轻井泽的诊所。

一九八二年五月，香苗在老家北海道的一家妇产医院生下了一个女婴。没有从木内家迁走户口，扬言一辈子都不会再婚的女儿，结果却单方面告诉他们通过人工授精怀孕了。父母为了不让她再回来，而与她断绝了关系。香苗一个人在东京工作到预产期。父母面对挺着大肚子回来的女儿，再也无法拒绝了。更何况孩子出生后，那是不折不扣的女儿的孩子，不可能不觉得可爱。香苗给孩子取名叫波留。一年的产假即将结束时，她带着波留来到了东京的公寓。一个月后，她就把波留送到了保育园，重新开始工作。从那以后，两个人就一直相依为命。母亲按照自己的决定，没有再爱过父亲以外的男人。这是波留告诉大家的。

"波留啊，所以说，你是我和爸爸的孩子。"从第一次提起这件事开始，母亲就反复这样对波留说，"我想要爱爸爸一辈子，所以才让你来到妈妈身边的。因此，你是爸爸在这个世界上最有力的证据。因为你既坚强又温柔，这一点和爸爸一模一样。"

因为从小母亲就这样反复地告诉自己，所以波留根本没想过自己的父亲会是在某个地方生活着的某个不认识的人。不，波留当然知道，因为母亲对生物学上的父亲做了详细说明。但是，与某个地方生活着的某个不认识的男人相比，被反复提及的"爸爸"当然更亲近，而且还有照片呢。孩子并不是精子和卵子结合产生的，而是谁对谁的强烈思念造就的。虽然波留没有把这种想法说出口，但她是这样想着长大的。

现在，她明白了没有那种事。自己生物学上的父亲，说不定是视网膜色素变性症家族中的一个陌生男人。但是，每当想起父亲这个词，照片上熟悉的木内宏和就会清晰地浮现出来。波留觉得母亲那么做就是为了让自己不因为出身而胡思乱想，为了让她不怀疑自己的存在，母亲花了很长时间与她对话。如果她没有失明的恐怖经历，应该不会想到要寻找生物学上父亲吧。波留认为露营的几天本来就不会对自己的人生产生很大影响。

快到母亲结婚年龄的波留有时会觉得不可思议，母亲坚定不移的自信到底是什么呢？十八岁时，让波留献出初夜，她曾认为是自己命中注定要一起终老的对象，在三年后却轻易地爱上了别人。三十岁左右时，母亲为什么认定他是人生中唯一的男人呢？而她坚信女儿不可能不理解这一点的强烈自信又是什么呢？当然，正因为母亲有这样的自信，她才没对自己的出身产生怀疑，波留明白这一点，但也不能说她完全理解了母亲。直到今天，波留都觉得，母亲坚强的决心和支撑这一决心的东西，或许她一辈子都无法理解。

波留告诉在座的所有人："我只知道那家诊所离轻井泽车站有十分钟的车程，虽然不太确定，但诊所在九十年代前半期就倒闭了。日本妇产科学会只允许夫妻间进行体外受精，而这家诊所从一开始就不符合要求，诊所院长因为无视学会的再三警告，还被学会除名了，这些我都调查过了。但是诊所倒闭后，院长去了哪里，本应存在的病历簿又去了哪里，这些都无从知晓，所以我们聚在一起……"

"等一下。"树里一脸疲惫地插嘴道，"波留，你说的我都理解，不过，我想说的是，并不是所有人都像你一样，很早以前就听说了这件事，还有人是几个月前才听说的。即便如此急不可待，我想有些人也会跟不上。"

朱莉。波留突然想了起来。年纪最大的女孩儿，正义感很强，带头和大家一起玩儿的孩子，和眼前这个瘦削的女性鲜明地重叠在一起。后期才参加夏令营的波留，一开始对像老师一样的朱莉很反感。她心想：为什么大家都喜欢听这个人的话呢？但很快，她就和大家一样依赖起这个女孩子来了。朱莉没有说错过话，没有伤害过别人，也没有说过谁的坏话。她好像觉得自己是姐姐，所以必须要坚强可靠。当时波留觉得很不可思议，是谁的姐姐？大家的？

"也就是说，你跟不上？"

不过，听到自己嘴里发出带有攻击性的尖叫声后，波留觉得不可思议。

3

先是否认，然后是愤怒，接着是抑郁。这是癌症患者从被告知病情到接受现实要经历的阶段，先后大概要经历这样的感情转移。树里虽想不起来是在哪里听到的，但她自己还记得。

就像现在的自己一样，听母亲说完后，树里心想。在听母亲说之前，自己就下了决心，无论发生什么事，都要接受。可听着听着，她就彻底崩溃了。首先，当贤人告诉自己这件事时，她极度否认。当听了母亲的话后，一股无法控制的愤怒便涌上了心头。

为什么要一直隐瞒到现在？为什么不一直隐瞒下去呢？树里试着说了这些话，但这都无法准确地表达出自己的愤怒。树里也不知道自己为什么生气。为什么要生我呢？她甚至想到了进入青春期的孩子会说的台词，觉得很好笑。其实不是那样的。现在，她才深切地理解了如果能有孩子，就什么都愿意去做的不孕不育夫妻的心情。一想到自己可能生不了孩子，就会强烈地想要孩子，连她自己都感到惊讶。与想买那件衣服，或是肚子饿了想吃点东西之类的欲望完全不同，树里想要一个孩子。这种让人焦躁痛心的愿望，她已经彻底理解。她嫉妒带着孩子的夫妻。她讨厌这样的自己。在成为自己的母亲之前，有一个叫船渡凉子的女人，就被这一问题困扰着，依据从客人那里听来的信息，她选择了一家不知是否值得信赖的诊所，这一点很容易想象。比现在的自己年长几岁的凉子所拥有的悲伤、愤怒、不安、恐惧、迷茫，以及唯一的一丝希望，树里觉得这就是自己现在的心情的真实写照。

接下来就是抑郁了，树里客观地、带着几分戏谑的心情想。于是，在抑郁来临之前，她觉得有必要和母亲进行多次交流，必须要多听多说，直到接受。

船渡凉子至今还清楚地记得，决定不去大学附属医院治疗，而是去一个没听过名字的诊所治疗时的情景。

"在某种程度上公开捐精者的信息"，这是她做出选择的非常重要的理由。因为那样，也许可以选择与丈夫相似的捐精者。高个子，瘦削的身材，深褐色的头发和眼睛。凉子认为有这样的信息总比没有要好得多，所以提议去诊所进行咨询的不是丈夫，而是凉子。

凉子来到这家诊所进行咨询后，发现档案里的捐精者的信息比自己想象的还要详细，这令她很是惊讶。里面不仅记录了捐精者的身高体重，还写着最终学历、兴趣、特长，甚至还包括现在的职业。诊所方面还出示了捐精者必须提供的文件样本，包括身高、体重、血型等详细数据，有无孩子或孩子的数量，学历，有无正在服用的药物或者药物的种类，有无骨折，手术经历，有无文身，有无吸毒体验，擅长学科，兴趣特长，还有运动、音乐、艺术，等等。甚至还有出众才能的申报和证明。凉子不由得笑了。关于病历则更为详细，本人在内家族三代的病历，有无遗传缺陷，还有凉子从未听说过的病名，都要逐一确认。

也许大学附属医院也有同样细致的数据确认，但他们夫妻二人去那里咨询时，医院并没有给他们看这些东西。上述资料得到确认后，听说还会有专业医生的面试。通过后，才能进行捐精者登记，比大学附属医院的护士更亲切、更有人情味的工作人员这么解释道。

诊所虽然干净，但并不是冷冰冰的。窗帘是奶油色的小花图案，沙发是淡绿色的布艺，墙上挂着沃霍尔[①]的版画。摆放的杂志不是健康杂志和医学杂志，而是时尚杂志。凉子受到了某种冲击，突然意识到在这

---

① 安迪·沃霍尔，被誉为二十世纪艺术界最有名的人物之一，是波普艺术的倡导者和领袖。

里自己不是患者，而是顾客。凉子觉得在医生和患者这一关系中，患者总是弱者，但是在这里是平等的。这真是一种被拍面觉醒般的冲击。意识到这一点的同时，凉子已经做好了决定。

虽然离暑假还早，但轻井泽的大街上已经人山人海。走进临街的咖啡店，凉子征求丈夫的意见。"比以前去过的医院好吧。"丈夫难以启齿地说道。凉子当时认为，之所以难以启齿，是因为他在慎重地选择词语。

"我也是这么想的。"持有同一想法的凉子高兴地大声说道，被丈夫用手势示意声音太大后，她继续说道，"比大学附属医院好多了。虽然费用高，但我觉得那也是安心费。更重要的是，我们没有被当作患者对待。"

"我也是这么想的。"丈夫点头应道。

一周后，凉子请了假，瞒着丈夫一个人又去了诊所。她并不是去看诊，而是觉得自己有权利更详细地了解具体情况，俨然一副客人的样子。虽然是无意识而为之的，但这件事让凉子的心情出奇地轻松。而在大学附属医院，则需要先预约，约好后，面对想要匆忙结束谈话的医师，她一边不安地想着是否不该说这样的话一边咨询。而在这里，在约好的一个小时内，可以把可能会一笑了之的不安全都说出来，心理负担也完全不一样了。

那天，凉子在候诊室里见到了早坂碧。

小碧正在看一本带封皮的文库书，被叫到名字后就进了诊疗室。凉子目送着她的身影，想说点儿什么。事后回想起来，自己或许已经处于一种兴奋状态。实际上是凉子先跟从诊疗室出来的小碧打的招呼："我约了四十分钟的面谈，如果您不着急的话，能谈谈吗？"小碧似乎吃了一惊，但还是告诉了她大街上一家咖啡店的名字，笑着说自己在那里等她。后来，关系亲密的小碧笑着形容凉子当时的状态："她看起来一副背水一战的架势，我没办法拒绝。"

在小碧指定的咖啡店里，凉子知道了她和自己有着相似的遭遇。年龄相仿，结婚年龄也相近，双方都住在东京都内，而且都是因为丈夫而不能生育。小碧比凉子去诊所的时间要早。她说之前有过两次治疗经验，但都不顺利，现在又要挑战第三次。凉子特别感激初次见面的小碧能这么坦率地告诉她这些，心想她们可以成为好朋友。于是，她提议交换联系方式，小碧没有拒绝。

小碧说要和下班赶来的丈夫一起住在轻井泽的酒店里，两人就此话别。

那之后不到半年，似家人般相处且生活在东京都内的早坂碧怀孕了。受此影响，凉子的丈夫最后同意在那家诊所接受治疗。至少当时凉子是这么想的，丈夫之所以说出"我们要不要试试？"这句话，是因为近距离目睹了早坂夫妇的喜悦。

"可是，不对啊。"树里边听边小声嘟囔。关于父亲的记忆一年比一年淡薄，现在已经想不起父亲清晰的轮廓了，但树里觉得完全能理解他当时的心情。至少，她觉得自己比年轻的船渡凉子更能理解他当时的心情。

树里认为，当父亲说这里比以前的医院好时，他之所以难以启齿，一定是因为他感到愧疚。在这个时候，他几乎是任由凉子判断吧。抱着一线希望，努力向前迈进的健康年轻的妻子。朋友夫妇的成功对他来说，不是迈出第一步的契机，而是再也回不去的"断崖"。这是我想多了吗？当然，树里无法把自己的想象告诉母亲。但是，母亲肯定是知道的吧。因为她使用了"当时是这么想的"这样的表述。树里突然觉得不可思议，和早坂夫妇后来怎么样了？她想到就随口问了母亲一句："早坂夫妇，莫非是阿弹的父母？"

"是啊。"母亲说，"和我想象的一样，我们的关系很好，不过半途而废了。"

"您说的半途而废，是指到露营结束？"

母亲既没说"是"也没说"不是"，然后在树里的催促下，继续接着说。

捐精者是她和丈夫一起选择的。她决定尽量选择跟丈夫相近的捐精者。高个子，体型偏瘦，跟艺术能力相比，更看重运动能力，眼睛和头发都是茶色。在确认学历时，会有一种奇妙的紧张感。凉子曾经接受过这样的教育——以学历来判断一个人是多么愚蠢。

虽然自己也是私立大学的毕业生，但并不是一流学校。但是，当国立大学、公立大学、私立大学、专科、高中这些选项排列在自己面前时，凉子却意识到自己想要在那里面做出选择。总之，比起没听过名字的大学，她更愿意选择名校毕业的捐精者。凉子知道丈夫也是这样想的，丈夫也想挑选比自己优秀的捐精者。

凉子后来回想起自己第一次来到轻井泽的诊所时，就已经处于轻微的兴奋状态，但当时并没有意识到这一点，也没想过丈夫可能也陷入了某种亢奋状态。不是以患者的身份，而是以顾客的身份进行选择，且在无意识中沉迷于此。当时的状态有点儿夸张，感觉有一种奇妙的万能感，仿佛现在自己掌握了决定权。多年之后，当女儿问起她当时是怎么想的时候，凉子当然并没有一五一十地告知，而是回答道："我想把我们自己都没有的优点给予我的孩子，我觉得能做到。"

这话也没错。当时凉子从心底祈祷，丈夫当然也是如此。比自己成绩好的人，比自己健康的人，长得比自己好看的人，比自己运动能力强的人，比自己有艺术才能的人，比自己……比自己……在那种场合彻底客观地审视自己后，发现自己原来是个平凡的普通人，但也并未觉得有什么，自尊心也并未受挫。总之，对于即将来到自己身边的孩子，想给予孩子所有最好的东西。

就这样，凉子和丈夫选择了看似完美的捐精者。

如果那次没有成功，就不会有第二次。凉子和丈夫无论是在接受治疗前，还是在决定接受治疗后，都用尽了所有的时间和话语商量，达成了共识。他们不打算像早坂夫妇那样两次、三次都毫不气馁地继续挑战同样的事情。他们反复确认了彼此的想法。就这样，凉子一次就怀孕了。

凉子心想：活着还有这么高兴的事啊！她不知道用什么样的语言来表达这种喜悦。丈夫喜极而泣。去饭店庆祝，被大家祝福时，也感动得泪流满面。那天晚上，丈夫对凉子说道："实际上，无论是去诊所咨询时，还是在咨询之后，我都一直在犹豫。决定接受治疗的时候，也只是觉得没有退路，其实我一直都在想这样做是否正确。但是今天，我终于真切地感到这样做是对的。我要当爸爸了。我真切地感受到了自己成为父亲的感觉，所以我是父亲。只有我是孩子的父亲。"说着，丈夫又哭了起来。

而先怀孕的早坂碧在进入稳定期之前却流产了。尽管如此，早坂夫妇和凉子夫妇并没有产生隔阂，凉子和丈夫安慰早坂夫妇，鼓励他们再挑战一次。

在进入稳定期后，凉子他们才告诉母亲和公婆怀孕的消息，但他们对这一事后通知并未表现出高兴。凉子上初中时父亲就去世了，之后母亲一个人把凉子和妹妹弟弟送到东京上大学，直到毕业。当母亲发现不孕的原因在凉子的丈夫时，甚至还劝过凉子离婚。凉子所说的非配偶间人工授精，对于思想保守的母亲来说，无论如何也无法接受。母亲还在电话里让凉子不要再回来了。凉子想让弟弟妹妹帮忙劝说，但都无济于事。她还从亲戚的口中得知母亲竟然这样说："我的孩子从一开始就只有女儿和儿子两个人。"公婆虽然没到那种程度，但态度很明显，对此并不赞同，甚至还特意打电话告诉凉子："就算你生下来，也不是我的孙子。"以前过年时，都是和丈夫一起回家过年，从得知怀孕后的第二年开始，公公每年都打电话让丈夫一个人回去。

尽管如此，这些并没有削减怀孕带来的喜悦。凉子觉得只要自己喜欢就好。

亲人们的不友好反而拉近了凉子和早坂夫妇的距离。真美雄和小碧并未因流产而表现出悲伤，反而贴心地听着凉子的倾诉，还把亲戚和父母推荐给自己的关于怀孕和育儿方面的书借给凉子。就在凉子快要生产的时候，小碧经过几次治疗后，终于怀孕了。因为有过一次流产经历，真美雄对小碧的照顾非同寻常，做饭、收拾房间、洗衣服等都雇了专门的保姆，甚至连小碧去超市买东西都不愿意。所以，在生孩子之前，凉子经常去早坂家。早坂真美雄在父亲经营的唱片机制造公司上班，住在世田谷区一幢气派得让人难以想象这是同龄人的豪宅里。三百平方米左右的大院子里有一半铺着草坪，另外还有一幢西式的宅院。凉子和小碧经常在面向庭院的起居室里边喝茶边聊天。她们无话不谈，包括不能对丈夫说的话。如"捐精者是以你丈夫为标准挑选的吗？""如果孩子长得一点儿都不像你丈夫，该怎么办？"总之，凉子和小碧无话不说。

小碧和凉子不同，她有着坚定的信念。凉子也很清楚，这是小碧和真美雄商量之后的想法，因为真美雄说的和小碧说的一模一样。

"我们并不关心捐精者是谁。"这是小碧夫妇讨论后得出的答案，"从我们那么希望有个孩子的时候，这个孩子就已经是我们的孩子了。"这个毫不动摇的回答，也成了凉子的想法。

"所以我们不打算把这件事告诉即将出生的孩子。不是要隐瞒，而是因为从一开始他就是我们的孩子。"这也成了凉子的决定。渐渐地，凉子变得一头雾水。她不知道自己的这些信念是单纯从小碧那里学来的，还是和丈夫商量后得出的结论了。

"等这孩子出生后，我们打算在充满自然气息的地方买房子，而不是在东京都内。"小碧抚摸着还没长大的肚子，陶醉地说，"让孩子在那里打滚，闻着泥土的气息玩耍。夏天一起在那里度过吧？在院子里搭帐篷，捉虫子。"凉子特别震惊，觉得对小碧来说，买房子就像买袜子那么简单，凉子也非常向往。在母亲和公婆住的乡下过盂兰盆节是不可能的了，如果小碧能在乡下建这样一个地方，自己也能让即将出生的孩子领略大自然了。

"是啊，一定要叫上我啊。"凉子半开玩笑地笑着说。

一九七八年，凉子平安生下女儿，取名树里，是丈夫起的名字。接到快要生产的消息，丈夫赶到了医院，在候诊室里等待的时候，看见窗外有一棵枝繁叶茂的大树。他战战兢兢地抱着刚出生的树里，在病房里低声说："大树美得像画一样，我看得入迷了。我们接下来要为这孩子打造一个可以放心回家的地方，那里一定要像大树一样那么美好。"他不好意思地说出了取名为"树里（树的故乡）"的理由。

尴尬的聚会最终没有任何结果。波留说想找父亲。

当然，谁都不知道那家已经倒闭的诊所的信息。

"我还有工作，今天先回去了。"开口的是波留。于是，大家都不约而同地开始做回家的准备。

贤人说以后还会为大家提供这样的场所，但只有纱有美爽快地回应了。树里不喜欢大家一起往车站走，一到路上就拦了辆出租车，一个人打车走了。

聚会两周后，树里收来了雄一郎发来的短信，问要不要去山庄。

4

在小田原换乘的电车和从东京乘坐的电车一样，人很少。电车开动后，并肩而坐的树里和雄一郎不约而同地打开了刚买的便当，两人相视而笑。在乘坐东海道本线这大约一个半小时的车程里，与在贤人家见面时相比，两人奇迹般地变得融洽了。这让雄一郎松了口气。因为那之后，纱有美联系他，两人见了一面，度过了一段很难说融洽的时光。在乘坐东海道本线的这段时间，树里说了自己母亲的事。母亲是怎么去诊所的，又是怎么怀上孩子的。雄一郎也一边吃鲷鱼饭，一边谈起了自己的母亲。他没有树里问得那么详细，只是断断续续听到一些，主要是接着树里母亲的话说的，也就是去露营的母亲们是怎么认识的。

自从在父亲的葬礼上见过面后，雄一郎和母亲通了好几次电话。但他并没有像树里那样把想问的都问出来，雄一郎的母亲也不像树里的母亲那样条理清晰。

"所以我不像朱莉那么了解。"雄一郎说，"那家诊所好像并没有特别限制患者之间相识，只要患者提出想听听生过孩子的人的情况，诊所就会安排见面。我妈就是这样见到你妈妈的。"

树里停下拿筷子的手，盯着雄一郎，听他说话。背后的窗户倒映着膨胀成灰色的天空。暖气开得太足了，人们热得大汗淋漓。

雄一郎的母亲俊惠告诉他，自己是在临盆前认识树里的母亲的。虽然没有和雄一郎的父亲，也就是她的丈夫多次确认过自己的想法，但双方都希望能这样生下孩子，所以直到临盆前都没有任何疑问和不安，可眼看就要生产了，俊惠却突然害怕起来。事后回想起来，或许临近生产的人都会有这样的不安：生下来的孩子得了重病怎么办？不能成为好妈妈怎么办？尽管如此，俊惠还是认为自己的经历和极为普通的怀孕经历不同，所以才会感到不安，于是她拜托诊所介绍一位生过孩子的母亲认识。

凉子简直就像志愿者一样。她自己在诊所里说，如果有人想咨询，可以介绍给她。凉子于三年前生了女儿，现在正在带孩子。她耐心地听着俊惠絮絮叨叨的话，说出了自己的建议。

"我不能再做'如果不生'的假设了，你也一定是这样。没有任何令人不安的事情。"凉子变换着说法和表达方式，一遍又一遍地开导着俊慧。俊惠听着听着，也就对自己害怕的事情一笑置之了。后来，凉子还来到俊惠生孩子的江东区医院探望过，她抱着刚出生的雄一郎反复说着："太好了，真的太好了。"在俊惠看来，她比自己的父母还要高兴。

雄一郎出生后，虽然不算频繁，但俊惠每年都会和凉子联系几次。俊惠虽然和住在附近的同龄孩子的母亲们走得很近，但是在很长一段时间里，这个孩子和大家都不一样这一想法都在心里挥之不去。和凉子不同，她从来没有和丈夫好好商量过是否要把诊所的事儿告诉儿子。每次提起，就会因为一点儿小事而争吵起来。当然，在俊惠和丈夫结婚前，两人就爱吵架，但这也是她喜欢丈夫的一个原因，两人什么话都能爽快地说出来，但在这个问题上，一争吵，他就会在心里留下难以言喻的不快，于是两人就不怎么触碰这个话题了。因此，对俊惠来说，凉子的存在与父母、同龄孩子的母亲们、丈夫都不同，是一种特别的存在。对朋友和丈夫都不能说的话，可以找她商量，说出心里话。也正因为如此，她在无意识中觉得不应该和凉子频繁联系。因为一跟凉子说话，不管她愿不愿意，都会让她不由自主地想起雄一郎生物学上的父亲。

在雄一郎还不到三岁时，凉子问她夏天要不要去御殿场的山庄住几天。说在同一家诊所怀孕的夫妇在那里有自己的别墅，可以住在那里。她只对丈夫说是朋友的朋友叫自己去的。虽然不知道为什么，但俊惠还是无法如实说出大家都是在同一家诊所怀上孩子的这一共同点。

雄一郎第一次参加夏令营是三岁那年的夏天。那一年，聚集在一起的有凉子一家，别墅主人早坂一家，还有也生了男孩儿的松泽家。同龄的孩子们很快就成了好朋友。因此，父母也比在其他地方见面时更快地打成了一片。

令人惊讶的是那栋别墅大得像小宾馆，每个家庭都有一个房间，而且还有很多空房间。早坂夫妇似乎非常富裕，但他们却毫不做作，擅长待人接物，还独自策划了烧烤、舞蹈派对等。

虽然俊惠没有告诉丈夫大家都是去过同一家诊所的夫妻，但第二年，丈夫还是知道了这件事。好像是某个参加露营的人以为丈夫知道，就和他聊了起来。露营期间，丈夫看起来和去年一样很开心，但回家后就吵了起来。

"你知道吗？"丈夫对俊惠说，"那里的男人们都不是真正的父亲。今年也有新的家庭来，估计明年也会来。只要一直在那里，参加的男人就会明白这一点。"

俊惠听后，受到了双重打击。一是事到如今，丈夫似乎还认为自己"不是父亲"。而凉子的丈夫也好，小碧的丈夫也好，都堂堂正正地认为自己就是孩子的父亲。另一个打击是她终于明白了自己去年没有告诉丈夫实情的缘由。因为她没有像凉子和小碧那样，一口咬定"只有丈夫才是孩子的父亲"。

"那你以后不去不就行了嘛。"持续到深夜的争吵，最终以这句话收场。"嗯，我再也不去了。"虽然丈夫这么说了，但第二年夏天，当小碧和凉子发来邀请后，他还是调整了公司休假，和去年一样住了四天三夜。每一年，参加的家庭都在增加。俊惠推测大概都是像自己这样通过诊所见过凉子和其他妈妈的家庭吧。没有人特意提起诊所的事。在那家诊所怀孕的事，大家都心照不宣。母亲们就像俊惠那样，偶尔会找个合得来的人聊一下自己的不安和烦恼。有的母亲说已经和自己的父母断绝关系了，有的母亲说想见见捐精人，也有的母亲说最近和丈夫的关系不太好。俊惠自己也曾对凉子和她熟识的贤人的母亲说过，每次暑假回来两人都会吵架。贤人的母亲说能吵就不错了，她坦白说自己家连吵架都吵不起来。每年，俊惠和丈夫都会重复上演"不来就好了""啊，再也不去了"这样的戏码，但丈夫还是每年都坚持参加了夏令营。当然，她自然没法问出"你为什么来"这种话。

下了从火车站乘坐的公交车，在灰蒙蒙的天空下，树里和并肩走着的雄一郎说："我们只是度过了快乐的时光，但对大人来说，也许并不是那样的。"

"我想，肯定会有父亲觉得没意思吧。"

"不过，要是那样的话，不来不就行了。"树里说了和母亲一样的话。

雄一郎突然想起来了，树里的父亲从某一年开始就突然不来了。他意识到此事还是不说为好，便一言不发地行走在冰冷的空气中。

拐过车道后，道路突然变成了未铺设的路面。笔直的道路两旁是树叶凋零的树木。因为太过怀念，雄一郎感到一阵眩晕。

在雄一郎的记忆中，宽阔的土地上只有一座大房子，但实际上并非如此。这是一片广阔的别墅区，虽然间隔较远，但周围都是规模相似的别墅。沿着行道树中间的笔直的道路往前走，到处都是写着名字的指示牌，令人惊讶的是，其中有一块牌子上写着"早坂"的名字，还标"2031"的门牌号。

"既然有名字，那应该还属于阿弹他们家吧。朱莉，你妈妈说过什么吗？"

"我听说过，说是把别墅转手了，所以联系不上了。不过，那是很久以前的事了。"

"那也是骗人的吧。"

"我上初中时，和阿弹有过几次书信往来，有一次因为地址不对被退了回去，我就以为他搬家了。既然搬家了，那别墅也就转手了吧。"

"也许只有指示牌没变。"

因为阴天的关系，路显得更幽暗了，两个人在不知不觉间加快了脚步。

就这样，雄一郎和树里按照写有"早坂"这一指示牌的引导，终于找到了曾经在夏天来过的这个山庄。

那是一栋看上去很高级的房子，现在看来，占地和房子都很大，但和记忆中的相比，还是显得小了一些。在雄一郎的记忆中，山庄堪比大型旅馆，举行篝火晚会的庭院有操场那么大。修剪整齐的篱笆后面是一条弯弯曲曲的石子路，篱笆对面的木屋没有人气。

"以前周围没有这么多树。"虽然没有大门，也没有栅栏，但就像有透明的门一样，在切换到沙石路的地方，树里突然停下脚步说道。

"可能是我记错了，我记忆中的也比这更大。"自己的声音听起来格外遥远，雄一郎觉得就像在抽干水的池底说话一样。

"不，我没记错。这一带没有这么多树，感觉比现在更开阔。"明明是无关紧要的事，树里却不依不饶。

"好像没有人，怎么办？要不要进去看看？"雄一郎沿着石子路走了几步,向里面张望。玄关什么样?大家一起吃饭的房间在哪里?现在都想不起来了。

纱有美曾高兴地说过这么一段话:"阿雄的人生也不太好啊。太好了,不都是成功的优秀者。"纱有美好像把自己和住在漂亮公寓里的贤人、专业音乐家波留、插画家树里做了比较。比较之后,她似乎萌发了一种从未有过的感情,说话语气让人不快。至少雄一郎听起来是这样的。虽然很难说自己过着正经的日子,但听她这么一说,又觉得并非如此。

"是吗?"雄一郎百无聊赖地说。

"你不觉得吗?人生就这样被弄得一团糟,你不懊恼、不生气吗?"纱有美一本正经地问道。

当问她是被谁弄得一团糟时,她回答说:"是做出愚蠢判断的母亲和为了金钱排出精子的捐献者啊。"

雄一郎震惊于纱有美居然有这么阴暗的思维模式,不过,经她这么一说,他确实认为也有道理。如果母亲能和父亲再好好商量商量,如果母亲没有逃避和父亲无休止的争吵,如果父亲有做父亲的觉悟。如果……

如果……如果……从那时起散落在周围的好几个"如果"仿佛都被吸了进去，石子路的另一头一片寂静。

"等一下，喂，等一下。"树里的声音非常殷切。回头一看，果然像有一扇透明的门一样，树里站在了石子路的前面，"刚才的指示牌上不是写着房地产公司的名字吗？由太阳不动产管理。先去那里问问吧。"

不知是紧张还是疑惑，雄一郎觉得正在说话的树里的表情似乎因为恐惧而扭曲了。

她原本担心因为涉及个人信息，房地产公司会不告诉他们。房地产公司里坐着个六十岁左右的男人，好像很无聊，还给沏了茶，然后一边翻着陈旧的登记本一边轻松地说："现在的所有人是他儿子。"

"你说的他儿子，是叫早坂弹吗？"树里从钢管椅上探出身子。

"嗯，是这样的啊。我是，那个，五年前才来这里的，之前在房地产公司卖房子，现在退休了。退休了也还可以工作，所以就来这里工作了，因为负责这里的是我的一个熟人。所以那个……那个……那栋别墅原本被他父母卖掉了，后来又被儿子买回来了，这事还挺有名的。话虽如此，自从我来这里后，一次都没见过这家的儿子。"管理员一口气说完，合上了登记本。

"那么，买了之后，阿弹，不，早坂先生一次都没来过这里吗？"树里打断他，问道。

"是啊，不是每个人都会来这里的。虽然有很多人带着礼物来，说今年也请多多关照，但也不是所有人都这样。不过，大家都说，能把父母卖出去的房产再买回来，那可真是个了不起的儿子啊。啊，不是只有我一个人这么说，现在已经都搬走了，还有更年轻的销售员会好好……"

"能告诉我们所有者早坂弹先生的地址吗？"雄一郎没等管理员把话说完，就着急地问道。照这样下去，他应该不会停止，会一直说下去吧。

谁知管理员推了推眼镜，看着雄一郎，狐疑地问："对了，你们和早坂先生是什么关系？"。

"我小时候在那栋别墅住过，受到早坂一家悉心照顾，后来就突然联系不上了，我们想着来这里应该能打听到消息。"树里说。

"我不认为你们在说谎。虽然我不认为，但是按照规定，是不能告诉你们的，原本连所有人也是不能告诉别人的。"

"拜托了，现在您联系一下阿弹，确认一下，应该就会知道没什么可疑的了。"雄一郎边说边觉得这个男人不可能相信自己，突然想笑。或许树里一个人来比较好。虽然雄一郎既没有把头发染成金黄色，也没有在鼻子上戴鼻环，但他知道，别人总是会识破他。要说识破的话，别人会识破眼前这个男人是个散漫、无用的家伙。

"不行，真的不行，这是规定。那么，恕我不能再在这里浪费时间了。茶喝完了吗？我要清洗了。"管理员匆忙站起来，端着雄一郎他们几乎没碰过的茶杯往里走。树里正要站起身来说些什么，被雄一郎制止住了，他绕过柜台，打开刚才管理员放在一边的登记本，迅速地翻着。文件按照门牌号排列着。2031，刚才看到的那个号码一下子跃入眼帘。他一边听着从里屋传来的放水声，一边翻阅着登记本。"有了。"他用眼神催促树里看一下，然后把登记本转过来。接着，雄一郎站在与里屋的隔间处，对男人说："真的非常感谢。我们住过的山庄没有更换主人，我们就放心了。谢谢您这么热心。"

管理员弓着后背转过头来。水流声停止了。他边把茶杯放入滤水篮，边松了口气，露出了笑容，朝这边走来。朱莉抄完了吗？

"那我们就告辞了，真的非常感谢。"

"你们是从东京来的？回去的时候要小心啊，好像要下雨了。"

雄一郎战战兢兢地回头确认，登记本还在原来的位置。树里笑着对管理员说："非常抱歉，我们提出了无理要求。我去给他留封信，您放心吧。"

一走出房地产公司，树里马上开始重复十一位数字，然后蹲下身，从包里拿出笔，写在手背上。一串数字，还有汉字和数字的组合，好像是手机号码和住址。树里抬起头，笑了起来。雄一郎也笑了起来。这笑声让雄一郎感到时间仿佛在倒流，他笑着笑着，突然有种想哭的感觉。

5

贤人看着坐在咖啡店桌边的男人，心想：自己在经济上也不算困难，但绝对达不到这个男人的那种水平。不是因为他穿的西装和鞋子，也不是瞥见他戴着的法兰克·穆勒手表，而是从他的举止和气质等可以看出，他一直享受着丰富的物质生活。坐在旁边的树里不知有没有注意到，她看起来身体僵硬，贤人想大概是紧张的缘故吧。

"谢谢你们联系我。"

与自己年龄相差无几的阿弹说着露出了笑容，那笑容不知道是高兴还是客套。

"很高兴见到你。还记得我们通过信吗？"

"记得。我还让朱莉你用了我男性朋友的名字。突然收不到你的来信时，我非常寂寞。小贤你也挺好的吧？没想到还能再见面。"阿弹毫不犹豫地说出了大家小时候的称呼，然后跟服务员点了咖啡。

"等一下，信，因为地址不详被退回来了，你不是搬家了吗？"树里像坐了弹簧一样探出身子问道。

"什么？"阿弹盯着树里，松了口气笑了，"原来是这样啊，可能是被父母怀疑了吧。"他像是自言自语似的小声说。然后又接着说："先不说这个了，听说你们去别墅了？你们要是告诉我就好了，不过，正好相反。正因为你们去了那里，我们才会这样见面。"

"听说你父母把别墅卖了？"

"嗯，我上了高中后，就不想和家人一起旅行了，一年都不去一次的时候也越来越多，所以就卖了。"

"不过，听说你又买回来了。"

"贷款买的，现在还在拼命还钱，才去了一两次。"阿弹笑着说道。

"太好了。多亏又买回来了，才有了今天的再会。"

"阿弹，你知道其中的原因吗？露营为什么突然被取消了？"贤人战战兢兢地问道。阿弹直视着贤人笑了，好像被射穿了一样。贤人突然意识到这个男人没有别的意思，是因为开心才笑的。要说因为再会而开心的话，那确实开心。这个男人一定也会像笑一样睡得又深又沉。

"嗯，我知道小贤你想说什么。我也是在进入社会后才听说的。不过，他们好像没打算告诉我，是我自己调查了一番，然后才逼着父母说出了真相。"阿弹做出逼问树里的样子，又笑了。贤人觉得不可思议，阿弹这种无忧无虑是怎么做到的呢？

"喂，一会有时间吗？我们换个地方聊聊吧？边喝茶边聊天也不错。我今天已经下班了，说白了，就是想喝一杯。"

因为他们都不太了解新宿的小酒馆，从咖啡店出来后，就随便进了一家，一看都是些年轻客人。室内灯光非常昏暗，所有房间都被简单的隔板分隔成了单间。"啊，很便宜啊。"阿弹打开菜单叫了起来。贤人看着阿弹和树里一个接一个点单。

阿弹的祖父原来经营着一家制造唱片机的公司，阿弹的父亲开发、制造了汽车专用唱片播放系统，一下子扩大了公司规模。大学毕业后，阿弹在发动机厂当了五年学徒后，回到了父亲的公司，现在作为"见习社长"被随便调用。从咖啡店到居酒屋的路上，阿弹介绍了大致情况。在交谈的过程中，贤人感到树里的紧张在逐渐缓解，敞开了心扉。贤人忍不住想：阿弹的这种不做作、坦率、表里如一的处事方法，以及因此而打动人心的本事，是在成长过程中养成的呢，还是与生俱来的素质呢？至少贤人自己的过去不能说是无忧无虑的。虽然不完全是因为父母的坦白，但也不能说完全没有关系。以前写信给贤人的那位素不相识的男性，也是通过非配偶间人工授精生育的。和贤人他们不是在一家诊所，而是在大学附属医院。这是他长大后才听到的，他为此而烦恼，甚至想要自杀，而现在，他就像在碎石路上寻找丢落的石子一样，寻找着和自己同样境遇的人。这样做既是为了交流，也是为了一起合作寻找作为捐精者的父亲。虽然没有见过面，但贤人不由得将这个人和阿弹做比较，或者将自己和阿弹做比较。

啤酒端上来后,大家一起干杯。可能是第一次来便宜的居酒屋吧,阿弹好奇地环视着包厢内,对着巨大的菜单出神。生鱼片拼盘、自制豆腐、番茄和水菜沙拉,一个接一个端了上来。

"你第一次听说的时候很惊讶吧?现在已经不觉得有什么了吗?"树里突然直指要害地问道。

"是啊,我吓了一跳。可是,怎么说呢,我愣住了。我倒不觉得他们在骗人,但突然得知自己的父亲是完全不认识的男人后,确实很为难。我也曾想过自己到底是什么,但中途厌倦了,厌倦了思考。不管怎么样,自己已经在这里了,明天肯定会到来,到了明天肚子就会饿。在知道这件事之前,我隐约觉得好像有什么不对劲儿,就像直觉一样,曾想过自己会不会是被收养的孩子,这样怀疑的时候,其实更痛苦。"

树里目不转睛地看着阿弹。

"露营的事,你和父母也聊过吗?"贤人问道。贤人认为他们是来访的一方,所以被告知从今年开始取消露营后，只能服从，但阿弹肯定在那之后也去过别墅。

"小时候被蒙混过去了。长大后听到的话，怎么说呢，更让我哭笑不得。因为他们说孩子们要是恋爱了就糟了……"

"哎？怎么回事？""那是什么？"树里和贤人同时开口问道。

"啊，你们不知道？"阿弹一脸惊讶地问道。

夏令营成为惯例的几年后，阿弹的父母开始怀疑诊所的供体管理并没有像他们说的那样严格。起因是一名在诊所怀孕的女性的官司纠纷。快奔四未婚的她以"想在绝经前生下孩子"为由来到诊所，实际上也确实怀孕并生下了孩子，但孩子天生就患有心脏病。她以符合规定为由提起了诉讼，当然，最后她败诉了，但那家诊所受到了媒体关注。在当时，让"没有对象且想要孩子"的女性怀孕的诊所非常少见。并且某八卦杂志还采访了一位自称是捐精者的男人。报道中写道：匿名捐精者自豪地说"比打工划算多了"，所以自己就成了捐精者。根据那篇报道，自称捐精者的这个男人是为了赚钱才捐了好几次精子，而且还说诊所虽然要求详细登记学历和病历等，但其中一半不需要任何证明，大多数男人都是随便写的。一位参加露营的母亲偶然看到了这篇文章，把报道的事情告诉了阿弹的父母，阿弹父母大为吃惊，为了确认真伪又去了诊所。当然，诊所方面说这些都是虚假报道，正准备提起诉讼，并把一位捐精者提交的所有证明给他们看了，只隐去了住址和姓名。尽管如此，阿弹的父母还是不相信，开始寻找接受采访的自称是捐精者的那个男人，但没能找到。

一旦产生怀疑就收不住了。如果八卦杂志上刊登的那个捐精者曾多次捐献过精子的消息真实可靠，那么在诊所接受治疗并出生的孩子中，很有可能存在生物学上的兄弟姐妹。阿弹的父母考虑到了这一步。

阿弹的父母真心希望能创造一个让相同境遇的人可以随时倾诉烦恼的场所。他们觉得以后一旦发生什么事情，只要有处境相似的家人在，大人和孩子们就会安心。但是，如果在他们共同成长的过程中，懂得了恋爱，现在这个时代，十几岁就发生肉体关系的孩子也不在少数。再过三四年，如果发生这样的事情，后果将不堪设想。

"啊！"贤人不由得叫出声来。他的脑海里浮现出被大人抽嘴巴，把他和纪子强行分开的场景，然后笑了起来。"愚蠢！"是那个亲吻让大人们陷入了恐惧吗？多么愚蠢的大人啊！

"是啊，太荒唐了。"阿弹困惑地笑了，"不仅如此，似乎还有更复杂的父母关系。总之，对孩子们来说是乐园，对大人们来说却不是。他们偷偷看了朱莉寄来的信，办理了地址不明的手续，认为保护得越严格越好。"

6

阿弹从小到现在，都非常客观地认为母亲是个冷静而聪明的女性。问及出身时，她也没有慌张或动摇。母亲和父亲商量后，条理清晰地告诉了自己来龙去脉。阿弹认为她的语气中没有一丝犹豫和困惑，充满了自信，或许正因为如此，自己才没有动摇吧。

只有在谈到露营时的母亲们时,才会说出动情的话,这一点令阿弹至今难忘。

阿弹的母亲小碧说:"别人是别人,并不是所有人都像我们这样。也就是说,并不是所有人都是经过深思熟虑、相互沟通后才把孩子生下来的。有的就是很简单地想要个孩子,也有的夫妻之间并不怎么交流。聚集在那里的母亲们大多三十出头,现在回想起来,她们还很年轻。也有的母亲因为没有丈夫,当对日常生活和未来感到不安时,在露营时还会找别人的丈夫商量。"

"肯定是错觉。"母亲说,"一年之中,虽然见面只有短短几天,但可能是因为彼此都知根知底吧,有些愚蠢的女人就产生了错觉,觉得比每天都要见面的身边人还要亲密。真是可恨啊!"

母亲没有说具体发生了什么,但可以想象得到。也就是说,有的母亲与参加夏令营的父亲产生了婚外情,还发生了肉体关系。恐怕自己的父亲也在这场骚动中出了一份力。

露营取消后，阿弹只去过别墅两次。阿弹对树里和贤人解释说，他上了高中后就不和家人一起去别墅了，但实际上，上初中后父母就几乎不去别墅了。

阿弹能轻易地想象出母亲想要创造一个什么样的场所。她想在那个被绿树环绕、天空广阔的美丽地方，建立一个让相同境遇的人们互相支持的社区。母亲坚信自己能做到，但最后却失败了。所以，对母亲来说，那座山庄或许已经变成了梦想的残骸，变成了令人憎恨的地方。当阿弹说想买下那栋似乎还没卖掉的别墅时，母亲并没有反对。当母亲笑着说最多也就是想尽办法自己支付贷款时，阿弹又看到了那个冷静而聪明的母亲。阿弹重新买下那栋别墅后，父母一次都没有去过。

听树里说波留想找父亲。阿弹冷静地认为虽然自己没有这个想法，但肯定有人会这么想。他觉得自己大概比其他人更了解那家诊所吧，因八卦杂志事件而调查诊所的，恐怕只有自己的父母吧。一进入九十年代，诊所就倒闭关门了，医生也不知去向，他们还试图寻找过。结果是阿弹找到了他，不过，找到的却是这个医生的死亡报道。他看到早报一角刊登的讣告上写着"半田宪尚"这个名字，以及他以前经营的医院"光彩诊所"的名字后，便向母亲确认。正好是一年前的春天发生的事。他上网查找，但几乎没有得到什么信息。只了解到半田宪尚在光彩诊所倒闭关门后搬到了旧金山，在那里从事医疗方面的工作。

当阿弹对父母说想了解半田宪尚的情况时，父母给他看了剪贴簿。翻开鼓鼓囊囊的剪贴簿，上面整整齐齐地贴着褪了色的报纸和杂志的剪报。全都是光彩诊所相关的内容，是按年代顺序贴的。阿弹看了一下，有正面的报道，也有负面的报道。特别是八十年代中后期，也就是那场官司之后，出现了很多批判的内容，包括愚蠢的揶揄。

半田宪尚之前在东京都内的大学附属医院的妇产科工作，七十年代中期，在轻井泽开设了光彩诊所。在某杂志的采访中，半田宪尚曾说："我完全不认为人生是平等的。但是，只有出生和死亡是平等的。这种平等让我感受到人生的意义。所以我们每个人都有生育的权利和出生的权利。正因为相信这一点，所以才有了现在的治疗。"

在阿弹的印象中，诊所开业之初的半田宪尚是一位充满希望和正义的医生。虽然说话直接，但感觉不到伪善和欺骗。然而，不知是必然还是偶然，当时代开始进入被称为泡沫经济的繁荣时期后，他开始主动接受采访，而且阿弹觉得他的话语似乎发生了某种变化。当被指责手术费用太贵时，他回答说："贵是理所当然的。因为价格昂贵，所以才备齐了这么多高素质的捐精者。"当被抨击买卖生命时，他回应道："因为有不买卖就生不了孩子的人，有需求存在。"当然，阿弹知道根据作者的写法，可以随心所欲操纵那个人的形象，但他还是认为这位医生和刚开业时相比有了明显的变化。不知哪里的报道上写着"拜金主义"，或许真的变成了简单易行的赚钱主义，又或许是通过"买卖生命"获得了一种万能感。

在前面提到的诉讼案中，半田宪尚胜诉了。然而，在标题为《谎言与杜撰的买卖诊所》的一篇报道中，刊登了一张自称是捐精者和诊所原工作人员的照片，眼睛被画上了黑线。他们声称捐精者的信息几乎都是编造的，还透露说根据捐精人的学历和才能患者需要支付不同的酬金。这大概是引发父母怀疑的那篇报道。诊所原工作人员说："捐精者学历越高，或者在某个领域有名气，患者支付的费用就越高。患者当然会乐意支付，因为谁都想要优秀的孩子。只是，那都是以挣钱为目的的捐精者提供的……"

正如父母所说，后来半田宪尚以损害名誉为由提起了诉讼，而且还赢了官司。剪贴簿里还贴着一张小小的剪报，上面写着出版社已经向他道歉，并支付了一百二十万日元的赔偿金。但阿弹认为这件事也绝对没能让父母放心。

阿弹没有告诉父母，而是去寻找那些采访报道的署名，并记了下来。于是，在工作之余，他开始上网搜索，向出版社打听，寻找他们。虽然大部分都没找到，但还是找到了两个人。令人吃惊的是，其中一位是阿弹也知晓的作家。他大学毕业后，用本名做了一段时间的撰稿人，三十岁后开始用笔名出道。另一位现在也是在报纸杂志上写采访报道的自由撰稿人。阿弹通过出版社给作者写了信。因为撰稿人有自己的主页，所以还从那里给他发了邮件。阿弹心想：两个人都不会回信吧，万一回复的话，应该是撰稿人吧。然而，给阿弹所附名片上的邮箱发邮件的却是作家，邮件中写着可以见面谈谈。

与作家见面是在去年的十二月。

这件事阿弹没有告诉父母，也没有告诉久别重逢的树里和贤人。他觉得总有一天会说出来的。虽然不可能是所有人，但肯定有几个人想知道真相。既有像波留那样想知道父亲信息的，也有想知道诊所实情的，更有像自己这样，在不知道想了解什么的状态下，被某种异样的力量驱使着去调查的。

阿弹茫然地想：什么时候，当年的那些人能再聚在山庄里呢？他根本没有想到也许会有合不来的人，也许会有不想见面的人，只是觉得大家应该都是怀着思念的心情到来的，就像前几天见到树里和贤人一样，一定会以不同于小学同学的亲密感聚集在一起。阿弹是这么想的，就像母亲曾经那样。

阿弹安静地思考着，应该如何向带着笑容聚集在一起的人们解释。不知道该怎么向他们解释父母以前曾担心和怀疑的事情。

7

从那以后，慎也再也没有向纪子乱扔过什么东西，也没有说过什么过分的话。他还和平时一样心情愉快地去公司上班，回来后也丝毫不显疲惫，有时还会给步美洗个澡，偶尔也会主动清洗吃完的餐具。所以，纪子觉得那天都是自己的错，是自己不好，把饭菜放进冰箱，在娘家待到很晚才回来。即使那天父母说了多么足以改变自己人生的重大话题，不能中途离席，但慎也却一无所知，因此生气也是情理之中的事情。

今天也是星期三，纪子带着步美回了娘家。但她既没睡午觉，也没吃饭，只待了几十分钟就匆匆忙忙回家了。实际上，她已经决定改掉每周都回娘家的习惯了。每周回一次娘家的妻子，从世俗角度看也有些出格。一般来说，很多丈夫会觉得这样做很无趣。

"那件事，是不是不告诉你就好了？"

纪子上完新年年初的第一次烹饪班后，顺路回了趟娘家，当她匆匆忙忙地做回家的准备时，坐在餐桌旁的母亲突然问道。她回头一看，母亲正在往壶里倒热水沏红茶。

"那件事……"

"就是和你爸爸我们三个人说过的，关于你的事，关于露营的事。不知为什么，总觉得自那以后，你每次都像逃也似的赶回家……"

"没有。"纪子欲言又止。她不能告诉父母那天慎也不高兴的事，说了肯定会让他们担心的。因为太过担心，妈妈有可能还会对慎也说一些没必要说的话。于是她又加了一句："不是那样的。"

"我啊，当时特别讨厌你和朱……那个插画家取得联系，万一她真的是树里，你从她那里听到很多事情的话，就麻烦了。我们本想坚持到最后都不说的，但我绝不想让你从别人那里听到一些不明真伪的事情，所以我和你爸才商量着决定亲自告诉你……"

"我说了不是因为这件事！"纪子不由自主地大声喊了出来，步美则歪着脸哭了起来。

"对不起，美美，妈妈没有生气。"纪子抱起步美，安慰道。

而后她又对母亲说："不是那样的，一到晚上超市人就多了，三点左右去人很少，所以我想早点去。"

"是吗？……那就好……没时间再喝一杯红茶了吧？"

纪子抬起头，和强忍着眼泪的母亲四目相对。

纪子一边往车站走一边想，要哭的应该是自己。天空乌云密布，她的鼻头一阵刺痛。她把抱在怀中的步美的帽子重新往下戴了戴。

纪子完全不知道该从何理清思路。当她想整理一下从父母那里听来的信息时，却突然想起了慎也扔过来的空易拉罐，于是身体和头脑都僵住了，什么也无法思考了。虽然不能接受父母的话，但又不得不接受。她不知如何是好。在听父母轮流交谈的过程中，遥远的耳鸣声干扰了她的思绪，但那声音似乎至今仍在耳边回响。

她点击了好多次偶然发现的船渡树里的主页的访问栏，把每次出现的邮件都浏览了一遍，几乎都能记住对方的邮箱地址了，但还没有和对方取得联系。纪子非常确信，问"喂，想起来了吗？"这个问题的毫无疑问就是朱莉，所以她更加迷茫了。

联系朱莉有什么用呢？露营取消的理由，聚集在那里的家人的共同点，想知道的全都知道了。不知道树里知不知道这些事。如果不知道的话，交流时措辞就必须慎重。如果知道的话，又不知道该说什么、怎么说了。

"大家都去森林里聚会吧。NON，你在哪里？"

页面上的树木，直到昨天还是冬天光秃秃的树，而今天，季节已开始向春天转变，所有的树木都长出了新芽，五颜六色的花朵也开始绽放。而且，上面写的信息也变了。纪子立刻明白了，这里的 NON 是对自己的呼唤，因为那声音立刻变成了呼唤小纪的稚嫩声音。

"森林也已春意盎然，所以，我们去森林里聚会吧。打开记忆深处的那扇门。喂，想起来了吗？"

纪子用手捂住嘴。如果不这样做，她就会放声大哭起来。她捂住嘴，咬着食指，咬得很痛。虽然忍住了大声哭泣，但右眼还是流出了眼泪。

"妈——妈，妈——妈！"脚边传来步美的声音。纪子用带着牙印的手指擦去眼泪，迅速点击邮件栏，在出现的邮件表格上输入了文字。

"妈妈，妈——妈！"步美温暖的小手不停地轻轻拍打着自己的小腿。她一口气写完后，都没好好再看一遍，就按下了发送键。然后迅速蹲下身子，抱起蹲在脚边的女儿。她把脸埋进步美松软蓬松的黑发里，用力吸着那甜腻的气味。

那天晚上，纪子收到了树里的回信。她把脸趴在电脑上，反复看了好几遍。

树里写道："抱着一线希望在网站上写了那些话，

没想到被你发现了！"令人惊讶的是，树里竟然还找到了当时的其他孩子，雄一郎、阿弹、纱有美、波留以及贤人。即使看着罗列出的名字，也想不起长相了，脑海中只隐约浮现出了"阿雄""小纱"之类的称呼。和谁相处得最好也想不起来了，只能想起几个呼唤自己"小纪"的稚嫩声音。

而且令人惊讶的是，树里在邮件中还写道："计划五月黄金周在山庄聚会。如果能休息的话，要不要参加？虽然大家不一定都来。如果害怕一下子和大家见面，我们在那之前可以单独见一面。那之后，是不是最好是贤人呢？（笑）。"

浴室的门被打开了，纪子慌忙关上邮件窗口。"步美就交给你了。"传来了丈夫的声音。她飞奔到更衣室，从慎也手中接过光着身子的步美。用浴巾给她擦拭全身时，她突然发现自己的心脏像要从嗓子眼里跳出来似的，怦怦直跳。

没想到这么快就能见面。你之前在做什么？为什么不马上发邮件呢？从浴室传来慎也哼歌的声音，好像

· 248 ·

是在洗头，还发出了洗发水微微起泡的细小声音。为什么会想到聚会时该说什么好呢？什么都不说也没关系，我想见你们，只是想见你们。步美说着什么笑了，纪子也笑了。距黄金周还有一个半月。那个地方，竟然还能再去一次。给步美穿上内裤和睡衣后，步美发出清脆的笑声。浴室里传来了淋浴的声音，正在给步美梳头的纪子突然停下了手。

该怎么对慎也说呢？以什么借口出去一天呢？最好不要说回娘家了吧。和朋友见面？班级聚会？慎也倒也不是那种不允许我参加此类活动的丈夫，说不定还会愉快地送我去呢。然而，纪子的脑海中浮现出的却是那天的慎也，"你这是什么语气？"这句话和嘎啦嘎啦翻滚着的空易拉罐。

浴室的门开了，纪子吓了一跳。

"啊，你还在这里啊。"慎也拿起浴巾，开始擦拭身体。

"啊，嗯，对不起，碍事了。"纪子抱起步美，走出更衣室。

"美美，你能陪我洗澡到什么时候啊？"听着慎也兴高采烈的声音，纪子回到客厅，关掉放在餐桌上的笔记本电脑。

"朱莉。喂，朱莉。我在这里。就在这里。"纪子抱起步美，抚摸着她的脸颊，在心中静静地喊着。

8

一开始只是单纯地感到高兴。小时候，一年之中虽然只是一起度过了短短几天，但纱有美从心底认为是那段记忆支撑着自己活到了今天。从懂事时开始就能敞开心扉交流的，不，认可自己存在的，只有他们。

但现实却并非如此。波留似乎因为自己的名人身份趾高气扬。纱有美感到她的言外之意就是和你们这种一无是处的普通人没什么可聊的。也许是因为知名度的差异，树里虽未到那种程度，但纱有美总觉得她在抗拒什么。纱有美推测大概是因为出生的秘密吧。也就是说，她想隐瞒这件事。她是不是害怕因为和自己来往后，那个秘密就有可能被朋友、周围的人，甚至丈夫发现呢。

贤人看起来很冷酷。纱有美心想：虽然听说贤人在召集大家的过程中起了很大作用，但他好像不像自己这样只是单纯地想见面，而是有什么更阴险的目的。纱有美很高兴，儿时曾经崇拜的雄一郎还残留着很多小时候的样子。而且，他既不像波留那样有名，也不像树里那样经营着幸福的家庭，更不像贤人那样会赚钱。在他身上，既感觉不到抗拒，也感觉不到冷酷。所以第一次见面的那天，纱有美就邀请他说还想多聊几句。

说起来，雄一郎的境遇和自己很相似。纱有美听着雄一郎若无其事地讲述自己的身世时，下意识地想用正数和负数来换算他俩谁更不幸。他被母亲抛弃是一件非常减分的事情，但因为有很多朋友，这一点比自己更有利。但是，在父亲离家出走后，从十几岁开始就一个人生活，这对他来说也是很大的负面影响。换了那么多工作，这一点几乎和自己相等，既不加分也不减分。不过因为现在有工作，所以稍微加一点儿分。就像这样比较后，她觉得雄一郎的人生比自己要糟糕。

虽然纱有美不愿意承认,但她对此莫名地感到安心,还有些高兴。她觉得不管说什么,雄一郎都会理解。波留和贤人他们肯定不理解的事,雄一郎不仅理解,而且还不会否定自己。

于是,纱有美在最初下车的车站转盘前的居酒屋对雄一郎说:"阿雄的人生也不太好啊。"

"也许是吧。"

对于雄一郎模棱两可的回答,纱有美感到非常惊讶。她耐心地说:"我们的人生被弄得一团糟。我不怪妈妈们去那种奇怪的诊所,但你不觉得那之后有什么不对吗?擅自开始露营,又突然放弃。而且,我很希望妈妈能告诉我原因,而不是听波留和小贤说。真希望妈妈早点儿告诉我,你明白吧?"

但雄一郎却说:"不明白。我的人生……虽然不是那么了不起,但也不是被谁弄得一团糟。"说完,他轻蔑地笑了。也许雄一郎并没有看不起她,但是,在纱有美看来,是那样的,于是她越说越激动。

"你被母亲抛弃,又被父亲抛弃,高中也退学了,现在过着这样的日子，恐怕不会成为波留那样的名人，也不会像树里那样正儿八经地结婚，更不会像贤人那样找个好工作。那不是一团糟是什么？你什么都没想过吗？人生就这样被弄得一团糟，你不懊恼、不生气吗？一点儿没有吗？原本你母亲就不应该把你交给没有血缘关系的父亲，父亲也应该带着父亲的觉悟来接受你。"纱有美继续说道，根本没注意到放在一旁的柠檬鸡尾酒中的冰块已经全部融化了。

"是被谁，又把什么弄得一团糟？"雄一郎问道。纱有美心想：这个人也许并不是瞧不起我，只是有点迟钝而已。这样一想，就觉得他很可怜，他连思考也不会了，连自己遭遇了什么也不知道了。

"做出愚蠢判断的母亲和为了金钱排出精子的捐精者啊。"纱有美用开导的口气说道。

雄一郎直视着她，开口道："你一直都是这样生活的吗？"

纱有美没能明白雄一郎的意思。她思考了一下，才理解他是在体谅自己一直过得很痛苦。这么一想，两行热泪就吧嗒吧嗒地掉了下来。

和雄一郎发生关系是在一周后。她实在很想和他聊聊，就给他打电话，逼着他和自己一起喝酒。纱有美一个劲儿地说自己的事情，从不去露营到现在的所有事情。雄一郎静静地附和着。这种安静让人紧张，为了缓解紧张，就喝多了，等回过神儿来时，已经在路边吐了。她说想休息，就让雄一郎背着去了情人旅馆。纱有美还记得是自己脱的衣服，还说自己这样下去一辈子都是处女，恳求雄一郎让她体验一下。事情结束后她就睡着了，醒来时雄一郎已经不在了。从第二天开始，他就拒接电话了，公用电话和固定电话都不接了。

不知从哪里渗出来一种莫名其妙的黏稠液体，纱有美全身开始产生一种不快感。一直支撑着自己的那段记忆，似乎被什么东西玷污了。不，也许正如母亲所说，记忆本身就是一种谎言。

二月份，纱有美突然回到了连过年都没回去的老家。按了公寓的门铃后没有应答，她开门进去一看，才发现母亲不在家。房间比一起生活时更脏更乱了。

纱有美凭直觉感知到母亲又换恋人了，而且新恋人应该还没进过这个房间。

母亲一直没有回来。窗外天色暗了下来，纱有美肚子有点饿，就擅自吃了家里的泡面。汤汁溅到了放在桌子上的公共费用账单上，看着褐色的印渍，她突然怒火中烧。

到现在为止，纱有美一直觉得母亲好像对自己没那么关心，虽然为此而叹息，但一次都没有讨厌或疏远过母亲。就像单恋一样，她渴望被母亲爱。但是，这时她却突然醒悟了，确切地说是想明白了。

把事情搞得一团糟的，不就是母亲吗？虽然不知道发生了什么事，但一定是她拜托人家，才把孩子生下来的，而生下来后却又没了兴趣。妈妈一直说因为有你。因为有你，所以我才这么努力，真正的意思是想说如果没有你就……她很久以前就想过这个问题，当时虽然这么想，却一点儿也不觉得悲伤。但是现在，它们以不同的回响在纱有美的心中扩散开来。

"如果没有你，我就可以做更喜欢的事，可以得到更好的工作条件，可以和喜欢的男人相处得更好，但是因为有你，因为有你，一切都不顺利。"那个女人一直是这么跟自己说的。

凝视印渍的同时，脑海中的某个记忆复苏了，那是关于露营的记忆。那是谁的父亲呢？母亲当时把脸凑近那个父亲窃窃私语，还亲昵地搂着他的胳膊。

纱有美突然恍然大悟：取消那个露营是不是因为自己的母亲呢？母亲和参加聚会的某个人的父亲发生了关系。那到底是谁的父亲呢？想不起来了。但现在，在母亲不在的家里，纱有美确信聚会是被母亲毁坏的，是被那个愚蠢、水性杨花的母亲毁坏的。

她把吃剩的拉面倒进洗碗池边上的三角盒里，然后把用过的容器放进洗碗池，看了看表，已经七点多了。她下意识地认为只要等着母亲，她就会回来，但现在才意识到，母亲有可能不回来了。她打开碗柜的抽屉，发现在便条纸和文具中夹着折成小块的一万日元纸币。她把钱装进牛仔裤的口袋后，去了母亲的房间。打开衣柜后，一个接一个地打开抽屉。纱有美自己也不知道在找什么。但是，她想找到点儿什么。必须找到。如果找到了，应该就知道自己在找什么了。

9

树里总觉得心里不踏实，心想：要是没邀请她来家里就好了，但又急忙打消了这个念头。怎么能这样呢？虽然不太了解，但不是也认识吗？她既不是可疑的人，也不是坏人。

"小贤家很漂亮，朱莉家也像杂志上刊载的那样。"纱有美刚坐在沙发上，又马上站了起来，在屋里边转边说。她毫不客气地走进厨房，一通参观，又来到过道，打开了树里工作室的门。

"你喝红茶还是咖啡？"树里催促她重新坐到沙发上，问道。

"我这辈子都不可能住上这样的房子。"

"你在说什么呢？这不是很普通的公寓吗？"树里去厨房准备红茶。这种不安的心情是什么呢？树里想起了在贤人家时的纱有美。在大家都沉默寡言的那天，她却反复说着能见到大家很高兴。只有她天真地为重逢而高兴。这样的纱有美看起来比实际年龄要小得多。树里心想：在纱有美的背后，是什么造就了这样的她呢？三天前接到纱有美说想见面的电话时，树里并没这么想。她很高兴，也想把阿弹和纪子的事情都告诉她。但现在，虽然不知道为什么，但树里却不想告诉她自己和阿弹见面的事，甚至为此感到困惑。

"朱莉现在过得很幸福吗？"

树里抬起头，隔着厨房的吧台看着纱有美。

"是啊，很幸福。"树里故意模仿着纱有美说的话。

"喂，我能问你一个问题吗？你从小就一直一直很幸福吗？"

树里把托盘上的红茶放在纱有美面前，纱有美看着树里，问道。虽然她笑着，但一种紧张的表情仍残留在眼睛深处。

"在回答这个问题之前，难道不是得先从你认为的幸福是什么这一前提开始说吗？"树里坐在纱有美对面，既不是开玩笑也不是讽刺地反问道，"我啊，觉得特别开心、特别高兴是点,而幸福是线。一直开心是不可能的,所以,我觉得一直幸福也是不可能的吧。不过,哪怕只是一瞬间、一天,或者更笼统地说,如果有自己认为'啊!太高兴了'之类的事情,我姑且就认为是幸福的。"

"我不管是点还是线,都没觉得快乐过,也没觉得幸福过。"纱有美打断了树里的话,说道。随即目光像在追随着什么似的,将视线移向窗外。

"那就看个人的理解了,幸福的定义也许很狭义。"

"我妈妈好像太轻率,就说想要个孩子。虽然有男朋友,但又不想和那个人结婚。他高中毕业,什么工作也干不长久。妈妈说反正要生孩子,就想找个更优秀的人的基因。像国公立大学毕业,大企业白领、医生、学者什么的,或是通过体育保送进大学的现役职业运动员。她说如果不是这些人的孩子,就不想要了,因此,就去卖那种东西的地方买了。"

树里从中途就没有认真听纱有美说话。可以简单地推测出纱有美和自己一样,是最近才知道自己的身世的，而且也和自己一样动摇了，但总觉得她和自己有什么决定性的不同。树里的直觉告诉她，不能把纱有美的话当真，也不能用真心和这个人交流。

鲅鱼是用盐烤，还是用香草蒸好呢？树里一边听着纱有美说话，一边下意识地思考着晚饭的菜品。

"孩子呢？"仿佛眼前有人在拍手，树里赶紧把视线转回到纱有美身上。纱有美一脸茫然地看着树里。

"哎？"树里发出的声音有些沙哑，她赶紧喝了口红茶。茶有点凉，有点苦。

"你们想丁克吗？"

"生不了。"树里立刻回答，"不是我丈夫，原因在我。我生过病，只有一个卵巢，所以比其他人更难怀孕。"树里虽然不想理会她，但还是说了出来。

"我正想和丈夫好好谈谈要不要接受什么专业的治疗时，没想到却发生了这样的事，我想还是先想明白自己的事再说，而且……"当时的心情树里记忆犹新，母亲再三叮嘱自己：你必须照顾大家，必须对大家好。在树里觉得纱有美有点可怕之后不久，她就对自己的这种想法感到过意不去了,还担心会被纱有美察觉到。所以,虽然不想接近纱有美,却对她比对其他孩子更好。忘却的、消失的回忆,就这样瞬间苏醒了,树里单纯地感到惊讶。

"想要孩子,即使不知道我们的父亲是谁,也想要吗?"

"快回去吧。"树里下意识地喃喃自语,"快回去吧!快回去吧!快回去吧!快回去吧!"

"想要孩子,是因为觉得来到这个世界真好吧。的确啊,因为你一直都很幸福。我从来没有想过要孩子,因为我实在说不出口。对即将出生的孩子,我实在没法说出这个世界如此美好,但朱莉你可以这么说。"

"不行了,已经快四点了,我得去买晚饭的食材了。"

树里小心翼翼地说着,生怕把心里想的"快回去吧"说出口。她把自己和纱有美的茶杯放到托盘里,颤抖的双手使杯子发出了刺耳的声音。

"哎?"树里反问一句后,敦看着饭碗平静地说:

"你让人琢磨不透，总是心不在焉的，说了也不觉得自己在说。"

树里张开嘴本想说没有那样的事，但张着的嘴里却发出了呜咽声，她自己大为吃惊。也许，比吃惊地张大嘴巴的敦还要吃惊。

说什么伤人的话？这几个月发生了什么连我自己都不清楚，我神思忧虑，到现在都无法自拔。想到这里，树里开始深刻反省起来。也情有可原，因为我没有说，敦觉得我琢磨不透也是可以理解的。树里抽泣着，做了个深呼吸。

"我妈妈……"树里开口说道，"用父亲以外的人的精子，进行人工授精怀上了我。我刚从母亲那里听说了这件事。关于孩子的事，我本来想和你好好谈谈的，是接受治疗，还是尝试体外受精。但现在还不是谈这些的时候，我必须先接受自己，然后再考虑这件事。因为那是告诉你之前的准备阶段，所以还没跟你说，对不起。"树里不假思索地一口气说完了。

"不，对不起的是我。"敦把左手拿着的饭碗轻轻放在桌子上，目不转睛地盯着桌子中央。房间一片寂静。"不过"，长时间沉默后，敦开口了。树里在心里祈祷着：求你别说了。拜托了，请你不要说正论，不要说别人都会说的话，不要说安慰的话，不要说愚蠢的话。

"不过，也不是什么特别的事吧。"敦说道，"医学进步了，应该有很多这样的人吧。我一看岳母就知道他们深爱着你，也就是说……我们的孩子并不会因此而受到什么影响。这个，怎么说呢，我们的孩子不会受此影响。如果想要的话，那种心情是不会变的。"敦罗列出了树里最不想听的话。

"是啊，这是常有的事。"不想再听下去的树里为了打住话题，这样说道。

树里想起了刚才因不知道如何回答"来到这个世界真好的理由"而一时语塞的自己。来到这个世界从没觉得不幸，但这就和"来到这个世界真好"是一件事吗？那我为什么这么想要孩子呢？一瞬间，树里自己也感到这种想法很可怕。实在不能对敦说，因为不可能被理解。

10

贤人也只是知道那位作家的名字，因为那位作家曾经委托贤人所在的广告公司的另一个部门办理过业务。

根据野谷光太郎的简介，他应该已经四十多岁了，但看上去却像二十多岁的年轻人。"啊，你好！"他说着伸出右手，用力握了握，虽然这种动作让人觉得拘谨做作，但这个男人做起来却给人留下了非常自然、爽快的印象。在广告公司宣传企划部工作的贤人虽然有很多机会与文化人见面，但见到如此随和，甚至有些天真的作家还是第一次。阿弹说他只在去年年末见过一次野谷光太郎，但边聊天边走进房间的阿弹和来迎接的作家看起来就像学生时代的朋友。

野谷光太郎的事务所位于代代木的一栋商住大楼内。那是一间采光不好、比较陈旧的两室一厅，餐厅和八张榻榻米大小的木地板房间里堆满了书，书沿着墙壁像塔一样堆积着。八张榻榻米大的房间里只有大得惊人的电视、沙发和塞满书的书架。贤人觉得隔壁是作家写作的房间。

"星期六也要工作啊，百忙之中来打扰，深表歉意。"阿弹对厨房里的光太郎说道。

"喝咖啡可以吗？也有啤酒和威士忌。"

阿弹看了贤人一眼，笑着说，"太阳还很高，喝咖啡吧。"

隔着茶几相对而坐的光太郎给阿弹和贤人端上了冲在马克杯里的咖啡，自己面前则放了威士忌和装着液体的玻璃杯。

"这是工作室，先生几乎每天从早到晚都在这里写作。"阿弹给贤人介绍道。

"我不是叫你不要这样了吗？什么'先生'，别扭的敬语统统省略掉。"光太郎张大嘴巴笑着，"我家在武藏野市，与其说是因为忙，倒不如说是不来这里就很难有一个私人的空间。"

"不，真的忙，感谢您百忙之中抽出时间来。"贤人刚一开口说道，光太郎就在眼前摆了摆手。

"所以我说不用了，不用啰唆了。直接说正事吧。"

光太郎说道。贤人觉得这是一双厚实的手。

"是去年，我跟你说过的那件事。"

"啊，光彩诊所。"

"我想和当时您提到的那个工作人员取得联系，因为今天来的松泽也是在那家诊所出生的。经历了很多事，有着相同背景的人们今年终于见面了。其中有一个人，想认真了解生物学上的父亲，并不是身份认同或心理问题，而是想了解他的病历。找到生物学上的父亲也许很难，但既然有您这个渠道，我就不能坐视不管了，想找到尽可能多的捐精者。"

贤人静静注视着在听阿弹说话的光太郎。这么说来，从打开门的那一瞬间起，这个活泼爱笑的年轻作家，眼睛里其实并没有笑意。光太郎把加了冰块的玻璃杯轻轻端到嘴边，抿了一口后，开口说道："就像前几天跟你说过的一样，要找到那个生物学上的父亲几乎不可能。为了了解几乎不可能的事情，极有可能会发现很多不想知道的东西。即便如此，那个人还是想这么做，对吧？"

"是的。"阿弹回答道。贤人斜眼一看，发现阿弹正沉稳地微笑着。

"我的书初版的发行量在三万册到五万册。"光太郎突然说了句贤人不明其意的话，"网页的点击率一天大概两千，小说和专栏的连载一个月大约有十篇。如果想在这本杂志上发表的话，四页版面肯定能拿到。根据题材不同，八页版面也有可能，当然也有连载。"光太郎捡起脚边的杂志给他们看。

贤人一边留意观察着身边阿弹的反应，一边看着光太郎的脸。光太郎背后是一扇没挂窗帘的窗户，透过开了几厘米的玻璃窗，可以看到有点脏的灰色墙壁。

"要问我有什么要求，那就是能不能让我写纪实文学。作为交换条件，我会全力配合。你们可以随便使用我的名字。我会在网站、杂志、报纸上撰写文章，寻找从某年到某年在轻井泽那家诊所里提供过精子的捐献者。如果我写的话，反响一定会比你们自己做更大吧。当然其中也会包含调侃和虚构的成分，但除去这些因素，比起你们单独行动，应该能得到更准确的信息。我觉得找到捐精者本人也不是不可能。"玻璃杯里发出冰融化后沉入威士忌的细微声响，"我不会写任何能锁定你们本人的内容，也不会为了有趣、搞笑而编故事。我可以在把原稿交给编辑部之前先让你们确认。如果有你们觉得不能写的内容，我会无条件删除。我们也可以做个公证。"

贤人竖起耳朵想听阿弹怎么回答，但他什么都没说。

"您这么配合我们，对您有什么好处呢？"贤人试着开口问道。他的声音不卑不亢，很是沉稳。

光太郎再次举杯，把里面的酒一饮而尽。商住楼虽然沿路而建，却像被密封了一样安静。光太郎站了起来，贤人则下意识地绷紧了身体。他去了厨房，往空玻璃杯里倒了些液体后又回来了。

"我想这跟你们一点儿关系都没有，我这几年正处于瓶颈期。书嘛，虽然略有波动，但还是卖得不错的。还有连载，已经排到三年以后了。不过，怎么说呢。"光太郎捧着杯子看，咕噜咕噜地转动着手里的杯子，

"我觉得自己在做的事情没有新意,只是在例行公事。我有预感,通过写你们的纪实文学,作为作家,我将会进入一个全新的境界。请恕我直言啊。"

光太郎来回看了看阿弹和贤人。贤人突然想:如果和这个人是同学,会留下什么印象呢?

"因为很有趣。在日本,这样的事情还被视为禁忌。但是在欧美就不一样,在美国有一个专门收集长得像好莱坞明星的精子库,对此并没有是非评议。但为什么在我国却被视为禁忌呢?为什么不能被讨论呢?我从接手那篇报道时起,就一直很感兴趣。小说不行,小说没有胜算,所以我想写纪实文学。把这个作为素材肯定很有趣,绝对没问题。"

"虽然我们没见过几次面,但您跟我们说了这么多,真的非常感谢。"阿弹终于说话了。贤人向那边看了一眼,他脸上竟然还挂着笑容。贤人突然感到一种陌生感。这个男人,早坂弹,到底是谁?为什么能笑得出来呢?

"这件事不是现在就能答应的,还需要得到其他人的同意，特别是那位正迫切寻找父亲的人。所以，过一段时间我再答复您。"

当光太郎喝光第二杯酒时，阿弹站了起来，贤人也跟着站了起来。要关门时，作家笑着说："随时可以联系我，邮件也行，手机也行。"这时他的眼里也带着一丝笑意。

"这下麻烦了。"去车站的路上，阿弹莫名其妙地说道。

"也许应该先问问波留，对于寻找父亲这件事，我怎么都行。"

天空高远，晚霞笼罩。走在人行道上的全都是学生模样的年轻男女。

"小贤，你是否想过自己可能生不了孩子？"正朝前走的阿弹突然问道。

"呀，这个，我都让人堕过两次胎了。"这唐突的问题让贤人有些不知所措，于是他坦率地回答道。

"是吗？"阿弹停了下来，惊讶地看着贤人。

年轻人困惑地看着大块头的阿弹，从身边走了过去。阿弹想说点儿什么，但欲言又止，继续接着向前走，他不看贤人一眼，说道："我从来没和女人正式交往过。"

11

从早上开始，不，应该是从前一天晚上开始，纪子就无法平静下来了。洗碗时还打碎了一个盘子，凌晨两点多才睡着。

出门的时候，慎也笑着说："你去吧，可以不用急着回来。"他说今天要为四月调动工作和离职的人举行欢送会，他是负责人，回家应该是最后一班电车了。因此，好几天前就告诉纪子不需要准备晚饭了。

听说是内部演唱会。平时波留好像不会在那么小的音乐厅唱歌，这次是以嘉宾的身份去朋友的演唱会献唱。树里在邮件里告诉纪子，听波留说因为没有那么多人来，想听去听就好了。内部演唱也好，音乐厅也罢，狭小也好，宽敞也罢，对纪子来说都无所谓。

树里还在邮件中写道："音乐会在下北泽的音乐厅

举行。六点开场,我们五点半在车站前的咖啡店见面。波留的上场时间是七点半到八点,所以稍晚点儿也没关系,最晚八点半应该就结束了。如果有时间,音乐会之后可以见见波留,没时间可以直接回去。"

最后一次参加音乐会还是上大学时,准确地说是大一的时候。纪子不知道自己该不该带孩子去那里,并不是因为自己过着与音乐会无缘的生活,而是因为太过惊慌失措。去了之后,可以见到树里、贤人、波留和阿弹。听到这些名字,纪子并没有想起他们的脸,但是慎也的许可让她受宠若惊。

纪子没想到慎也会同意。当慎也说了欢送会的事之后,她想或许可以吧,就顺口问了一下。

"这么说来,那天,我朋友有个演唱会。"

"那天不需要准备晚饭,又很难得,你去吧。"慎也说道。

"可以吗?"纪子惊讶地问。

"偶尔这样出去一下挺好的。"慎也笑着说。

确实是这么说的。慎也可能以为是类似初高中朋友在文化馆或租赁工作室里表演自己喜欢的乐器或歌曲那样的聚会，而纪子也并未多做解释。犹豫再三后，她还是把步美送回了娘家。说十点前去接步美，然后趁步美睡着时出了家门。

到达下北泽之前，纪子摔倒了两次。她似乎非常惊慌失措。既没有觉得疼痛，也没有感到害羞，只是一个劲儿地向约定地点赶去。到达咖啡店时，比约定时间提前了二十分钟。每次有客人进来，纪子都会伸长脖子确认。

听到有人招呼"小纪"时，她惊得跳了起来，咖啡杯也差点掉在地上。

她目不转睛地盯着站在身边的女人。她身材高挑，气质不凡。虽然不是美女，却非常漂亮。穿着也干净利落，看起来并不像杂志上的人物。纪子心想：跟别人也没什么不一样。这就是树里！朱莉！她原本打算自己在心里嘀咕一下，却发出了声音。

"对啊，我是朱莉！好久不见，小纪。"她说着，在纪子旁边坐了下来。

纪子在不停地聊着天时心想：虽然几乎没有记忆，却能这么快地熟络起来，完全是因为以前一起生活过吧。中学时的事，考上大学的事，结婚的事，孩子的事，如何找到树里的事，父母惊慌失措的事，被叫去告知真相的事，等回过神儿来时，才发现一口气说了这么多。

"这么看来，如果没有我的博客，小纪也许就一直不用知道真相了。"树里说道。

看到她很伤感的样子，纪子慌忙说："可是，那样我们就见不了面了。因此……"

纪子正想开始接着说时，树里看了下表说："已经六点多了，我们是要出发呢，还是在这里聊到七点半？"她像哄孩子似的问道。纪子感到有些不好意思，觉得自己和谁都没交流过，一直与世隔绝。

"贤人……先生和阿弹先生呢？"纪子跟在树里后面走出店门，两人走在灯光闪烁的大街上，她犹豫了一会儿，还是加上了"先生"。

"阿弹说今天不行。因为工作的关系，说不定过一会儿再会合。说是过一会儿,也就是演唱会结束之后。小贤说下班后直接过去。演唱会结束后,如果有时间,我们一起吃饭吧?你方便吧?"树里灵巧地穿梭在年轻人之间,问道。

"演唱会结束,应该八点多了……吃完就九点了吧?"纪子一边飞快地计算着从这里到娘家,再从娘家到自家路上需要的时间,一边小声嘀咕,"九点?也许有点儿困难,不过我可以先离开。"

"树里你也结婚了吧?那么晚回家没事吗?"纪子惊讶地问道。如果九点结束不了,那就喝到十点、十一点吗?又不是学生了。

"什么?小纪,回去晚了会挨骂吗?……啊,不过你有孩子啊。"树里看了看表,加快了脚步。纪子像追寻幻象一样看着她的背影。

首先,弹着尤克里里的女孩儿开始唱歌。会场空得人可以自由走动,树里和纪子坐在角落的椅子上听演奏。黑暗中浮现的客人,大多是二十多岁的女孩儿和情侣。过了七点,人渐渐多了起来。每当有新客人来时，门就会被打开，通道的光线唰地掠过。七点二十分，弹尤克里里的女孩儿打了个招呼后，退到了后台。就在这时，门开了，几个人走了进来，光线在昏暗的会场中流动。纪子睁大眼睛看着走进来的人们。

"对了，小纪，你手机里有孩子的照片吗？"听树里这么说，纪子拿出手机，把屏保壁纸给树里看。

"哇，好可爱！"树里凑过去叫道。纪子把手机递给她，又看了一眼入口，然后在人群的缝隙中发现了贤人。

明明连脸都不记得了，明明穿着暗色的衣服，明明夹杂在人群里，但纪子一下子就认出了朝这边走过来的是贤人。瞬间，她感到喉咙发紧，心脏开始剧烈地跳动。树里说话的声音突然变得很遥远。她情绪高涨。眼前的景象、声音、人影、光、水、热情在全身复苏，浓烈得让人误以为自己只是那个四五岁的孩子。小纪！几个稚嫩的声音同时呼唤着自己的名字，他们不是虚构的朋友。纪子眨了眨眼睛，仿佛眼前有人在拍手。为什么会有这样的想法呢？难道是分隔两地的痛苦，让人忍不住怀疑这是虚构的某人？走近的人的轮廓模糊了，就像移动到水雾的另一边似的。我给这个人写过信。对，我不是一直给这个人写过信？

"好久不见。"贤人不好意思地笑了。他移开视线，看了看树里手里的手机。

"啊，是小纪的孩子吧？跟她长得一模一样。"

"我也这么认为，叫什么名字？"树里问。

"步美"，她刚想开口回答，但鼻涕和眼泪却流进了嘴里，咸得让人想笑。"叫步美"，但她却发不出声音。

"不会叫鲁比吧？"贤人微笑着看着纪子。鲁比！鲁比！好像在哪里听过。是什么呢？

"翘首以盼的不是圣诞节，而是夏令营。"突然响起了歌唱声。现场响起了欢呼声和掌声。树里和贤人都像被安了弹簧一样，把脸转向舞台。纪子也急忙看向那边。一个娇小的女孩儿抱着吉他坐在那里，仿佛被白色的强光穿透。孩子们嬉笑着烤曲奇饼干，大人们在喧闹的灯光下没完没了地跳着舞。然后，接吻。"无论发生什么,无论什么时候,都会一直相爱吗?"一个稚嫩的声音响起。纪子说"我什么都没带",贤人说"没关系,明年再带来"。接下来,请见证誓约之吻吧。"啊!"小女孩儿高声叫了起来。短头发,大门牙,对,就是眼前唱歌的那个女孩儿。

刚才还挤满了人,除了舞台和吧台以外一片漆黑的室内,现在已经被荧光灯照亮。观众席上摆满了折叠式桌子,上面放着罐装啤酒和纸杯,纸盘子里装满了薯片和百奇。人们有的坐在座位上谈笑风生,有的站在墙边说话。虽然不清楚他们从事的职业,但纪子觉得应该是音乐界的人。纪子觉得皮夹克配牛仔裤的贤人还好,而白色裤子配藏青色针织衫的树里和穿苔绿色连衣裙的自己则显得有些不庄重。她试探着环视了一下四周,想尽快转换地点的心情和想马上与贤人、树里说话的心情交织在一起,简直无法平静。

"喂,好像只有我们是外人吧?还是在外面等比较好……"纪子说到一半,张大了嘴巴。波留出现在散落着卷曲的电线和其他器材的舞台上，只见她轻盈地跳下舞台，径直走了过来。

"谢谢。"波留面无笑容，语气生硬地说道。纪子回过神儿来时，发现自己已经握紧了她的双手。

"太好了，真的，太好了。波留，是波留吧，教我们把冰淇淋放到咖啡里的那个波留。"纪子说着说着，刚才满溢眼前的情景又被添加了新的景象。怎么能忘记呢？那样的日子，怎么能忘记呢？一不留神，竟然想张开双臂抱紧娇小的波留，但好不容易忍住了，因为波留正一脸为难地看着树里和贤人。

"我们来干杯！一会儿，要不要去什么地方吃饭？阿弹呢？"连好久不见都没说，波留就抬头看着贤人，问道。

和二十多个不认识的人干杯，喝完纸杯里的啤酒后，波留带着纪子他们去了附近的居酒屋。这是一家经营冲绳料理的店。四个人围桌而坐，纪子还是无法平静下来，依次看着三个人的脸，嘴角保持自然微笑，与贤人来了个四目相对。

"小纪，吃点什么？"贤人打开菜单问。

"和大家一样就好。"纪子看着贤人答道。

大家没有互相碰杯，各自喝着啤酒。之前过得怎么样？纪子原本期待大家能像自己刚才对树里说的那样，把想说的话都说出来，但第一个开口的波留突然问贤人："那么，有什么进展了吗？阿弹能来吗？那个叫什么来着的人是阿弹认识的熟人吧？"

"他说如果能来，就会联系。"树里玩着手机说道。这时，贤人却笑了起来。

"波留，你以前也是这样，太着急了。小纪今天才第一次见到我们，她会摸不着头脑的。"

"不过，你知道吧？"波留瞥了纪子一眼，说道。纪子立刻明白了她在说什么。

"我知道。"她小声回答道。一开口，话就停不下来了。

"我是前几天才听说的，就在前几天。真不敢相信。我父母一想到我可能会见到朱莉，就急忙说出了实情。我吓了一跳，倒不是谈话的内容，而是……"

"这样的话，就不用解释那么多了。"波留打断了纪子的话。纪子吃惊地闭上了嘴。

"我想尽快找到我父亲，而刚才贤人和阿弹接触了曾在诊所采访过的作家，我刚才是问他这件事怎么样了。"波留飞快地说道。

纪子呆呆地看着波留，心想：或许这个人和我所认识的波留完全不同。在没有见面的漫长岁月里，她一直作为职业音乐家在工作、成长着，在长大的过程中，也许学会了冷酷、傲慢和对他人的冷漠。眼前波留的态度和散发的气质就属于这种类型。但不可思议的是，在纪子看来，那个小小的波留，刚刚回想起来的波留，在自己面前拼命装出一副大人的样子，就像为了逗乐大家而夸张地扮演"大人"一样。所以，在纪子看来，急着和小贤说话的波留很可爱。

"寻找父亲？能实现吗？波留你想见他吗？反正我不想见他。应该说，我还是刚听说这件事，还没有真情实感。"纪子插话道。

波留没有理会纪子，他转向贤人，探出身子问：

"那你见到那个作家了吧？怎么样？"头发染成粉红色的店员把海葡萄、蔬菜豆腐、红烧肉块等这些菜端了上来，树里把盘子和筷子分发给每个人。波留不想多说话，纪子也能理解，但纪子还是想说。她像是在等待插嘴的时机一样，和波留一起探出了身子，然后又吃了一惊。

刚才她还揶揄地想：自己简直就像与世隔绝了一样。不过，这真的是调侃吗？难道自己不是真的与世隔绝了吗？想到这里，纪子轻轻摇了摇头，但自己为什么会这么想呢？慎也很温柔，又很会照顾孩子，就连今天，他也说不用着急回来。惊魂未定的纪子看了看表，再过十五分钟就十点了。

"他问我们能不能写成书，如果可以他说会全力协助我们。他还说如果以他的名义，更能引起大家的关注，比我们自己干效率要高得多。"

"难道你们答应了？"正在夹菜的树里突然大叫起来。

"没答应，因为我们不能单独决定。当然，他说了写的时候不会特定为某个人。"

音乐声突然变大，纪子注意到三个人都闭上了嘴。与几分钟前不同，餐桌上弥漫着紧张的气氛。纪子低头看着油光锃亮的肉块，整理了一下思绪。父亲、书、关注、特定身份。"你这是什么语气？"慎也的声音突然混杂在一起，打乱了她的思绪。她觉得自己必须回去了，但是，又本能地想要留在这里听他们谈论的话题。

"这个，我，可以接受。"波留说完，树里和贤人都看向她，"用我的名字，效果会不会加倍？虽然我没那么有名，但比起希望匿名、不愿公开年龄的人，'hal正在寻找父亲'的消息不是更有宣传力度吗？"

"野谷光太郎和音乐人hal搭档，确实会受到关注吧，但是弊大于利吧。首先因为有趣而自报家门的人会激增，你的音乐性也可能会被他人用混浊的眼光来判断。"贤人冷静地说道。

"会成为别人的看点的。"树里声音颤抖着说道。波留看也不看他们两个人，猛吃起树里给她分的红烧肉。

纪子终于明白他们在说什么了。大家都想找到生物学上的父亲。而且,也有人说要帮助他们,但条件是要允许他写成书。虽然明白了,但还是没反应过来,纪子觉得好像在听一个遥远国家的风俗。然后她终于明白了,这些曾经在自己幼年时期与自己共度过短暂时光的人,现在却和自己完全没有交集了。但是,即便如此,现在回想起那段日子的细节,在纪子眼中,波留、树里、贤人都不像是陌生人。在他们的容颜深处,还可以看到他们童年时代的影子。

"我有件事想问一下。"树里用手指擦着啤酒杯上的水滴,平静地说,"波留,不管遇到什么样的父亲,你都能坚定地对自己说'来到这个世界真好吗?',你能对那个人说'谢谢你让我来到这个世界吗?'。"

波留直勾勾地看着树里,然后微微一笑:"这不是什么悠长的童话故事。这和他是什么样的人无关,我只是想准确地知道那个人和那个人的家族病史。"

贤人瞥了纪子一眼。纪子发现他的视线里包含着温柔的关切。必须要回去了。纪子为了掩盖很想继续待在这里的心情，站了起来。"必须要回去了。现在必须要回去了。"纪子静静地想着，可是已经回不去了。

12

有五十五六岁吧，穿着的毛衣上起了毛球，首饰除了结婚戒指什么都没戴。波留觉得她似乎不怎么富裕，但散发着一种优雅的气质。从七十年代后半期到诊所倒闭关门为止，她一直在那里做行政工作。波留之所以会无条件相信她的话，是因为她的气质。她低着头，偶尔也会抬起头，看向坐在对面的波留和阿弹的喉咙位置以及坐在旁边的树里的上臂附近。

在波留看来，她似乎在想这些孩子真的平安出生了，已经长这么大了。当然，她到底是否真这么想也不得而知。在东京，已经不用穿冬装外套了，但轻井泽还很冷。在离新干线车站不远的咖啡店里，还点着煤油炉取暖。大家都已经无话可说了，但也没有站起来，每个人看起来都很为难地坐在那里。

据说是一位名叫野谷光太郎的作家，在近三十年前，曾采访过这位女士，当时她是这家备受关注的诊所的工作人员。她的联系方式奇迹般地贴在了他的采访剪报本上。阿弹拨通那个电话号码后，却是另一个姓氏的人接的。最后阿弹委托了侦探事务所，根据近三十年前的住址、姓名、年龄，找到了她——桥冢贵见子。大约十年前，在丈夫的父亲去世后，她便搬到了位于同一街区的丈夫的老宅。

负责联系的阿弹说，贵见子没有拒绝见面，也没有表现出很为难的意思。但是，因为要照顾婆婆，所以她只能在有日间照料服务的日子才能安心外出。因此，见面被指定为工作日的今天。时间比较方便的树里、波留和休了带薪假的阿弹来见面了。

阿弹询问了捐精者的信息，贵见子马上解释说没有留下任何类似病历的资料。虽然自己和诊所倒闭关门没有关系，但到了打官司的时候，恐怕诊所都会把不利的病历全部处理掉吧。作为审判资料使用过的资料，虽然没有亲眼见过，但贵见子说随着诊所的倒闭关门，诊所应该已经都处理掉了。

树里问她："为什么呢？"

她说："因为院长在诊所倒闭时就决定要去美国了，好像完全没有要回这边的意思。"听起来，院长已经不想再参与自己实施的治疗了。

波留问："为什么呢？"

"我觉得是失望。"贵见子这样回答道，"院长并没有和我们工作人员亲切交谈过，所以这只是我的个人推测。我想院长最初是抱有很大希望的，虽然听起来有些傲慢，但他经常说，医疗是为了救人而存在的。AID——供精人工授精也是如此……说实话，最后他看起来好像有点儿自暴自弃了。包括在诊所接受治疗的患者的跟踪情况，说难听点儿，最后都处于放任不管的状态。"

阿弹还问了是否有伪造身份、经历、病历的捐精者。关于那件事，波留是在回城的新干线上听到的。"不过是八卦而已。"树里说道。在受到打击之后，波留已经不知道该何去何从了。

贵见子头也不抬地盯着桌子说道："虽然难以启齿，但这千真万确。"

贵见子刚开始在诊所工作的时候，申请者几乎不需要提供必要资料，只要通过第一次审查，就可以去光彩诊所接受体检。也就是说，只要半田院长的诊断结果没问题，任何人都可以成为捐精者。

贵见子听其他工作人员说，申请者一开始必须要提交诊断书、毕业证书、成绩证明书等很多文件，包括面试在内还要经过三次筛选。关于家族病历，要填很多特别麻烦的资料，如果有近亲的死亡诊断书等，也要求提交。但后来供体马上就不足了，所以筛选规定也越来越宽松，贵见子推测道。因为有一名患者提起诉讼，使得诊所突然受到关注，捐精者和患者剧增。她记得，高收费确实是从那个时候开始的。捐精者被分为四组，患者可以选择。分别是优先考虑智力和艺术品位；优先考虑运动能力；优先考虑容貌；优先考虑虽无突出之处，但全部在平均水平以上的均衡发展者。她说在某方面越优秀，价格就越贵，这是事实。

贵见子低着头说，有自称是时装模特的男性，有哥伦比亚大学毕业的男性，有参加过全国田径比赛的男性，也有十三年前在同人杂志上发表的小说入围芥川奖的男性，但不知这些是否真实……有些人虽然说了自己工作的一流企业的名字，却没有带一张名片。

"可是，体检是必须的吧。至少能保证那个人的健康吧。"波留说道。

"嗯，再怎么说，本人的诊断是没有问题的。"贵见子回答道。

"那个人肯定是没问题的。虽然本人没问题，但不知道他的兄弟、父母、祖父母是否患有视网膜色素变性症。"波留在心里小声嘀咕道。

现在没有病历，也没有记录，而最为关键的人物半田院长也已经去世了，所以不可能找到捐精者。结果，谈话到此为止。

"你知道其他工作人员的联系方式吗？"树里像是想到了什么好主意似的，满脸兴奋地问道。

"知道两个人。其中一个我们现在还互寄贺年卡。但是，我想很难从她那里得到更多信息。她比我更早离开了诊所。另一个比我来得晚，和我是同时辞职的。"

"您还记得比您早来的护士长和行政主任的名字吗？"波留咬住不放。

"佐藤惠子当时是护士长，经常和半田院长一起行动。后面那位的昵称我还记得，真名就不记得了……"

"那个叫佐藤的人，当时也住在轻井泽吗？"

"对不起，那个，我工作的地方并不那么和气。那个，像相互告诉住所和经历……"贵见子继续低着头说。

"不过，现在不是还有个互寄贺年卡的朋友吗？"阿弹用柔和的声音说道。

"嗯，怎么说呢，因为工作是工作，所以半田院长不希望同事之间太过融洽吧。但正因为如此，大家就更想和谁聊点儿什么了……我和结城的年龄相仿，放假的时候也会一起去吃饭。"

"你们聊的是关于捐精者和患者的事吗？"

"因为有保密制度，所以不能告诉其他朋友。"

"你们是说些'在有名的银行总行工作，工作日出门却连名片都没带'这样的事来嘲笑一番吗？"波留说完后，马上就意识到自己的声音过于尖锐了，但是，她仍无法抑制一无所知而产生的焦躁。

"不是那样的。"贵见子抬起头，直视着波留说，"我们会讨论如果结了婚不能生孩子该怎么办？因为我们都是单身，所以考虑过这个问题。如果是自己的原因，或者是丈夫的原因，心情和处理方式肯定会不一样。在那里工作的话，无论如何都一定会考虑这个问题。"

贵见子一口气说完后，盯着波留，沉默了一会儿。然后依次看着三个人，静静地补充道："在管理和规定方面，院长确实也存在一些被称为拜金主义的行为。尽管如此，诊所里还是有一种必须认真考虑这些问题的氛围。因为无论是院长，还是参与诊所创立的其他人，骨子里都是认真的，他们都艰信生命和生育是平等的。"

"对于刚才那个问题，桥冢女士你是怎么考虑的？"树里探出身子，问道。

"结城说她能理解来诊所的女性的心情，她说她的梦想是结婚后和一大家子人一起生活。而我的意见恰恰相反，我不想在陌生人的帮助下要孩子。不能说和父母双方没有血缘关系的就不是一家人，夫妻两个人也是一家人，领养来的孩子也是一家人，我们私下讨论道。虽然我们也没总说这些，但还是会经常提起。即使还没有结婚对象，却也热衷谈论这个话题。"

"然后……"树里没有继续说下去，贵见子看了看她，继续说道。

"不可思议的是，情况正好相反。我结婚后就怀孕了，所以就辞去了诊所的工作。现在，上面两个大的孩子在东京工作，下面一个小的和我生活在一起。因为结婚，结城女士比我先辞去了诊所的工作。可她后来却生不了孩子，甚至连不孕治疗都没有做。贺年卡上现在也只有他们夫妇俩的名字。也许，她还记得当年热议的话题。她在贺年卡上说我说的是对的。"

现场一片寂静。门铃响了，一群年轻女性走了进来。大家都抱着购物袋，吵闹着坐在了桌前。

"能告诉我结城女士的住址吗？"说话的是树里。

"我先向她本人确认一下，再转告你们。不好意思，因为现在有这样那样的问题。"

"那还请您多多关照。"阿弹低头看着树里和波留，催促他们起身。

在咖啡店前和贵见子道别后，在去车站的路上，谁都没有说话。在通往检票口的自动扶梯上，站在前面的阿弹回头问波留："你是在想还是放弃为好，是吗？"

"不是。"波留回答道，"越来越想和野谷光太郎搭档了。"

这是事实。如果完全相信贵见子的话，寻找捐精者就没有希望了。波留觉得，就算见到结城女士，也不可能有比今天更大的收获，而叫佐藤惠子这个名字的前护士长随处可见，就算委托侦探事务所，或靠自己的力量，也不可能找到。

他们在无人售票机上买了去东京的车票。离下一班新干线到来还有将近二十分钟的时间,三个人没有马上检票进入,而是坐在了检票口前的长椅上。

"我说过周刊杂志上匿名刊登过一名捐精者的事。"阿弹说完后,波留点了点头,"虽然可信度比桥冢女士低很多,但你们想不想见见那个人?"

"能见到吗?"波留马上问道。

"今天听了那些话,你还想见吗?"阿弹又问了一遍。重逢以来,阿弹总是边调侃边笑,但这次他却没有笑。波留突然不安起来,感觉好像回到了孩童时代。作为别墅主人的孩子,阿弹比任何人都了解附近的情况。那条路很危险,从这里走不要紧,从那里跳下去不行,等等。阿弹认真说话时,大家都会听从。但是,我已经不是孩子了,波留这么想着,慎重地点了点头。

"那个人不可能是你的父亲,我和野谷先生都认为这家伙很可疑。他很可能是被迫接受采访的。二十多年前,野谷先生也是这样认为的。"

"可是,除了那个人,已经没有别的线索了。"

"见一面能怎样？"一直沉默的树里开口道,"波留你去见就行了。好了,到此为止吧。我先下车了。今后,不管是父亲还是相关信息,想找的人就去找好了。对了,波留,如果说出你的名字,说你在寻找生物学上的父亲,我想会引起很大骚动的,而且作者还是野谷光太郎。你会引来好奇和嘲弄,甚至是责难。也许有人会说你是沽名钓誉,你母亲也一定会被卷入其中。但是,我知道你打算承担一切,知道你有这个心理准备,所以你去做就好了。不过,我就不去帮忙了,也不会去看野谷光太郎写了什么。我要全身而退。"

说着说着,树里的声调一下提高了,还微微颤抖了起来。树里目不转睛地看着波留。波留明白,这个人说的是没有必要见父亲。那倒也是。因为树里根本没有体会过明天有可能就什么都看不见的恐惧。

"那就这么办吧,你到此结束。阿弹,你能告诉我野谷的联系方式吗?"波留说道。

"还得再听听别人的意见啊。如果有人和波留一样,我觉得最好还是一起去找比较好。野谷的联系方式，待会儿我给他本人发邮件，把你介绍给他。"

树里站起身，向车站里的小土特产店走去。波留隔着肩膀，看着树里的身影，心想：她并不是要买什么东西，而只是不想听他们说话而已。

"不管遇到什么样的父亲。你都能坚定地对自己说'来到这个世界真好吗？'"在电脑荧屏光的笼罩下，波留反复回味着树里说过的话。会是个什么样的人呢？波留思考着。波留试着想象了一下，去诊所的是一个喜欢赌博的人？负债累累的人？邋遢的人？卑鄙的人？明知是趁火打劫，却还是想要钱的男人？为了提高报酬，他伪造了学历、家族病史和工作。如果他现在还活着，知道自己有孩子的话，他一定会来找我吧。他可能会来找我，也可能会去找母亲。只为了知道亲属中是否有人患有视网膜色素变性症，实施了怎样的治疗，是否导致了失明，就想见这样的人吗？那个男人不一定掌握很有用的信息吧，可能还会说谎。也许得到的结果只有被玩弄、被搅乱。不仅自己，还包括母亲。

电脑屏幕上显示阿弹发来了邮件。上面写着野谷光太郎的联系方式，还写着野谷光太郎说可以随时联系他。

"这样说虽然有点儿冒昧，但还是希望你能好好考虑一下。虽说这是你个人的问题，但我想又不仅仅是你一个人的问题。多管闲事了，对不起。"阿弹写道。

波留瞪着屏幕思考。无论是喜欢赌博，还是单纯想要钱，但那个人选择了捐献精子，而不是偷窃。从结果上来说，他选择了去帮助一个想要孩子的人。而且，这个人不一定是那样的人，也许是个很普通的人，也许是个了不起的人。想到这里，波留才意识到自己的想法有些幼稚。也就是说，一提到"父亲"这个词，脑海中浮现出的就是只在照片上看到过的木内宏和，年幼的波留擅自让他背负了完美无缺的父亲形象。身材高大，魁伟，笑容可掬，声音温和，笑声爽朗，擅长打篮球，会做饭，包容一切，父亲一定是这样的人。波留还想起了曾经的几位恋人，总是会无意识地把他们和打着灯笼都找不到的理想父亲做比较，结果总是感到不满意而主动提出了分手。

"我必须知道。"波留为了激励自己,移动鼠标复制了野谷光太郎的地址。

第四章

1

树里觉得结城静与桥冢贵见子形成了鲜明对比,如果不是贵见子介绍,她绝对不会把两个人联系在一起。剪短的头发染成了茶色,蓝灰色针织衫搭配黑色紧身裤,还化了精致的妆,戴着夸张的耳环和项链,感觉走路都会叮当作响。这身打扮看上去既不华丽也不低俗,反而给人一种赏心悦目的感觉。看来她很享受衣服搭配、首饰选择、化妆、聚会、生活带来的乐趣,浑身上下散发着这种气质。

"这里的蛋糕很好吃,如果还能吃得下的话,要不要尝尝?"静把手写的菜单摊开,给树里看。

"那,来这个水果蛋挞……"话还没说完。

"我正想说这个是我最推荐的呢!"静像孩子一样睁大了眼睛,对吧台后面的老板娘说,"两个蛋挞!再来一杯红茶。"

和贵见子互寄贺年卡的结城静住在静冈县的伊东。通过贵见子征得静的同意后，树里联系上了静，她说见面完全没关系。树里是鼓足了相当大的勇气才跑来见面的，可是，静说自己知道的不会比贵见子知道得多。至于病历，她自己并没有处理，就连实物都没见过，甚至都已经不记得佐藤惠子这个人了。阿弹和波留早就料到会是这个结果，所以才不同意树里联系结城静，今天也没有跟着前来。树里心想：自己也并非没有预料到这个结果。明知就算见了面也得不到任何新消息，可为什么还要来呢？这时，蛋挞端上来了。蛋挞上，草莓、猕猴桃、桃子和橙子颜色鲜艳地闪着光。

"你还记得捐赠者都是些什么样的人吗？"树里一边闻着新加的红茶散发的香气，一边开口道，问完之后，还被自己的话吓了一跳。原来还可以这样问，她对此也感到吃惊。

"我什么都不记得了，就连像样的对话也……"

"不是的，比如态度是温和的，还是盛气凌人的；看起来很有教养，还是有奉献精神；这个人看起来让人有亲近之感，还是无论在哪里，遇到这样的人都不会与他亲近。什么都可以，主观判断就好。来这里的都是些什么样的男性？"自己连这样的事情也想知道，她对此也感到吃惊。

静看着树里背后的门口，仿佛在凝神注视着过去。

"……是啊，隐约记得的还是给我留下不好印象和好印象的人。留下不好印象的人大多态度冷淡，跟他说话也不回应。不过，那也没办法啊。为了捐精，他们只能在单间里进行自慰，态度冷淡不是因为性格和脾气，而是因害羞而产生厌烦态度的情况比较多。所谓留下好印象的人……是啊，比如经常给我们买点心的那个人。他不那么年轻，对了，鞋子，鞋子总是擦得很干净，我也想过这个人的家境一定很富裕。"静凝神看着，就像要对准晃动的焦点一样，"基本上二十多岁到三十多岁的人比较多吧。因为刚才提到的那些，大家看起来都很安静，不说多余的话，也不和你对视。不过，也有特例……既有让父母陪着来的中年人，对了，也有瞒着妻子来的，因为检查单被妻子发现了，打电话到诊所来而引发纠纷的。我都忘记了，那些事。"静说着，仿佛在庆祝刚刚从记忆深处浮现出的新记忆。

"为什么那个人要瞒着妻子做这种事？"

静目不转睛地盯着树里说："因为他的妻子流产了两次，第三次因难产生下孩子后，宣布再也不打算生孩子了。对于未能出生的两个孩子，这位丈夫从心底里觉得对不起他们。他说他忘不了他们，想通过成为捐精者，让两个孩子看到这个世界……好像是这样的。"

树里看着静。静并没有躲闪，也盯着树里看，然后慢慢露出笑容，说道："是的，他是个好人。不能说所有人，因为我没有深入了解，但确实有人这么想。"

树里单手拿着盘子，开始吃蛋挞。确实很好吃。派皮松脆，奶油不甜腻，水果各有各的味道。树里陶醉般地细细品味。喝着凉了的红茶，低头看着空碟子，树里问静："我听桥冢女士说，您没有生孩子。恕我冒昧，您不后悔吗？"

树里感觉耳根发热。不应该问初次见面的人这样的问题。明明知道无论是肯定回答还是否定回答都和自己无关，但还是忍不住要问。

"我啊，嗯，你是树里小姐吧。我不想断定幸福只有一种。我不能自然怀孕，在三十五岁时，终于明白不能再这样一直等下去了，那时，我和丈夫想了很多。我很想要孩子，而且我还在那种诊所工作过，只要愿意，生孩子的方法有很多。但是，有孩子就幸福，没有孩子就不幸福吗？绝对是这样吗？当时我和丈夫决定了，两个人要用一生去了解这个问题。我想亲身体验一下，如果我们不通过其他手段要孩子，以后会怎么样。"

"所以……"静笑着打断了树里的话。

"人生还没有结束，所以还不能下结论。再过五年，我也许会捶胸顿足地想要孩子，也许会咬牙切齿地后悔早知道生个孩子就好了。但到今天为止，我和丈夫都从未有过这样的心情。我的丈夫辞去了汽车公司的工作,在这个城市开了一家钓具店。我也开始画画了,办个展的时候,就租东京都内的周租公寓。一年有一个月的假期,两个人会去国外度过。虽然这些都是没有孩子才能做到的事情,但我觉得,即使有了孩子,也能获得同样的充实。所以,是一样的。有孩子也好,没有孩子也好,都必须要走属于自己的人生。"

咖啡店离车站很近,静说要送送树里,她们并肩走着。虽然已经过了三点,但阳光仍如中午般明亮、温暖。买了票后,树里点头致谢,静高高举起手挥了挥,然后衣袂翩翩地走了。

在摇晃的电车里,树里回味着静的话。想给未能出生的孩子再一次生命的捐精者,那个人可能就是自己的父亲。不,或许这是静临时编造出来的故事,因为她也许不想让一个不知道自己生物学上的父亲是谁的女儿听到关于捐精者过分不好的信息。不过,这样也好,说谎也没关系,树里这么想。无论是谁,都无法确定那是谁。如果是这样,我宁愿相信那个人是出于某种理由,不是经济上的原因,而是出于人性的原因,才打开了诊所的大门。

突然从窗外看到了大海，树里把脸凑近窗户，睁大了眼睛。蓝色的大海中央闪着银光，水平线白茫茫的一片，目之所及是开阔的海面。在去的电车里，大概是太紧张了，明明这么壮阔的风景却没注意到，树里把额头贴在窗户上暗自感叹。突然一个念头闪入脑海：见父亲吧。去见父亲吧。准确地说，是那个曾经当过自己父亲的人。他也许把自己忘了，也许没什么话可说，也许还在恨自己。最糟糕的是，有可能不会见自己。但是，还是试着去见一面吧。这样自己就能行动起来，就能马上做出决定，知道应该怎么做，应该做什么。远处的大海与天空交相辉映，白茫茫一片。

2

雄一郎住的是一栋老旧的廉租住宅。榻榻米已经完全褪色，厨房的亚麻油地毡也发黑了。窗帘和冰箱都是旧的，还染上了烟碱色。纱有美一进门，就不由自主地和树里、贤人的公寓做了比较。为什么他们有，而我们没有呢？纱有美在无意识中思考着：这种差别到底是怎么回事呢？

"没有人联系我，我也不知道是怎么回事啊。"

纱有美觉得雄一郎肯定嫌她麻烦，于是用讨好的语气温柔地说。因为没人让座，所以她只好呆呆地站在厨房里。餐桌上还放着公共费用的账单和面包袋。

"可是，我也什么都不知道啊。"雄一郎从冰箱里拿出一罐啤酒，走进和式房间盘腿而坐。纱有美也跟了过来。房间里有矮桌、电视机和CD机。不，只有这些。

"去山庄的事也不知道怎么样了。喂，我们为什么要见面？"

"不是说想见吗？"

"是啊，不过，如果见面后马上就又没什么关系的话，我觉得不见也挺好的吧。"

"那，最初不去参加聚会就好了。"雄一郎拿起遥控器打开电视，换了个频道。

"你生气了？"纱有美问，不过她没等回答，就又开始说道，"可是，这也是没办法的事啊。阿雄……阿雄你不接我电话，波留和贤人也不告诉我，所以我就跟树里问了你的地址……"

雄一郎左手轻握的啤酒罐上沾满了水珠。纱有美心想：为什么他不劝我也喝点呢？

"我没生气。"雄一郎边换频道边说，"很吃惊你能等我，不过也不是什么值得生气的事。幸好我没在外面喝酒，直接回来了，晚上还是很冷的。"

"大家是不是瞒着我们见面了？"纱有美一边斜眼看着电视一边问。

"也许吧。"雄一郎毫无兴趣地回答道。

"为什么只有我们被排挤了？"

"是因为你总是这么想问题吧。"雄一郎调到新闻节目的画面后，把遥控器重重地放在地上，"因为你说了被排挤之类的麻烦事，所以他们才不叫你的吧。"

"除了我们，大家果然都见过面。"

雄一郎突然笑了起来，纱有美也想跟着一起笑，但不知道有什么可笑的事。

"那个，为什么都怪别人呢？如果想见大家，就自己联系，这样就见到了，不就行了吗？我觉得大家什么都不为你做，不是大家的错。"

"那是谁的错？"

雄一郎瞥了纱有美一眼，视线又回到电视上。那冰冷的视线让纱有美感到不寒而栗。

大家是怎么回事？我到底做了什么？

"为什么不怪别人就不甘心呢？大家可没兴趣刁难你。"

"喂，你会让离家出走的女孩儿住在这里吗？"纱有美问道。虽然不明白什么意思，但她知道雄一郎在责备自己，所以想换个话题。因为突然想起了以前在网吧听到的"留宿男"的事，觉得不可能是同一个人吧。

"你知道得真清楚。"雄一郎爽快地回答道，他又从冰箱里拿出一罐啤酒，边看电视边开口说道，"只要有人想住，我就让她住。就算有别人在，我也不介意，女孩子还会把房间收拾得干干净净。"

"因此，也包括陪睡吧。那不是犯罪吗？"她得意扬扬地说道。

"我不搞色情，因为那样很麻烦，我说自己是同性恋。"雄一郎冷淡地回答，"我说我是同性恋，被遗弃的孩子，不知道家庭的温暖，所以回家后看到房间里亮着灯就安心了。大家好像都很放心。这是剧情需要，特别是对住在陌生人家的女孩儿来说。不过，说着说着，我也渐渐有了这样的感觉。我真的是被遗弃的孩子，曾在那个山庄生活过。让陌生人借住也许需要这样的故事。不管怎么说，做毫无理由的事都需要一个令人信服的故事，哪怕是谎言。可话说回来，谎言更像是真的。"

纱有美不知道不停嘀咕的雄一郎在说什么，渐渐感到恶心起来。这个男人到底是谁？

"那可以让我也住在这里吗？"为了抑制心中的不快，她干脆地问道。

"不行。"雄一郎立刻回答，不等她问为什么，就抢先回答说，"因为你不是陌生人。"

"我一直觉得自己很不幸。从未有过可以称为朋友的人，也不认识自己的父亲，母亲说起自己的事情时总是心不在焉。我也从未想过要成为什么样的人，都快三十岁了，却连一场像样的恋爱都没有谈过。打工的地方擅自终止了合同，因为生活费不够，最近开始打工，在做快递分拣的工作。和自己同龄的女孩子，不是在打扮得漂漂亮亮地谈恋爱，就是已经结婚成为幸福的主妇了。而自己却一直站着工作八小时，连一件名牌都买不起。"

以前跟雄一郎说话时，他说自己的人生并没有被弄得一团糟，说明他并不认为自己是不幸的。这件事让纱有美很吃惊，但现在，纱有美却因为这件事而感到毛骨悚然。雄一郎并不认为自己不幸，也不认为自己的人生一塌糊涂。她突然意识到，自己的人生已经被破坏得无可挽回了。纱有美不知道"破坏"这个词用得是否恰当，但除此之外想不出别的词来形容。他肯定有什么东西被破坏了，但因为没有这种自觉，所以损坏的部分永远也无法得到修补。她只能这么认为。

纱有美在便利店买了罐装啤酒、便当、零食和巧克力后，向公寓走去。二月份回家的时候，结果等到第二天早上母亲也没回来，所以纱有美这段时间一直没有见过母亲。母亲经常给纱有美发带有表情包的短信，可一旦她不回复，间隔时间就会越来越长，现在就像突然想起来一样，几乎每周都会发一次类似"你好吗？""吃得好吗？"这样的短信。纱有美想象着母亲只要按下"你"或"吃"，输入法中可选择的句子就会一一出现。望月里菜也像母亲一样经常给纱有美发短信，虽说她不怎么回复，但望月还是会经常发过来。只是偶尔一起打工，不知望月为什么会表现得那么亲密，最近纱有美开始觉得她有些可怕了。

现在，纱有美意识到自己几乎不和他人接触，但是，自己本来不就是这样的吗？这和一般人——比如树里、波留——相比，真是太奇怪了。不，虽然她隐约觉得这样不好，但雄一郎又是怎样的呢？难道他拒绝与他人交往的情况不是更加严重吗？纱有美意识到他并不是因为后悔发生了一次关系才拒接电话的，而是为了逃避麻烦。

纱有美打开公寓门,给昏暗的房间打开灯,走进了房间。便当还没加热她就开始吃了。这时,手机响了。她立刻心想:如果是母亲打来的,该不该接呢?拿起手机一看,是贤人打来的。她急忙接了电话。

"我开门见山地问你。"贤人说。"纱有美,你想寻找生物学上的父亲吗?"

3

说了一遍后,纪子已经想不出还有什么可说的了,只是慢慢地走着。坐在婴儿车里的步美紧紧抱着贤人送给她的人偶睡着了。明明是工作日,护城河边却挤满了人。沿路的樱花都已盛开,但根本不能停下来抬头慢慢欣赏,简直像跟在什么队伍里一样。纪子慢慢往前走着。

"比起樱花,感觉更像是来看人的。"走在旁边的贤人说出了自己刚刚想到的事情,纪子觉得好笑,贤人也笑了。

"可是，是我说想看樱花的。"

"都怪我不知道更好的赏花地点。"

"不，我就是想看这样的樱花。人很多，很热闹，让人想起了江户时代。"

"江户时代？"

"置身于这样热闹的气氛中，你会想是不是从江户时代开始人们就对樱花着迷了呢？感觉自己好像也置身其中了吧。"

听了这话，贤人笑弯了腰。前面的人停下脚步，纪子也驻足抬头观望，酷似蕾丝花纹的樱花对面是一片薄雾笼罩的蓝天。"真是太美了"，她感叹道。

"虽然自己有父母，也有朋友，过着平凡而幸福的日子，但总觉得害怕，于是就一直给虚构的朋友写信。总觉得只要坚持写，就不会再感到害怕了。然后在不知不觉间相信了虚构的朋友，那个人就是你，是我自己掩盖了现实，所以说了那样的话。我原本打算一直工作下去的，最终还是选择了结婚。我原本想等孩子长大了就去工作，可怎么说呢，我已经无法和同龄的职业女性并肩前行了。"纪子一口气说了这么多。

"我自己从小就经常给人一种'轻浮'的感觉。父母离婚后，母亲又再婚生了妹妹，而我一直对这个家庭感到不适应。经常被女孩子搭讪，因为没有拒绝的理由，所以马上就开始交往，结果在精神上和肉体上都对那些女孩子造成了伤害。我也不知道自己为什么会变成这样。我的母亲对此好像感到很害怕，认为遗传给我基因的人就是这种性格。在听了母亲的倾诉后，'轻浮'行为终于停止了，也不再随便和女孩子扯上关系了，现在和恋人过着'非常普通'的生活，但心里总有些愧疚：像我这样的家伙，难道要装模作样地活在世上吗？"贤人如此说道。

他们是通过短信交流后，才决定今天要见面的。贤人办公的地方工作氛围很自由，即使中午两三个小时不回去也没问题。两个人在九段下的意大利餐厅面对面坐下后，就聊了起来。纪子已经不记得前菜是什么，主菜是鱼还是肉了。

而现在，纪子一言不发地走在人群中，她觉得说不说话都一样。她想起自己一直认为贤人是双胞胎中的一个这件事来。年幼的贤人还告诉自己，双胞胎即使相隔两地，也能了解对方。现在，纪子认为即使不说话，她也知道在没有见面的日子里，贤人是怎样成长的，什么会使他感到安心，什么会使他感到害怕，什么会使他微笑，克服了什么困难。纪子觉得她非常了解，不，还了解得非常清楚。

为什么这么说呢？我和他几乎是互不相识的陌生人，而且，是一直深信着的那个虚构的某人，是几乎被遗忘的关系疏远的人。

尽管如此，纪子还是记得一些事的。如果想要回想起来，记忆在一瞬间就能回到那个时候。

我害怕很多事情，我不想离开家，也不需要朋友。在幼儿园时，紧张得连哭都不敢，一天就那样等着父母来接我。那时我没有一个朋友，讨厌家里以外的一切，也完全不学习。我觉得就这样长大也可以。那是一个黑暗狭窄的地方，但只要闭上眼睛，蹲在地上，就不会感到狭窄和黑暗了。纪子觉得在三岁的某一天，以及后来的几个夏天，是贤人伸出手把自己从那里带了出来，带到了那个有阳光、鲜花、笑声、香味和朋友的广阔天地。

"我收到过陌生人的来信。"贤人解释说是个在综合医院通过非配偶人工授精出生的同龄男性，他在寻找同一时期在同一家医院以同样方式出生的人，"他有个人主页，说知道自己的出身后很痛苦。青春期的时候非常痛苦，因此去了同一家医院的心理科，得知和他有同样遭遇的人并不在少数，于是就给我写了信。因为那个时期，我也偶然在那家医院接受治疗。"

纪子似乎已经知道了这件事的结局。沿路的摊位飘出酱油烧焦的味道，醉醺醺的年轻人吵吵嚷嚷着走了过去。

"像这样知道真相后痛苦不堪的人也有很多，但是为什么我从母亲那里听到真相后却感觉一下子轻松了，有一种恍然大悟的感觉呢？大脑空无一片的感觉，不负责任的言行，每天事不关己的态度……但是，现在只是找到了过往这些表现的根源。我还是不认识自己的父亲，也许一辈子都不知道，在这一点上我和一般人不同，所以我才觉得自己成了这样也是毫无办法的事，在一味地逃避。"

纪子抬头看着贤人，樱花花瓣如刺绣般飘落在穿着黑色大衣的贤人的肩上。纪子觉得很漂亮。

"我们都思绪混乱了，可能是因为混乱而放弃了思考。你比我早听说了这件事，想必已经思考过很多次了，但是我想你现在一定还是混乱的，和我一样。"纪子说着、笑着，兴致勃勃地观赏着樱花，如痴如醉、入迷地聊着天、吃着东西。她一边这样，一边看着朝一个方向走去的人们。"思绪混乱，放弃了思考"，她回味着自己说过的话。

"能见到你太好了。"纪子抬头看着贤人说道，"如果有神出现，说要让我回到一年前，让我选择是想知道真相，还是不想知道真相，我一定会选择想知道真相，选择这种混乱、逃避的状态。"

"为什么？"贤人问。

纪子感觉沉着而冷静的贤人的眼睛深处有一丝胆

怯，就像害怕黑暗的小孩子一样。

"我，现在，第一次觉得自己不是一个人。"纪子从樱花缝隙看着天空，说道。步美在婴儿车里扭动着身体。步美在我肚子里的时候，我也没能体会到"不是一个人"这种感觉。

扔出去的时候，手机翻盖和主机就解体了。看着向不同方向滚落的手机部件，纪子异常冷静地想：原来手机这么脆弱。步美哭了起来，纪子条件反射地抱起步美，用整个身体保护着她。

"傻瓜！"慎也用平静而嘲笑的声音说道，"不知羞耻。"

和贤人分别的时候还不到三点。纪子五点就回来了，慎也八点多才回来，两人仍和往常一样吃了晚饭。纪子不明白慎也为什么会在她洗澡时查看她的手机。也许一直都是这样，只是今天偶然发现了贤人发来的约定见面和表达感谢的短信。

我和那个人什么事也没有，只是以前的熟人。我们是在同一家诊所以同样的方式出生的，也不能说没有兄妹的可能性。纪子的脑海里不断浮现出应该对因误解她而情绪激动的慎也要说的话，但她却紧紧闭上了嘴，刻意不说出任何一句。不能说出自己出生的背景。不，不，不能让他知道我们是因为这样的理由才"心意相通"的。才不要让他知道。

"你以为是谁在养你啊？"慎也说着，踢飞了地上过家家用的塑料玩具组合。步美哭得更大声了。纪子心想：这里和我曾经待过的地方且仍要继续待下去的地方完全一样——狭窄黑暗。但是，现在只要闭上眼睛并蹲在地上，就感觉不到了，那这样的话……

"造成现在这种局面的难道不是你吗？你已经忘了吗？既然如此，那我必须要离开了。"

纪子微笑着说道。

慎也一脸惊讶地看着她。纪子想笑，觉得自己现在也会露出同样惊讶的表情吧。

纪子哄着步美，走进卧室，都没仔细挑拣，就把步美的衣服和内衣塞进了包里。起居室的门重重地关上了，接着传来了遥控器之类的硬物砸向墙壁的声音。

拥挤的电车，雨天的气味，小时候不擅长的东西，害怕的事物，体育课上朋友们的快言快语，一个接一个地不断在脑海中浮现、消失、浮现。

"已经没事了，没什么好怕的。"纪子现在对自己和步美呢喃着，就和当时写信时的心情一模一样。

4

波留听光太郎说过，那个人说的话很有可能是骗人或者虚构的。在交流的中途，她自己也觉得确实如此，觉得是在浪费时间，所以并没有认真听他说话，从中途开始就几乎不听了。

波留不太明白为什么自己会突然全身颤抖起来。目送男子远去后，她又和光太郎重新喝了杯咖啡。走出咖啡店，看到车站的站牌时，她突然双腿颤抖起来，一开始以为是地震。接着手也在颤抖，肩膀也在颤抖，等回过神儿来时，已经被光太郎扶了起来。好像当场还蹲下了，好不容易站起来后，牙根开始咯咯作响。

"没事吧？"光太郎的声音听起来非常遥远，声音在耳边重复了好几遍。她张开嘴刚想回答"没事",呕吐物却猛地喷涌而出。波留慌忙绕到电线杆后面吐了起来。光太郎蹲在她身边,拍打着她的后背反复问"没事吧?"。虽然能看到光太郎在拍打她的后背,但她却没有被拍打的感觉。

"要去医院吗?需要打车吗?要进一家安静的店吗?"光太郎在耳边问道。波留抬起头,环视四周,蓝色的天空,大楼的墙壁,映着天空的玻璃窗,写着汉字的招牌,眼前的光景忽明忽暗。波留突然陷入了恐惧。已经开始了,开始"看不见"了。因为太过恐惧,她几乎要叫出声来。她把右手拇指根部放到嘴里咬住,然后用左手指着眼前的一块广告牌说道:"野谷先生,什么都不做,带我去那里。"她松开右手,牙齿咯咯作响。

"可是,'什么都不做'是男人的台词哦。"光太郎一边从冰箱里拿出碳酸饮料往杯子里倒,一边笑着说道。波留躺在大床上,凝视着映在天花板镜子里的自己。她几乎是被背到情人旅馆的。她刷完牙躺下,闭上眼睛调整呼吸，好像睡了十分钟左右。睁开眼睛后，她看见光太郎正坐在电视机前的沙发上玩电脑。

"我不是说过了吗？那篇报道本来就是假的，而且那家伙是个骗子。我也想象过会发生这种事情，所以我再次跟你确认是否真的要见面。"

波留说了声"嗯"，然后确认了一下周围：发现天花板的四角、镜子、日光灯没有忽明忽暗。

"不是野谷先生的原因，只是吓了一跳。"

"别相信那种家伙说的话。他是个不折不扣的变态，说不定看到你难受的样子正开心着呢。"

"嗯，真的，只是吓了一跳。给您添麻烦了，不好意思。"波留坐起身来，接过光太郎递过来的杯子，含在嘴里的碳酸饮料在咕嘟咕嘟作响。

"喂，还是算了吧。"站在一旁俯视着波留的光太郎告诫道，"看到你刚才的样子，我就知道这可不是开玩笑。虽然是我自己提出的，但一提起你的名字，找过来的九成都是那种人。见十个人会有九次是这样的情况，即便如此，也不能保证找到真相。"

波留点点头,把杯子放在床头柜上后,说道:"不过,我想知道的心情可不是开玩笑的。"

"那怎么办?要接着找吗?"

波留边盯着散落在床罩上的褪色花朵,边一朵一朵数着,边寻找答案,最后终于说了句:"请允许我再考虑一下。"

光太郎和出版社的人找到了二十多年前曾接受过他采访的那个男子,是波留让他帮忙找的,还说想见见那个男子。

令人意外的是,那个男子指定的地点在东京都内。在新大久保的一家连锁咖啡店里,波留和光太郎去见了那个男子。光太郎说二十多年前采访那个男子时,他在茨城一家电器工厂工作。在男子出现之前,波留还问了光太郎是怎么找到这个人的。光太郎解释说他在拿到员工名册后,逐一联系了与男子年龄相仿的人,找到了一位去年退休的前员工,据说这个员工几年前还和那个男子保持着联系。刚听到这里时,一个陌生的男子冲着他们问道:"您就是那个作家吗?"

光太郎事先声明：这是以光彩诊所的捐精者为对象的采访，和上次的采访宗旨相同。他省略了一切说明，开始向男子提问。对于没有事先说明这件事，男子似乎完全不在意，流畅地回答了对方的提问，就连没有被问到的事情也流畅地说了出来。

这个男子和波留想象中的父亲当然完全不同。小个子，很瘦，皮肤黝黑，整洁的衬衫配裤子，外搭一件薄款针织衫，但总给人一种寒酸的感觉。波留注意到他的五官太过端正，与其年龄不太相符，那张衰老的脸上留下了青年时的立体感。这就是他看起来寒酸的原因。

男子说他确实在轻井泽的光彩诊所进行了捐精登记，还提供了精子。他是在杂志上看到了广告，知道了诊所的存在。

"为了纪念三十岁，我想做一件大事。"说完后，他奇怪地放声大笑起来，"把它送给别人是件伟大的事情，你们不会这么想吧。不过，每天在工厂里勤勤恳恳工作的男人，不可能突然参加奥运会，也不可能成为有名的演员，这点我非常清楚。还有就是犯罪啦。当然，我也没有成为罪犯的胆量和理由。所以，我想让我的血脉遍布日本全国。你想想看，结了婚，生了孩子，最多也就两三个，就算孩子们结了婚，有了孙子，最多也就十来个，充其量十五个吧。不过，在那家诊所里，要是我的'那个'好好干活儿，我的子孙那可真是数不清了。说实话，我根本不在乎钱。即使不给钱，我也会捐。就算不知道谁是自己的孩子，他们在哪里，我也无所谓。不，还是不知道比较好。你能想象到每个县每个城市都有我的儿孙在生活吗？"

当被问到去了多少次诊所时，他得意地说："去了十次。"

"我听说是有限制的。"光太郎说道。

"没有，没有，没有那样的事。最后，那个诊所不是很为难吗？因为不够用，所以几次都可以，谁都可以。据说我的成活率很好，成功率很高，最后对方都来求我了。"说完，他又仰躺在椅子上笑了。

当问他有没有伪造学历和获奖经历时，他说："应该有吧,不可能都是高学历的人,但是我没有伪造。别看我这样,我可是以第一名的成绩毕业于国立大学的。"

姑且不论此人的言论的可信度如何,波留首先想到的是这个人病得不轻。是否编造、夸张暂且不说,不得不说这是他头脑膨胀的妄想,恐怕从三十年前开始就一直是这样。就算不是采访,大概也跟谁聊过吧。波留心想:这个病态的男人和自己一点儿关系都没有,所以中途就不听他说话了。尽管如此,她最后还是问了一句:"您的亲戚中有失明的人,或者视力有很大变化的人吗?"

"没有,没有,没有那样的事。我身体健康,都没住过院,老父亲在战争中去世了,老母亲八十八岁寿终正寝,兄弟姐妹和亲戚中没有一个人有毛病,所以他们才高价买了我的'那个'。我这个年纪血压稳定,没有糖尿病,也不用老花镜。连车站的自动扶梯都不用,都是爬楼梯,楼梯。"

"您的家人呢?"光太郎打断了男人没完没了的话,

问道。

"家人只有分散在全国各地的我的子孙。说起来，我差点和一位家族史向上追溯七代与天皇家有关系的人家的女儿结婚。但我突然想到，这会不会是背叛呢？如果我结了婚，有了自己的孩子，那在别的地方出生的我的孩子岂不是很可怜？烦恼了很久后，我决定忠诚于不知在哪里的自己的孩子们。我还配合过美国的精子库，所以在他人的地盘上也应该有我的子孙吧。听起来很厉害吧？"

一想起那个男人的话，波留又感到胃里一阵绞痛，她用力地闭上了眼睛。

5

贤人觉得好像发生了什么事。和纪子一起赏花的几天后，波留打来电话说不再寻找父亲了。寻问理由后，她给出的答案是想珍惜作为音乐人的自己。就像阿弹和树里说的那样，她考虑到了暴露姓名的危险。虽然对波留的事几乎一无所知，但贤人的直觉告诉他这是骗人的，一定有别的理由。但是，他很清楚波留是不会说的。

第二天，纪子又发邮件说她已经离开家回娘家了。邮件里说她因为见到了贤人而找回了本来的自己。贤人不知道她那里发生了什么事，想回复却最终也没能回复，他害怕和自己扯上什么关系。一想到纪子会告诉他抛下丈夫回娘家的理由是因为自己，他就不寒而栗。

贤人发现了自己的不寒而栗，并为此深受打击，甚至感到一阵战栗。

这就是我。不想扯上关系，只知道逃避的自己。从初中时开始就没有改变自己的现状，甚至被母亲带去看心理医生。

对方是纪子。贤人知道，纪子不会告诉他他们夫妇之间发生了什么事，即使离婚，也绝不会把责任推给自己。虽然知道但却没能回信。虽然对方是纪子，但自己还是不想扯上关系。

一定是发生了什么。但是，自己不想触及，不想被卷入其中。不过，当初为什么要给树里写那封邮件呢？一切都是从那件事开始的。对了，是自己先开始的。

放在沙发茶几上的手机振动起来，发出比呼叫音更令人不快的声响。贤人站起身，看了看屏幕，原来是树里打过来的。他对看着这边的笑说了声"不好意思"后，走向卧室。

"小纱说什么了？"树里开门见山地问。她问的是关于纱有美是否想要寻找父亲一事。

"她说虽然想知道父亲是什么样的人，但是她不打算做什么。要是野谷先生自己调查、发表的话也没关系。当然，她说她自己不打算参与。"

贤人想起了和纱有美的对话。纱有美没完没了，怎么都不挂电话。说是因为重逢，大家都变得不幸了；又说虽然不想找到父亲，但想见见野谷光太郎；还说那家伙也许只会让我们变得更不幸。讨厌说话没有结论和抓不住谈话重点的贤人之所以始终没有挂断电话，是因为他觉得纱有美的混乱也是自己引起的。

"野谷先生你打算怎么办呢？问了吗？"树里的声

音让贤人回过神儿来。

"喂,朱莉。"卧室的窗帘开着,低头一看,热闹的商店街在眼前延伸开来,"再次见到当年的小伙伴,你觉得好吗?你觉得有意义吗?"

"怎么了?突然这么问。"电话那头的树里笑了,"无所谓好与坏,毕竟已经见过面了。今后会不会再见面,还会不会继续保持这种关系,我也不知道。"

挂断电话后,贤人握紧手机望着窗外,传来卖蔬菜的声音。

回到餐厅,笑已经吃完饭了,正坐在沙发上看电视。吃到一半的贤人的盘子还放在那里。贤人嘟囔了一句"不好意思",就坐下开始吃饭。笑看的是搞笑节目。电视里传来了笑声,笑也小声笑了。和露营的朋友再次见面后,周末或者工作日的晚上,明显不是因为工作的外出增多了,但笑却没有问为什么。即使现在,也不会问是谁打来的电话。笑绝不是迟钝的人。贤人知道她是为了抑制自己想知道的好奇心才看电视的。

笑和之前他交往过的女性最大的不同在于,她从不问"你在想什么？"和"你在生气吗？"之类的问题，对此一概不提。一开始贤人以为她是个急性子，好奇心旺盛，是对别人在想什么一点儿都不感兴趣的粗枝大叶的人，但最近他开始觉得或许并非如此。自己不想被问的事情，笑比谁都更快更准确地察觉到了。

"说了也没用，本来也没打算说。"贤人边用叉子挑着凉了的意大利面边说，笑看着贤人，贤人继续说道，"又不是什么有趣的事情，也没有结论。"

笑声突然消失了。笑握着遥控器，把头转向贤人。贤人喝着杯里剩下的半杯红酒，犹豫着该从哪里说起，但那只是一瞬间，等回过神儿来时，他已经开始说了。那是母亲在昏暗的意大利餐厅里告诉他的。母亲结婚前是人气模特，她认识了当摄影师助理的父亲，两人坠入爱河，母亲以结婚为契机辞去了模特的工作。虽然也有惋惜的声音，但是，她还是想组建家庭。原以为马上就能生孩子，但过了三年、五年，还是没怀孕。母亲去医院检查，被告知没有问题，原因在于父亲。两人商量后，双方都接受了，决定接受非配偶间人工授精。于是，松泽贤人诞生了，也就是自己。孩子出生后，父亲辞去了摄影师助理的工作，找了一份更稳定的工作。贤人记得父亲是电器公司子公司的员工。

母亲一直认为这样做是双方都接受的。但随着孩子不断成长，夫妻关系开始变得不融洽。于是，母亲意识到想生、想要孩子的难道不只是自己吗？自己不是一直在追求某种能代替模特工作的东西吗？我认为是父亲的那个人，在分别时，好像是这样对母亲说的："其实你不结婚也会过得很好，或者说能有个和自己长得很像的漂亮孩子也就心满意足了。你断送了别人的梦想，得到了自己想要的东西，你已经不需要我了吧。"这不是在意大利餐厅，而是在我长大成人后才听母亲说的。

听到这些话后，贤人心想：原来父亲是个懦弱的男人。可又不知道是否是真的。实际上，在那个男人眼中，母亲或许就是这样的人。毕竟离婚还不到一年，她就生下了别的男人的孩子。不过，贤人还是觉得父亲是个懦弱的男人。接受这种治疗的夫妇有很多，比如纪子的父母，而且其中很多人已经成了父亲。贤人小时候视若父亲的男人被不是自己儿子的贤人激起了自卑感，甚至在离开时还对贤人恶语相向。

贤人还谈到了夏令营。有着同样境遇的孩子们，在对那件事毫不知情的情况下聚集在一起。如果就这样分手，就此结束就好了。如果自己一直以来都回避与他们接触，那这样做也是很正常的。

"可是，为什么呢？为什么我要找他们呢？找到了，现在我的想法是……"贤人盯着干燥的意大利面小声说道。她想起了纪子的声音。她说她会选择知道真相，然后会在混乱中选择逃跑。因为她觉得自己不是一个人。她为什么会这么想呢？我、纪子、树里和阿弹，我们都不是兄弟姐妹。即使有共有的过去，加起来也不到一个月。

"找到了，到底想干什么？"贤人听到自己的声音在颤抖，就像听到别人的声音一样。激动、哭泣、愤慨，他已经想不起自己最后一次产生这种强烈的感情是在什么时候了。现在，自己的声音在颤抖。是悲伤，痛苦，还是害怕？

"或许，我无法容忍有人什么都不知道吧。不允许有人悠然地、活生生地被空白吞噬，不允许每天靠讴歌着所有瞬间活着。我希望不要那样。就算再怎么自我，我也不是会那么想的人。但是，除此之外我又想不出别的了。我不知道自己开始行动的理由。"

温暖而柔软的手包裹着贤人握着叉子的手。笑不知什么时候坐在了贤人旁边，用双手握住了贤人的手，然后平静地说出了这句话："你并不是想伤害那些人，而是想互相理解。我认为你的那种心情，他们也都有吧。"

视野突然变得模糊了，鼻子深处隐隐作痛。贤人似乎第一次体会到这种感觉，既惊讶又困惑，他茫然地看着打湿了裤子的泪滴。

6

被指定的地点位于未来港的一家酒店的咖啡店内，时间是星期天下午三点。树里前一天没睡好，刚睡着又马上醒了，这样反复了好几次。每次醒来，她都会盯着天花板，思考明天该穿什么衣服。也许是这个原因吧，凌晨她做了一个非常窘迫的梦，梦到自己想把大衣挂在酒店的衣帽间时，发现里面穿的竟是泳衣。

在酒店大厅脱大衣时，树里想起了那个梦，一时很紧张。当然大衣下面穿着衣服。那是她从今天早上九点开始就不停地试穿选择，最后决定的黑色七分裤和淡蓝色衬衫。

咖啡店在二楼。树里走出电梯，朝咖啡店走去。越靠近，心跳就越强烈、越快。由于过于紧张，甚至微微有些耳鸣。

在咖啡店门口，树里告诉了穿制服的服务员自己的名字，那是之前她曾用过的姓。因为正好人多，所以就说了句"事先约好了"。

她发现服务员引导的桌子前已经有人了，只是无法正视。工作人员离开后，树里的视线才从擦得干干净净的鞋子上抬起，是那个一起生活到八岁的父亲。

"把你叫到这么远的地方，真是不好意思。"父亲笑着说道。

记忆一下子被唤醒，树里变得呼吸困难，接父亲递菜单的手也在颤抖。她点了牛奶咖啡，声音都有些嘶哑。他是个初现老态，普通得随处可见的男人，与记忆中的父亲不同。他戴着眼镜，头发几乎全白了，手背上布满了老年斑。尽管如此，树里还是从这个陌生男人的脸上看到了自己曾经的父亲，下垂的眼睛，笔直浓密的头发，一笑起来，脸颊上就会出现的两条明显的皱纹，就连握着自己双手的湿润的温暖也被唤醒了。为了不使自己突然哭出声来，树里用门牙咬住了舌头。

"彼此彼此，很冒昧突然打扰您。"为了不让声音沙哑或颤抖，树里小心翼翼地说道。

"总觉得好奇妙啊，我们再次重逢。不过，好久没见面了，有点不自然也是在所难免的。"爸爸笑着说道。

"您住在横滨？"树里不知道该怎么切入正题，问了自己其实并不想了解的事。

"啊，神奈川区。这一带和二十年前比已经完全变了。港口未来线建成后，最近好像很热闹。樱木町以前可是很冷清的。"树里边附和着，边想：父亲一定也在说些不想说的话吧。

最后，树里离开了气氛沉闷的咖啡店，在去车站的路上，才问了父亲自己想问的问题。

"我全都问过妈妈了，关于我是怎么出生的这件事。"

走在旁边的父亲"嗯"了一声。听他的口气似乎也知道树里现在要说什么。这让树里放下心来，于是，她说出了最想问却又最难以开口的问题。

"您觉得我是您的孩子吗？"

曾经需要仰脸看的父亲，现在只比自己高一头。即便如此，并肩走在路上时，父亲的气息、触感等，还是让她感到强烈的困惑。空气中弥漫着一种压倒性的静谧，不知为何，年幼的树里一靠近父亲，就会感到安心。这种静谧与跟母亲在一起时的静谧很像，但是又有所区别。母亲的静谧像满月，父亲的静谧像白雪。树里甚至想起了小时候的那种不同。

"不是这个意思。"父亲平静地回答，"不是的，不是你的原因，是我自己的原因。"

父亲停下脚步，树里也停下脚步看着父亲。过往的行人谁都没有感到奇怪，很正常地绕过他们两人。树里突然觉得，他们就像插在河里的两根棍子。

"现在开始应该就有酒吧开门了，但那家店不算太干净。"父亲为难地笑着，说道。

把啤酒换成清酒的时候，父亲说道："是自卑感。"他拒绝了树里为他倒酒，边自斟清酒边说道。

这家店位于过了车站还要走很长一段路的小巷里。这是一家只有吧台和四张桌子的狭小酒馆，才刚过四点，位子就几乎坐满了。大都是五六十岁独自来的客人，有的戴着耳机看赛马报纸，有的入神地看着四角满是油污的电视。树里和父亲并排坐在吧台前，在打开大瓶啤酒之前，还聊着和在咖啡店时没什么两样的无聊话题，当喝第二瓶时，又聊了聊近况，到第三瓶时，父亲才开始试探地问树里知道了什么。然后就是现在，父亲跟吧台里戴着围裙的老板娘要了清酒。

"自卑感？"树里一边接过父亲递过来的酒壶，一边重复着。

"听你这么说,你应该知道我们选择了捐精者吧?我们,不,是我,在那之后,对选择这件事感到很痛苦。有件事我至今都忘不了。在我们有了你之后不久,有一个后辈也有了孩子,在孩子出生之前有一次聚会,有人开玩笑说,孩子会不会长大后不务正业呢?要是成为暴徒该怎么办啊?啊,他们早就知道他老婆肚子里的是男孩儿了。那个人说怎么样都可以,只要能平安生下来,笨孩子也好,问题孩子也罢,都无所谓,这就是一个即将成为父亲的普通男人的心情。"

树里凝视着摆在眼前的油炸豆腐炖菜,一字不漏地听着。她觉得旁边男人的饱嗝很刺耳。

"当时,我才知道我错了。岂止是平安无事地生下来,我希望的比平安出生要多得多。在选择捐精者时,我就想要选比自己更聪明,比自己更具有运动细胞,比自己更具有艺术天赋,比自己更具有乐感,比自己的性格、容貌、运气都要好很多的某个人。"

父亲自斟自饮,不知不觉就喝尽兴了。他从一端看着头顶上贴着的长条菜单，念着点了牛杂、拍黄瓜、肝脏刺身各一份，然后瞥了树里一眼，接着又点了一份炸肉饼。

"你还记得你得奖的事吗？"

"啊？"树里反问。她觉得父亲好像记错了。

"对，画画。"他点了点头说。树里虽然不记得了，但还是默默地听着。

"大概是幼儿园的时候吧，也可能是小学吧，是东京都内规模的比赛，你的画得了银奖，我记得你是年龄最小的。我和你妈妈都很高兴，但在高兴的同时，我下意识地想到这种才能是捐精者的遗传基因时，不禁不寒而栗。"

穿着围裙的老板娘依次把父亲点的拍黄瓜、肝脏刺身和牛杂端着放在吧台桌上，又匆匆忙忙转过身去。父亲用手捏着黄瓜吃了起来。

"从那以后，我便开始嫉妒，嫉妒那个比我优秀的人。明明是我自己那样决定的，却因为自己的选择而备受折磨。这个，很好吃。"树里从父亲所指的盘子里夹了一块肝脏刺身，蘸着椒盐吃了起来。

"那个夏天的假日。又让我很难受。"父亲看着手里的酒杯，笑了，"你妈妈说有这样的聚会，她说她想去的时候，我就同意了。她说有这样的地方，应该很让人放心。孩子们很快就能融洽地相处了，大家都心情愉快，毕竟都是免费的。只是……去那里的父亲，全都是没有生育能力的男人。这一点，每年都让我切身地体会到。不仅如此，那是谁来着……"父亲又点了一杯清酒，给自己倒上后，也给树里倒上，"是谁来着？我记得是一个单亲妈妈，竟然爱上了从未谋面的捐精者，这几乎是一种妄想。但她并未只停留在妄想的阶段，于是和现实中的某位父亲重叠在一起了，也就是别墅的男主人。总是有酒喝也不好。她开始缠着他，甚至贬低我们这些其他父亲。"

树里想起了自己中学时的推测，一定是有人出轨了的推测。因为曾经这么推想过，所以她对父亲的话并不怎么吃惊，也未感到受伤。只是，不得不承认，如果没有像乐园一样的那件事，父亲也许不会离开家。

"你没跟妈妈说过不要再去露营了吗？"树里在父亲吃牛杂时问道。这时炸肉饼也上来了。

"很好吃。"父亲把炸肉饼重新放在树里面前，笑着说道。

"说了。我说不想去了，理由也说了，但你妈妈说她想去，所以就去了，说这也是为了孩子。所以，中途我就不去了。"

是的，父亲确实没再去了。

"虽然我们是无话不谈的夫妻，但我觉得这也有好坏之分，因为那时候我才知道，有些事情即使说了也无法互相理解。而且，当我们在你出生前得知那家诊所时，真的花了很长时间讨论，讨论万一不成功怎么办。只有这件事，花那么长时间和别人交谈过，花费了前所未有的时间。但是，只有一件事没有谈到，那就是孩子出生了该怎么办。只有这件事，我们没有谈到。"

父亲自嘲似的笑了笑，突然一本正经地说："家庭也好，父亲也好，都不是自然而然形成的，也无法自然而然地形成，而是要决定'做'才能形成，而我还没决定。给你取名字的时候,我还误以为自己是你的父亲呢。"

没错。听母亲说自己的名字是父亲起的。树里喝着酒杯里的清酒,吃着炸肉饼,确实很香。

"我的工作是画画。"树里说道。虽然知名度不高,树里认为他或许知道吧。说不定他知道自己亲自取名的女儿,在用那个名字工作。不,她上的是哪所中学,毕业于哪所大学,什么时候结婚,什么时候开始做自由职业者,说不定他都知道,这样的想法在她的脑海中闪过。

"啊,是嘛,你本来画得就很好啊。"

父亲这么一说,树里才恍然大悟。啊,这个人,原来是陌生人。不,是他决定要和我做陌路人。树里暧昧地笑着,往炸肉饼的配菜圆白菜丝上撒上酱汁。

当树里说出自己的职业时,父亲露出了大多数人都会露出的表情。好像是什么特殊的工作,一定很厉害。不过,却不清楚怎么个厉害法,以致交流无法顺利进行下去了。树里觉得可能是自己想多了,开始胡乱猜测:

我刚才说的话也许又一次伤害了父亲，就像小时候获奖时一样。

"肉饼很好吃吧？"父亲得意地说。

"嗯，真的很好吃。"树里接受了父亲已经不再是父亲的事实，今天第一次没使用敬语，笑着说道。

7

每次提前还款后，阿弹都会有一种非常失败的感觉，总觉得把数千万日元花在这些破烂上不值。自己买回了父母卖掉的别墅，那些贷款恐怕还要三年才能还清。但花费的远不止这些，还有保养费、代理打扫费、维修费。虽然也没有付不起这些钱的困扰，但真的有必要付出那么多吗？自己买了之后，只去过一次。

也许是因为想起了今天午休时在银行拿到的文件里的贷款余额，直到有人拍他的肩膀，他才回过神儿来。从长椅上抬起头后，看见野谷光太郎站在那里。

他们并肩坐在高架桥下一家烤肉店的吧台前，分别点了扎啤和烧酒。因为厨房里飘出的烟雾和客人抽烟的烟雾，店门虽然开着，但店内却白蒙蒙的。现在这个阶段，已经没有人赞同野谷光太郎进行采访了。虽然他可以按计划行事，但大家基本上都不想扯上关系，就连想用自己的名字帮忙的波留也突然说要放弃。阿弹认为光太郎应该知道原因，但他什么也不说，阿弹也就没问。

"野谷先生，您打算怎么办？"邀请喝酒的是光太郎，但他什么也不说，于是阿弹问道。这时，加鹌鹑蛋的萝卜泥上来了。

"我呢，"光太郎说着又陷入了沉默，开始弄碎鹌鹑蛋，搅拌萝卜泥，烤鸡肉串虽然还没上来，他却淋上酱油开始吃了起来，"虽然不想破坏你们的心情，但我还是想独自继续采访。当然，我不会给你们带来任何麻烦。"

背后传来了笑声。光太郎继续吃着萝卜泥，结果全都吃光了。

"那个，不是用来蘸烤鸡肉串吃的吗？再来一份吗？"阿弹禁不住问道。

"啊，这不是小菜吗？我一直这么认为。"光太郎瞪大了眼睛，问道。

"我一直都是和烤鸡肉串一起吃的……"

"喂，小哥。"光太郎叫住了店员，"这个原本是怎么吃的？"

"啊，那是清口小菜，再给您上一份吗？"年纪尚轻的店员说道。光太郎和阿弹相视一笑。这时，阿弹明白了他要独自调查的心情。

阿弹自言自语地说："既然开始了，就不能不这么做了。"

"啊？啊，是采访的事吗？"

"刚才的萝卜泥，如果是我的话，随便哪个都行，但是，我觉得野谷先生您是一定要确认一下的。"

"没有那么夸张。"光太郎不好意思地说着，又搅动着新上的萝卜泥。烤鸡肉串拼盘上来了。阿弹又加了啤酒，光太郎加了烧酒。

"我不会再问你们什么了，放心好了。我并不是想写轻井泽那家诊所曾经的实际情况。我在当撰稿人的时候，明白了一件事，那就是绝对不能使用语言伤害别人，这和不能使用刀具伤害别人是一样的。所以，我不会伤害你们中的任何一个人，我会尽我最大的努力考虑到这些。不过，你看，也有不清楚的事情吧。比如什么会伤害到谁，怎样伤害到谁。所以，如果你不排斥的话，我希望在构思出来的时候就跟你商量一下，你也好给我提供意见，像'这个最好不要写了''你一点儿都不懂'之类的。不过，树里说她绝不看我写的东西，我知道可能也会让你感到不快，但……"

"可以啊。"阿弹说道，"没关系的，我自认为野谷先生是比我年长的朋友，请随时叫我，能请我吃烤串就行了。"说完，阿弹感到很尴尬，这是一种已经习惯了的感觉。因为他从小就知道怎么说才能让人高兴，怎么做别人才会赞赏自己。他突然想起那个露营是唯一不用那样做的地方。

"其实，我也很想知道，自己到底对什么感到不快。"于是，阿弹吐露了心声，他想了想继续说道，"野谷先生，我从来没和女人好好交往过。朋友也是，虽然经常有，但没有持续交往的。我待人接物很好，也还算有钱，所以无论是学生时代还是工作后，无论男女都有人接近我，但还是保持有一定的距离。因为一直都是这样，所以我无法想象这之外的其他关系是什么样的。"

这次服务员端上来的是浇上酱汁的烤鸡肉串。光太郎又点了牛杂和凉拌豆腐。店内，欢快的说话声、笑声和不停点单的服务员的声音，混杂在白烟的旋涡里。但不可思议的是，阿弹却觉得格外静谧。

"从父母那里听说这件事的时候，我松了一口气，因为我总觉得自己可能是个被遗弃的孩子。看到他们争吵着要不要见父亲时，其实我很吃惊。当我见到野谷先生后，听到那些类似捐精者无聊的事时，我就在想，也许会有这样的事。什么伪造学历，什么债台高筑，什么运动天赋，唯有伪造病历这一项我不愿相信是真的。不，即使是一个平常的人，我都不认为那个生物学上的父亲比现实中的父亲更优秀，不过这充其量只是我的主观感受，怎么都不觉得他值得尊敬，但也不会像朱莉那样强烈拒绝……"

光太郎默默听着。他吃了一串滴着酱汁的烤鸡皮，喝了啤酒，在这短暂的时间里，阿弹想了想，下定决心后问道："您觉得我缺失了什么吗？您觉得那与我的出身有关系吗？即使您认为没有，但如果您在写这件事时，会把我这样的人当作有某种缺憾的人来写吗？"

光太郎抱着胳膊，目不转睛地看着桌上的烤鸡肉串，突然他伸出手，在烤葱段鸡肉串上，撒上七味辣椒，豪爽地咬了一口。刚一问完，阿弹马上意识到自己的问法有些奇怪，觉得自己很可笑。问一个既不是神，也不是精神科医生的作家，能知道什么呢？他一定会说，没有缺憾。或者会说，谁都会有缺憾，这没有什么大不了的。他不会让对方受到不正当的伤害，会选择让对话顺利进行的话语。

"萝卜泥。"光太郎用一次性筷子指了指空了的第二盘，喃喃道。

阿弹以为他要再添一盘，但他继续说道："萝卜泥和烤鸡肉串一起吃，还是单独当小菜吃，两者有着微妙的不同，但都没错。也就是说，这个萝卜泥有两种命运。"

"你说命运？"阿弹不禁笑了出来。

"如果没有你，萝卜泥就没有另一种命运。你看到的，接触到的，品尝到的，都和别人不一样。这不是在说漂亮话，这是事实。神职人员有神职人员的世界，罪犯也有罪犯的世界，因为都不一样，有麻烦也有悲剧。如果没有你，就没有你看到的世界，仅此而已。如果没有你，萝卜泥就不能和烤鸡肉串一起吃了，就这么简单。不能和女人交往，不能维持长久的朋友关系，这样的你和谁的世界相比有缺憾吗？萝卜泥怎么吃都可以。"

光太郎的话阿弹似懂非懂，让人感觉像是被烟雾笼罩了一般。尽管如此，阿弹有一点是明白的，这位作家想要传达的既不是敷衍，也不是不负责任的安慰。

"那个叫波留的孩子，你听过她的歌吗？"光太郎问道。阿弹摇了摇头。他知道她是个很受年轻人欢迎的歌手，但对她的活动和作品不感兴趣。

"你听听，然后再去找就行了，你说的缺憾、不确定的东西，按照你的逻辑，那孩子应该也会有。"

阿弹喝干了杯子里剩下的啤酒。想听听波留的歌，倒不是因为刚才光太郎让他听他才想听的，而是突然感到内心深处一阵绞痛。他觉得很不可思议，为什么到现在对波留的歌都不感兴趣呢？

8

实际上，是否使用促排卵药物，还要接受排卵、输卵管、激素等多项检查后才能确定。虽说树里是自由职业者，但也不能像今天这样，工作量说减就减。即使现在开始拒绝新增的工作，获得充分的休养时间也要在一年或一年半以后了。因此，为了使住院和工作两不耽误，树里突然变得手忙脚乱起来。

她知道敦很为自己着想，即使晚饭在外面吃，也没有露出一丝不快的表情，这真是帮了她大忙。如果检查累了，敦还会主动帮忙洗衣服，用吸尘器打扫房间。就像很多朋友说的那样，敦真的是一个好丈夫。

"可是，我有时也会很烦躁。"树里和母亲并肩走着，说道，"我知道在检查中他没有任何问题，但是，总觉得我一个人压力很大。而且，就算说要帮我做家务，可最后在家的还是我啊。"明明知道自己说的话不对，但只是想发牢骚而已。明明知道却还能说出来，这让树里感到很安心。

沿路种植的树木绿意浓郁，透过树木的缝隙能看到浅蓝色的天空。直到不久之前，老家附近的这条路都被樱花染成了淡粉色。

"不过，这是你自己决定的，以后敦也会很辛苦。"

"话虽如此。"树里想象着走在旁边的母亲年轻时的情景。母亲和父亲经过多次商量，在理想和希望之间反复衡量，然后迈出了通往未来的步伐。那个未来，真的具备了能让她幸福的一切吗？明明放弃的东西明显比得到的要多。丈夫，父亲，还有母亲，或许，还包括想做的事情。

"妈妈也是一想到这是自己决定的，就觉得也是无奈之举，然后满不在乎地接受了吗？"

今天既没有检查，也没有治疗，难得有时间。树里把母亲叫到家附近的吃茶店喝茶，然后像这样在公园里散步，倒也不是特别想说什么。

"没那回事儿，不过，现在我和你一起说敦的坏话也太过分了吧。"

树里想起自己把那件事跟敦坦白时，本以为他知道后会大为震惊，谁知他竟然说没什么大不了的。现在想来，他只能这么说吧。他有他的吃惊方式，不知道该说什么。虽然不知道该说什么，但还是拼命为自己着想。树里明白这一点，但还是对这句话感到失望。她觉得今后一定会无数次回想起来，反复感到些许失望吧。然后每次都会明白自己和他是如此不同。树里没有告诉母亲这件事，因为她没有自信完全表达出来。树里想起和静见面后，当看着车窗外的大海时，突然决定和父亲见面的事。她问母亲，母亲既不赞成也不反对，只是把联系方式告诉了她。

见到父亲后，说实话，树里很失望。他知道父亲没有说谎，并尽他最大的诚意来面对她了。她还是第一次见到跟自己说自卑的成熟男人。

　　但他不是父亲，是"放弃"了当父亲的人。她对这一点感到失望。不仅如此，树里对母亲也感到了前所未有的失望。对树里来说，母亲是坚强、温柔、从不动摇的女人。但树里无法理解从父亲话里窥见的母亲。坚强被认为是倔强，对孩子温柔被认为是对丈夫残酷，不动摇则被认为是顽固。即使求助不认识的第三者，也想要孩子，即使与亲生父母断绝关系，也不改变决心，明知会伤害丈夫，却还是优先考虑"为了孩子"的母亲。这样的母亲是一个陌生的女人，树里觉得自己大概无法理解那样的女人。树里对这件事感到很失望。

　　在车站分别后，树里乘上未来港线，微醺中的她陷入了沉思。

　　那么，是不是不见面就好了呢？如果不决定见面就好了吗？

　　回答是否定的。树里觉得如果没有见到父亲，现在就不会有这种失望，当然也包括对母亲的失望。

而且，这种失望和对敦的回答产生的失望有几分相似。

如果不告诉他自己的出身，就不会有那种失望吧。是的，连失望的机会都没有。必须要告诉他，必须要去面对。

母亲——树里意识到，父亲和母亲都是这么做的。

父母明知告诉她真相会让她失望，也知道告诉得太晚了，但还是选择了告诉她，选择了面对。

在无法理解的沮丧之余，或许还存在比这更强烈的情感。因此，我们才应该面对、交流。

想到这里，树里决定了：我要生孩子，我要努力生孩子。这么决定后，好像觉得很久以前，想去见阿弹、波留和贵见子时，就已经这么决定了。

在自动售货机买了热咖啡后，母女俩不约而同地坐在了长椅上。

"大家还好吗？阿弹呀，小纱……"母亲难以启齿地问道。树里无法想象母亲会如何看待他们的重逢。

"小纱前几天来我家了，因此……"树里有些犹豫。母亲不喜欢说别人坏话和背地里对别人评头论足。"因为你是姐姐"，母亲曾对独生女树里说过好多次，所以这让她觉得好像自己真的有兄弟姐妹一样。现在自己想说的是背地里的坏话吗？她断然否定后接着说道："我跟她说因为自己不能生孩子而烦恼时，她问我是否觉得来到这个世界真好，她说自己从来没有这样想过，所以不需要孩子。妈妈，您为什么想要孩子呢？您是不是觉得自己很幸福，对来到这个世界充满感激，所以想让即将出生的孩子也有同样的感受？"

"怎么可能？"母亲仰天大笑。树里没想到母亲会笑得那么大声，她有些不知所措地看着母亲。

"世界上有这么想的人吗？不，也许有吧，因为什么样的人都有。但是我并没有那样想，我只是想要孩子。刚知道自己不能生孩子时，就强烈地想要孩子。我年轻的时候，女性不像现在这样自由。父母一直教导我，结婚、生孩子才是正常的，我在思考这些问题之前，也总觉得是这样的，也有想当母亲的想法。"

眼前没有人经过，树里突然产生了一种时间停止的错觉，但脚下，蕾丝花纹般的树荫在静静移动。

"你从来没有后悔过吗？"树里问道。问完之后，她才意识到自己真正想问的是"今后无论发生什么，自己都不会后悔吗？"，虽然这种事谁都不知道。

"后悔生了你？"母亲说着，眯起眼睛仰望天空，"什么是无所畏惧，无敌的心情，你知道吗？跟敦说不孕治疗的时候，是不是？就是那种因为想做，决定要做，然后就能做到的心理状态。我当时就是这样想的。即使生下来的不是你，我也不会后悔，后悔的只有一件事。"

树里看着母亲，母亲面朝阳光继续说道："是我轻看了幸福。"母亲把视线移到树里身上，露出微笑。

"我和你爸爸在诊所里看到各种各样的信息时，就想选名校毕业、容貌姣好、生活富裕、收入颇丰的捐精者。我深信这是对即将出生的孩子所能做的最好的事。可是，我们太天真了。能给即将出生的孩子幸福保证的，并不是这样的'条件'。因为年轻，我们没有意识到，没想到这件事后来会把我们逼上绝路。"

"但是，如果条件有好有坏的话，每个人都会选择好的吧。"

"是啊，但重要的不是那个，而是只有在孩子出生之后才能给予她的。因为那个孩子从一出生就和我们生活在不同的世界里，你不知道在她的世界里什么是幸福的吧。"

刚才头顶附近的太阳已经移到了眼前的树梢上。只有那里的叶子金光闪闪，像是在笑，又像是在生气。母亲知道树里和父亲见过面后，什么也没问，所以树里也就什么都没说。她觉得这样就可以了。

"我听过波留的歌。"妈妈说，"那个夏令营，最后在大人们的惶恐不安中结束了。母亲们想和谁共享这种不安，比起考虑与父亲和夫妇之间的感情，更会优先考虑这一点。还有人像做梦一样爱上了从未见过面的捐精者，把他们的理想形象和来露营的一位父亲重叠在了一起。我羡慕小碧他们，羡慕得都要嫉妒了。中途，有传言说捐精者的信息可能是捏造的，大家顿时都陷入了恐慌。说实话,我好几次都在想,要是不开始露营就好了,那样的话也许就不会和你父亲离婚了,但是,在听了波留的歌后,我又觉得露营聚会真是太好了。我们也许是愚蠢的父母,但是,也给了你们一些东西。那个孩子的歌,有让人这么想的力量。树里,开弓没有回头箭,一旦开始,就永远不会结束。这样你已经开始了吧?决定的时候就已经开始了。现在已经不是烦恼的时候了。"

树里望着仿佛吞没了太阳的树木。这样看着,她突然看到了轮廓已经完全变淡的父亲的容貌。还年轻的他坐在医院简朴的候诊室里,阳光洒在窗外繁茂的树叶上,他出神地盯着星星点点的树木。树里清晰地看着他的身影。不仅如此,就连张着嘴望着窗户的他在想什么,她都了如指掌。"喂,凉子,你还不知道吧,这孩子出生的地方竟然这么美丽。"树里。想到这个名字后,父亲站起身,轻轻地跳了起来。树里。对,就叫树里。他在心里一遍遍地呼喊,树里甚至听到了他的呻吟声。

9

没什么特别变化，也没有恶化的迹象。每次听医生这么说，波留都会松一口气，但又有些害怕。害怕以后，害怕那个"总有一天"会到来。那个"总有一天"不是现在，可正是因为不知道什么时候会来，才觉得受到了不正当的威胁。

那天从医院回来后，波留就一直待在工作室里。晚上她和六点才来的须藤及事务所的真锅奈美绘一起，在附近的小酒馆里喝了几杯。从医院回来后，她比平时开朗了，不停地说着，不停地笑着，如果不插入别人的话题，她差点都要吐露心声了。她觉得一旦说出实情，自己一个人恐怕就再也站不起来了。

九点结束后，奈美绘叫住了正要离开的波留："啊，对不起。能去事务所确认一下明年的日程吗？"

"什么嘛，刚才说一下不就好了吗？净说些无聊的。"

"对不起！你说的话太好笑了，我都忘了。明天之前还有几件必须要做的事。刚也在事务所。须藤你今天的工作已经结束了，可以回去了。辛苦了。"

和须藤分手后，波留和奈美绘并肩走着。到事务所不到五分钟，有点醉意的奈美绘便开始自言自语起来，说着"独立真好啊""至今为止不知被剥削了多少钱啊"等，一喝醉就开始老生常谈。虽然已经听腻了，但可以不用再像机关枪一样说话了，波留松了一口气。

在事务所的集体信箱前，当突然出现两个人影的时候，波留立刻想到了会被刺杀，被寄了太多奇怪信件的粉丝杀死。也许和波留是同样的想法吧，奈美绘发出了震耳欲聋的尖叫声。

"突然来访，对不起。"奈美绘的惨叫声一停，纱有美说道。

"我说了搞埋伏不好。"雄一郎在旁边气呼呼地说道。

"想干什么？你们想干什么？"奈美绘大声喊道。

"我认识他们。"波留摸着奈美绘的后背说，"我们认识，没关系的。"

波留让雄一郎和纱有美在事务所里等着，她要和奈美绘商量日程。附近虽有深夜营业的小酒馆和咖啡馆，但波留不想和他们在那种随意的氛围下说话，所以商量完日程后，她就想在那里稍微说几句，让他们早点回去。

十点多，商量完日程后，社长刚和妻子奈美绘回去了。

"没事吧？"奈美绘瞟了两个人一眼，问波留。

"没关系的，都是熟人。"波留笑了。

在事务所客厅的沙发上，波留和两人面对面坐着。这是她经常接受采访的房间。波留没有给对方倒茶，冷淡地问："到底怎么回事？"自从决定放弃寻找父亲后，波留自认为再也不会见到这些人了。因为已经没什么必要了。

"总觉得大家在瞒着我们做些什么，所以我来请教一下是怎么回事。"纱有美说，"那个作家不是要以我们为对象写些什么吗？波留你是赞成的吧？这是怎么回事？你和那个作家两个人接下来要调查什么吗？"

"阿弹的手机最近一直是语音留言，贤人也说什么都不知道……纱有美说想问问你关于那个作家的事，但我们只知道这里的联系方式。"雄一郎说道。

"你只是来问这个的吗？"原来是这样啊，波留惊呆了，"贤人没问过你想不想找父亲吗？你回答想找了吗？"被波留这么一问，纱有美摇了摇头。

"那，这不得了。如果你想找父亲，就跟那个作家联系，问问他该怎么找。要不要我告诉你们他的联系方式？"

"你说'该怎么找'是什么意思？"纱有美这么一问，波留有些烦躁起来。

波留心想：这些人连自己想了解些什么都不知道。是生物学上的父亲一事，还是诊所之事？因为不知道想了解些什么，所以也就不知道该做些什么，尽管如此，却还在为想知道什么、想做什么而焦虑不安。既然如此，就只能自己行动起来，但他们却又坚信有人会为他们做些什么。

"我跟你说,不管是那个作家,还是其他人,都不会为你们做任何事情。你们想要的东西对方也不会随便拿来,就算一直等,对方也不会来。"

"这种事,我什么都没说。"纱有美好像也很生气,发出尖锐的声音。

"听说你答应使用自己的名字,要和作家一起寻找自己的亲生父亲,这应该是有什么误会吧?"雄一郎来回看着两人,开口问道。

"是真的,但是,我已经放弃了。"波留看着他说道。

"为什么?"纱有美问。

这样的人,我见得多了。想得到什么时,却把事情推给别人,明明没有超能力,却认为对方会通过心灵感应来为自己做些什么。如果得不到想要的,就会把责任推给别人,捶胸顿足,愤怒哭泣。尽管如此,自己还是没有亲自行动。而偏偏就是这些人还会说什么"hal是靠关系出道的吧""hal明明没有实力,却卖得很火,靠的是潜规则吧""那个hal,该完蛋了吧"。可他们从没想过别人为了得到想要的，是如何咬紧牙关拼命努力的。他们也不知道如果不那样做，就什么也得不到。

波留想把真相告诉他们。

"你们想知道为什么吗？"波留悠然一笑，从口袋里掏出香烟。

"我想知道，到底发生了什么事？"纱有美直面看着波留问道。

我只见过一个人，但这一个人就足够了。

你们知道吗？诊所从中途开始就不关心捐精者的身份、工作经历和学历了，全部由捐精者自行申报。那种地方会有正常人来吗？肯定都是骗子，都是些骗子，想要钱的家伙。

尽管如此，我还是觉得没什么。就算谎称自己是东大毕业的，也不会伤害到任何人。如果这个人缺钱，因谎报学历而多拿了三万日元的话，那种心情我也能理解。即使是撒谎想要钱，可那个人做的事也不是偷窃、抢劫，更不是杀人。为那些无论如何都想要孩子，但又不能生孩子的人做点儿事，不管撒多少谎，多么想要钱，都是可以理解的。所以我认为那也没什么。

不过，小纱，阿雄，我只见过一个人，那个最差劲的家伙，变态，妄想狂。他一定是那种占有欲强，总是把事情交给别人去做的人。他那张让人反胃的、端正的脸，年轻时一定很受欢迎。于是就自以为了不起，变得傲慢自负起来了。有一天，他突然发现，谁都不吃他那一套。本以为可以成为更厉害的人，但回过神儿来发现自己一无所有。不是因为自己不想要，而是被谁随便夺走了。他是一个坚信这一点的混蛋。那个混蛋想在全世界散播自己的精子。他一定在为自己的子孙能遍布全国，甚至遍布海外，而在暗自偷笑吧。

那是一种报复。自己什么都不做，却把所有的责任都推给别人的男人。因为想把责任彻底地推给别人，再三考虑后，他开始对这个世界进行报复。当知道还有这样的人后，我很震惊。我也不是圣人，也不能断言自己是好人，但也很少见到心理如此阴暗的人。

光景一晃而过。不安地跟在后面的小纱，跳进河里大笑的雄一郎，偷偷喝咖啡而悄声大笑的夜晚。一瞬间，波留好像觉得房间变暗了，她抬头看着天花板。纱有美和雄一郎也跟着往上看，波留像是掩饰自己的失态似的深吸了一口烟。

喂，那个人有可能是你们的，不，也有可能是我的父亲。野谷先生说他是个假冒的，但也有可能是真的。如果叫他出来，他会很高兴地来见面。如果告诉他自己可能是他的孩子，他也会很高兴地紧紧拥抱你们。因为复仇有了结果。怎么样，你们要去见面吗？

"想知道的话，就告诉你们。"波留冲着两人吐着烟圈，说道。

"我一开始确实打算和野谷先生一起去找生物学上的父亲，因为我有不得已这么做的理由。我的眼睛得了病，会渐渐看不见东西。这种病好像是遗传性的，如果父亲也患有同样的病的话，就可以知道病情发展的具体情况及做了什么样的治疗。因此，我决定利用自己的名字来寻找父亲。但是，现在我放弃了。"

波留在烟灰缸里掐灭香烟，又点了一根，吸了起来。纱有美和雄一郎一直目不转睛地盯着她。这两人和我一样，都不知道亲生父亲是谁，波留心想。

"可为什么又放弃了呢？因为我去见了野谷先生找到的一个原捐精者。"

即使不出声，通过空气细微的晃动也能感受到两个人的惊讶。虽然不知道他们有没有意识到，但波留知道他们焦急地想了解事情的真相。她也是如此。生病是最重要的原因，但也不仅如此，我还想以更加不同的理由去了解生物学意义上的父亲这个人。大个子？胖胖的？温柔的人？帅气的人？和照片上的"爸爸"有什么不同？

"当然，那个人从生物学角度来说，是我或你们父亲的可能性很低，几乎为零，但也不是零，因为他曾经是捐精者。"

"什么样的？"发出沙哑声音的是雄一郎。

"是个什么样的人？"纱有美接着小声问道。就是那个胆小鬼、爱哭鬼、害怕被孤立的小纱。

是什么样的人？最差劲的人，脑子进水的人……波留强忍着恶心，为了掩饰，她吸了一口烟，交替看着两个人，开口道。

"是一个普通人。"

他们举行了婚礼，小小的新郎和新娘还接了誓约之吻。父母外出不在家的时候，大家偷偷地喝咖啡。朱莉是梅格，我是乔，小纱是贝丝，年纪最小的小纪是艾米。过去的场景在大脑中闪现。

"普通人，很有绅士风度。他说他当时四十多岁，现在应该七十多岁了，但看上去比实际年龄年轻。他举止温和，很有礼貌地回答了我的问题。我最想知道的是他为什么想成为捐精者。"

波留移开视线。墙上贴着去年巡演时的海报，墙边堆着装有出售物品的纸箱。半卷着的百叶窗外一片漆黑。波留思考了一会儿，想着接下来该说些什么。

"听说他妹妹生不了孩子，他看到妹妹一直为此很烦恼，所以他认为那些想要孩子却生不了孩子的人的烦恼并不是别人的事。偶然从电视上了解到诊所的情况后,他才意识到,原来不能生孩子的原因并不都是女性造成的。院长说的话,他也表示赞同。也就是说,我们的人生是不可能平等的,但是,生命是平等的,从出生到死亡,这是绝对平等的。他强烈赞同这一点,所以想帮点什么忙。他和妻子商量后就去了。"话音刚落,她听到有人大声咽唾沫的声音,不知道是雄一郎还是纱有美,也可能是自己。

"首先,他跟妻子商量,他说自己想帮助那些无法成为父亲和母亲的人。但是,这样就会生出跟自己有血缘关系的孩子。'在你不知道的地方,有一个和我有血缘关系的人存在,你会怎么想?'他问妻子。如果妻子反对,他就决定放弃这种方法,再寻找其他方法帮助别人。他这么说后,他的妻子……"

波留停了下来,夹在指间忘抽的烟已经烧到了根部。回过神儿来后,手指的第二关节一阵发热。她慌忙掐灭香烟。她一边在心里重复着"他的妻子……",一边从烟盒中抽出一支新烟。

"他的妻子完全没有反对,甚至还非常赞成,因为有朋友来找她谈过不孕不育的烦恼。他做过五次供体，都是他的妻子陪他去的诊所。因为有这样那样的限制，所以不能见受赠者，但他一直祈祷能生个好孩子，祈祷那个孩子能过上幸福的生活。报酬确实是有的，但这些都无所谓。对他来说，捐献精子就像向灾区捐款一样，有人遇到困难，恰好自己能提供，那就不能坐视不管了，只能尽自己所能吧。当时他就是这种心情。顺便说一下，那个人从日本前四的私立大学毕业后，作为系统工程师从事计算机相关的工作，六十岁退休后，还在子公司工作了一段时间，现在也辞职了，和妻子两个人一起生活。夫妻俩都很喜欢登山，现在有时还两个人一起去爬山。"

两个人一动不动，专心听着波留的话。说着，她的眼前浮现出一个从未见过的男人的身影。卷曲的头发，温和的笑容，对，是父亲。母亲深爱的父亲。卷曲的头发几乎变白了，脸上有无数的皱纹。只在照片上见过的他，也和自己一样都长了岁数。那个已步入老年的男人甚至比自己曾经梦想过的理想父亲有着更清晰的轮廓。波留凝视着他的身影，说出了下面的话。

"那个人觉得我几乎不可能是他的孩子。虽然不是，但他还是很高兴，很高兴见到我。说我身体健康，已经长成这么优秀的大人，能接受自己的出身，不管什么理由，能来见他，他真的很高兴。因为没有一起生活过，所以我们并不是一家人，他也不是我的父亲，但是，他会一直在远方祈祷我们幸福，今后也一样。"

"波留。"未曾听过的父亲的声音突然掠过耳边，"波留，没什么好害怕的，你还有音乐。即使看不见了，也有其他办法感受光明，所以，不用害怕。"

波留最初学会的乐器是钢琴。她第一次作曲，是在最后那次夏令营之后。顺滑的音符串联成了音乐。她非常高兴，为了不忘记那首曲子，她一遍又一遍地弹奏。为了跟任何人炫耀，她还曾闭着眼睛弹过。只要闭上眼睛，自己演奏的乐曲就一定会呈现出一幅幅景象。阳光透过树隙，闪闪发光的水滴，那是严禁玩耍的沼泽的光和水组成的光景。自己弹奏的乐曲，是光，是水，是笑声，是夏天，是汗水，是青草的湿气。十岁的波留不是通过语言意识到声音会呈现出景象，而是把景象封存在了声音里。

"然后呢，我觉得已经够了。"

波留的视线从脑海中浮现出的父亲的身上回到眼前这两个人面前。他俩屏住呼吸看着她。

"那个人不一定是我的父亲，但他是个很了不起的人。他不是为了钱，而是抱着单纯的善意来到诊所的。我觉得也有很多人不是这样的，但是我见到的那个人就是这样的人。这样不就行了吗？这么一想，我就跟野谷先生说要放弃寻找了。"

波留看见一颗泪珠从一动不动的纱有美的右眼滚落下来。她不知道纱有美是因为什么而流的眼泪，她也不打算问。

"我很想知道眼病的事，但我觉得已经足够了。就算病情恶化，我也有办法见到光明。"波留站了起来，像是催促两个人回家似的，打开了房门，"话到此为止，已经很晚了，你们不回去吗？我明天还要早起。"

两个人磨蹭着站了起来，从推着门的波留面前走过时，雄一郎突然停下了脚步。

"有个离家出走的女孩儿住在我家。"他低着头，小声说道，"那个孩子很迷恋地听着你的歌。我想直接对你说，有人可以信赖真好啊！"

走在前面几步的纱有美惊讶地回过头来。

"然后呢？"

"你还不想回去吗？"波留有些不耐烦地催促道。雄一郎抬起头，难为情地笑了。

"嗯，谢谢你。"

他抬起头看着波留的眼睛说完，然后转过身去。进入电梯的纱有美和雄一郎感觉就像没有依靠的孩子。

电梯门关上了，电梯缓缓下降。当看到数字1闪烁时，波留当场蹲了下来。私立大学毕业生、工程师、登山爱好者，所有的谎言顺口而出。明明连系统工程师是什么职业都不知道。波留想开口笑，然而，张着的嘴里发出的却是呜咽声。

"我保护你们了。"虽然波留不知道在对谁诉说，但她还是说了出来，"喂，我保护了那两个人。做得还可以吧？没问题吧？那些孩子已经没事了吧？"波留像孩子一样放声大哭起来。

"波留，谢谢你。"雄一郎的声音听起来很近，就像在搂着自己的肩膀说一样。

10

虽然委托了专业人员定期打理院子里的树木，但如果放任不管的话，土地和房子还是会荒废的，阿弹下车后心想。进了家门后，他首先打开了所有房间的防雨窗和窗户。草坪疯长，杂草丛生，树木茂密，植物的繁殖能力简直到了暴力生长的地步。

阿弹打开窗户，拧开煤气和自来水的总开关，换上自带的运动服，开始打扫。他一边用吸尘器打扫，一边计划着做完这些就去院子，拔草晒被子，然后再去买东西。

今天是五月一日，也就是从今天开始，阿弹将在这个山庄停留五天。大家估计会在明天陆续到来。虽然说黄金周有时间的人都可以来住，但实际能来多少人，有多少人要住，完全无法猜测。事前联系说要来的只有树里。和院子里的草木一样，虽然每两个月也会请家政人员打扫一下屋内，但每个房间还是积满了灰尘。这里比东京凉快多了，甚至下车时还觉得有点冷。但他拿着吸尘器上二楼时，T恤已经被汗水浸湿，粘在了后背上。

阿弹一边拔草一边想：买回这里之后只来过一次，是因为害怕吧。害怕什么呢？这个山庄里不仅有露营的回忆，而且还是他和爸爸妈妈三个人一起常来的地方。父母以"已经没有去住的机会了"为由卖掉了山庄，阿弹却认为这里已经变成了一个让父母忌讳厌恶的地方。是害怕解开那些尘封的记忆吗？

实际上，这么来看之后，并没有觉出山庄有想象中那么大的威力。怀念之情确实存在，但回忆一个接一个地涌上心头后，并未让人感到困惑。他拔了杂草，扫了院子，晒了被褥，洗了澡。热水和自来水都能正常使用。

他开车去附近的大型超市买了烧烤用的炭火、今明两天的食材和酒类，回到家后，坐在与客厅相连的木露台上喝啤酒。太阳已经西斜，树木像撒了金粉似的泛着橙色的光。

"吼！"传来一个响亮的声音。他想起了附近宗教设施里饲养的孔雀。叫什么名字来着？竹下？须贺原？叫什么名字来着？已经想不起来了。阿弹不知不觉就笑了起来。

门口那边有个人影在晃动，他看见一个红色的手提包。阿弹心里一惊。有那么一瞬间，他产生了自己还是个孩子的错觉。大人们总是这样出现，一手提着旅行包，一手牵着孩子。"啊，阿弹！""呀呵，阿弹！""今年也承蒙关照！""阿弹长大了啦！"看到阿弹的大人们说的第一句话各不相同。

树里站在了喝着啤酒的阿弹面前，诙谐地大喊："呀呵，阿弹！"

虽然树里在对着自己笑，但在阿弹看来，她就像是在向背后的山庄打招呼一样。

两个人隔着饭桌相对而坐,桌子上放着树里做的晚饭。在东京的时候明明还可以做到若无其事,现在却觉得有点不好意思,他俩不停地喝着红酒。树里用阿弹随便买来的食材,麻利地做了汤和沙拉,烤了薯条和加胡萝卜的牛排。

树里环视了一下房间说:"本以为会怀念得想哭呢。"不知道她有没有感受到阿弹的难为情。

"家具什么的都不一样了。父母他们出售的时候已经处理掉了,所以我只买了最低限度的家具。"第一次来这里,是为了收这些东西。

"你不觉得开始一件事很了不起吗?"树里突然说道。阿弹给树里几乎没有喝的杯子里又添上红酒,等待她继续说下去。

"当开始做某件事的时候,就觉得创造了一个前所未有的世界,是件非常了不起的事情。因为,如果我们的父母不想要孩子,不决定要孩子的话,我们就不会出现在这里了。"

阿弹想起野谷光太郎确实也说过类似的话,就是那萝卜泥的命运这一问题。

"所以啊，如果阿弹你父母不想聚集在这里的话，我们根本就不会认识。所有的一切，都是有人在想了什么，做了什么决定后，接着实施，然后才开始改变的。总觉得非常了不起啊。"

"但是开始的也不全都是好事，也有人想做坏事，决定复仇什么的。我想我们是否能把见面归类为好事，则因人而异。"阿弹说道。树里做的西红柿汤，有种陌生人家的味道。

"但是，阿弹，开始做某件事后，带来的不是结果，而是世界。你不觉得世界上不全是好事，也不全是坏事吗？"

"总觉得有些哲学的味道，你遇到什么事情了吗？"

树里把葡萄酒杯放到嘴边，摇了摇头。

"什么都没有，我只是把刚才想的说出来了而已。"门铃响了，阿弹因为太过吃惊，身体都僵住了，和树里对视一下后，离开餐桌，打开了玄关门，发现纪子抱着睡着的孩子站在那里，身旁放着皮箱和折叠着的婴儿车。

在厨房洗碗的阿弹隔着岛台看着在客厅喝着红酒谈笑风生的纪子和树里，觉得好像是幻觉。两个人他都认识，但又都不认识。跟有着陌生背景，过着陌生生活的某个人一样，等于没有交集。而且两人坐着的沙发上竟然还睡着小孩子，他完全没有真实感。然而，他却没有产生警戒心，也没感到不自在，反而有种类似安心的感觉。大概是因为认识小时候的她们吧。仅仅是这个理由吗？不知道两人是怎么想的，就像高中生一样吵吵嚷嚷沉浸在谈论"有演艺大会""不能去瀑布""那天有个孩子发烧了吧"之类的回忆中。

"因为我从来没见过母亲喝醉的样子。"

"真的，一开始真的很害怕，看到父母喝醉的样子，渐渐就觉得很奇怪了。"

"我们家一直都是很严肃的，只有那个时候很尽兴。"

"也有眉来眼去的大人吧。为什么孩子会害怕和平时不一样的父母呢？"阿弹不知何时也开始倾听她们的对话并加入进来。

"他们都很年轻啊。"

"嗯,大概和现在的我们差不多吧。现在想起来,完全就是个孩子。"

"有烦恼,有迷茫,有不安,也有失败。"

"我开始做不孕症治疗了。前几天,第一次觉得很顺利,但是,还是不行啊。"

树里抚摸着熟睡孩子的额头,说道。阿弹吃惊地抬起头,纪子平静地笑着,看着她的手。

"是吗?不过,还有下一次,没关系的。听起来好像有点不负责任,其实不是这样的。我现在也没有工作,带着孩子回了娘家,正处在离婚调解状态。如果判了,我想所有的事情就得自己想办法解决了⋯⋯"

"啊?是吗?有点吃惊。"

"我自己都大吃一惊,但我觉得一定要想办法解决。因此就什么都能做到了。"

"莫非是无所畏惧的感觉?"

"什么嘛,那个。不过,也有可能。无所畏惧的心情，也有可能。明天又要闷闷不乐了。"

"不过，还都是孩子。"

"和妈妈们当年一样呢。"

两人相视而笑。阿弹不认为这是值得一笑的话题，但她们却很开心地互相倾诉着，笑着交流着。难道是为了看到现在这个瞬间，为了见证这个瞬间，不，是为了创造这个瞬间，自己才把这里买回来的吗？阿弹闪念一想。

11

每个人手里都拿着玻璃杯或啤酒易拉罐。客厅里只有一张三人座的沙发，其他人都坐在了地板上。结果，五月的第一个星期六，只有波留没有来山庄。她说因为工作，无论如何都抽不出身。树里还查看了 hal 的官方主页，那里写着五月二日要去九州参加演唱活动。树里为自己这么做感到羞愧，同时也感到安心，说明波留并没有拒绝这个聚会。

早上，雄一郎和纱有美也一起出现了。大家一起去附近吃了午饭,回来后贤人也来了。

晚上的烧烤并不怎么热闹。不过,和上次在贤人家聚会时相比,大家都放松多了。至少树里是这么想的。建筑内部的样子和记忆中的大相径庭,树里一开始对完全没有怀念的感觉感到困惑,但在烤肉的时候,很多事情就自然而然地浮现出来了。大人们的对话,咖喱的味道,母亲年轻时的笑容,一个个不断浮现在脑海中,又瞬间消失。为了给即将出生的孩子创造"幸福的条件",拼命吐露心声的母亲,可是,树里凝视着那数不清的记忆画面,突然心想:难道不是她们创造了完全不同的,超过那些总和的幸福条件吗?

在收拾完烧烤,准备回房间再喝一杯的时候,阿弹说野谷光太郎寄来了一些东西。他解释说,光太郎为了今天,独自找到光彩诊所那位自称"信誉度相当高"的原捐精者,并进行了采访。录有采访内容的录音笔,在得到他本人的许可后,于黄金周前夕寄给了自己。

现在,包括树里在内的六个人都聚集在茶几旁,目不转睛地盯着放在那上面的录音笔和小型音箱。没有人说想听，但也没有人说不想听。

"可是，这个人不是我们谁的父亲吧。"纪子下定决心似的说道。树里觉得她的小女儿不安地看着她，似乎强忍着，眼看就要哭出来了。纪子第一次来这里时的情景清晰地浮现在了眼前。对了，快要哭出来的纪子正和贤人坐在一起画画。两个人就像用彼此的身体支撑着自己一样，每年都紧紧地靠在一起。

"听吧。"贤人说。这句话让气氛一下子紧张起来了。应该站起来去别的房间吗？树里有些犹豫不决，但她仍坐在沙发上一动不动，看着阿弹的手按下了开关。

"嗯，是的，我从事建筑设计工作。七十年代末，我还是个学生。"从噪音中传来破碎的声音，虽然有些模糊，但是能传达内容的清晰录音，"我的老家在大分的一个小镇上，我是个没有得到任何资助的穷学生。嗯，所以，当然打算打工来着。不过，比起成为新药的试验人员，不，那当时很流行，这种高额的打工……对，比起那个，我觉得这个更能直接为人服务。嗯？啊，是啊，关于那件事我没有多想，与此相比，我……"

清嗓子。沉默。树里能感觉到，大家的注意力都集中到了疼痛的程度。

"我并没有明确的想法，毕竟我还是个学生……现在要说的话，就是以这种形式合作，我也没想到会有自己的孩子。看着他的脸，养育他，和他一起度过时光的才是家人，嗯，我有这样的想法。感觉和捐款很像，前几天四川发生了地震，捐款的时候，不会想到获益人的面孔吧，只会想着那笔钱会用在什么地方。而且，我深信那一定不是坏事，是对有困难的人完全有用的东西，这一点毫无疑问。

"实际上，我一个月做不了几次，所以也赚不了多少钱。我也做过家教，必要时也做过日工，不过，是啊，怎么说呢，我觉得那是当时自己做得最有意义的一件事。像是在做某件重要的、有价值的事情……当然是自我满足，这也可能和捐赠相似。我在学生时代的后两年参与了七八次，应该不到十次。哎？啊，我没有说谎，我没想到过说谎。"

一阵沉默。野谷含混不清地问着什么。

"毕业后我进了设计事务所，总算过上了普通人的生活，也就不去诊所了。其实我已经忘了。结婚的时候，嗯，在三十一岁时，我想起来了，就跟妻子说了。她说一点儿也不在乎，我感觉她说一点儿也不介意是假的，不过，她也有相似的家庭观吧，说精子，失礼了，提供精子不等于做父亲。孩子？嗯，有一个。大学中途退学，去了巴黎。听说想做料理。不，我没跟他说过。没什么说的必要吧，因为不可能成为他的兄弟姐妹。这种想法从年轻时就没变过，不过从现实考虑一下，嗯，就像您说的，他说要结婚的时候，也许会跟他坦白。因为不能完全断言他遇到生物学上近亲的可能性为零。啊，要说什么都不想，那是骗人的。不过，那个啊，很难想象没见过的人的面孔和生活。突然出现的话，一定会吓一跳。不是想见还是不想见的问题，不是如何出生的问题，而是如何活着的问题。说到底，不就是这个问题吗？如果你不知道自己是怎么活到现在的，怎么生活的，那不就失去自我了吗？嗯，后悔？当然不会。"

声音突然中断了。谁都没说什么。我们当然都知道，树里像是在自己开导自己。这个人不一定是自己的父亲。不过，也许，现在所有人都在考虑这种可能性。树里心想：虽然不能说是所有人，但一定有几个人像我一样放心了。一个连脸都看不见的人的声音，平静地说着正当的、让人茅塞顿开的想法。树里一直认为光太郎是个只有好奇心和野心的作家，但是，现在觉得好像错了。为了让我们听到这些录音，他不是用尽了所有的手段四处奔走吗？也就是说，这个人所说的，一定是光太郎想要传达给我们的，给只是擦肩而过的相识的我们。

"这个，什么时候也要让今天没能来的波留听听。"纪子开口道。

"没关系。"纱有美非常自信地说，"没关系，波留已经知道了。她知道这个人说的话，对吧？"她征求雄一郎的同意。

"嗯，不过肯定还是告诉她比较好。"雄一郎神情恍惚地回答道。

"我会的。"阿弹点点头，现场又安静了下来。树里觉得这里的夜晚比东京安静多了。她好像觉得自己第一次知道，从成长、恋爱、工作、结婚到现在，这座山庄一直都在这里。静静地、神秘地珍藏着孩子们的笑声，简直就像沉入大海的花园。在这里，一切都寂静无声，不会枯萎也不会凋谢的花朵五彩缤纷地摇曳绽放着。她一直认为露营结束后，大家各自开始了自己的人生。露营的事，和几段其他的记忆一样，渐渐褪色，然后不知何时就会消失吧。即使在自己见到他们之后，也是这么想的。但是，虽然大家各自生活在不同的地方，之前以及今后，即使不再相见，或许也会一直平等地拥有这片花园，作为可以随时回去的秘密场所。

"今年六月，我们要举行婚礼。"坐在地板上的贤人双手把玩着酒杯，突然开口，"条件允许的话都来吧。"

"我来。"立刻开口的是纪子，"我们要隆重庆祝小贤的第二次婚礼。"

  阿弹笑了,树里也笑了。阿弹提议干杯,纱有美走向厨房,往每个人的杯子里都重新添上了酒。在阿弹的提议下,在恭喜的欢呼声中,大家碰杯。碰杯的金属音像光一样闪烁,树里觉得自己和那些年轻、充满希望、无所畏惧的母亲们重叠在了一起。

尾声

爸爸：

对素未谋面的你，我很抗拒叫你爸爸，就像原捐精者说的那样，我们没有任何共同经历，很难说是一家人。但是，请允许我这样称呼你一次。

昨天，小贤举行了婚礼。虽然天公不作美，下了点雨，但院子里的绿色在水滴的反射下很漂亮。我见到了好久没见的小贤的妈妈，她还是个大美人，却哭得一塌糊涂，妆都哭花了。在后面的宴会上，波留还唱了歌。据说是为了小贤和新娘笑而创作的歌曲。小贤和笑的朋友们都为能看到真人hal现场唱歌而大吃一惊，我也有点儿骄傲呢。

大家再次见面后，没有太大的变化。阿弹有时会发来亲切的短信，问候我有没有好好吃饭。昨天说了好几次要去相亲，真奇怪啊。他很有钱，很帅，看起来很受欢迎，但就是没有女朋友。我想他很快就会有的。

小纪结婚了，也有了孩子，但现在正在进行离婚调解。如果没有工作的话就很难拿到抚养权，所以听说她正在找工作。昨天她和女儿步美一起来参加婚礼了。一看到步美这个孩子，就会想起很多已忘怀的往事，这让我大为吃惊。虽然一点儿都不记得了，却突然想起了和母亲一起笑得眼泪都要流出来的情景。也许是因为步美和小时候的小纪长得一模一样，所以才会又体验了一遍吧。

还有树里。我再三考虑后，问树里要不要一起去做DNA检测。那是黄金周在山庄过夜的第二天。也许你会觉得我这种想法很奇怪，但正是因为父母的这种坚强意志，我们才得以诞生。当然，是兄弟姐妹的可能性非常低，但也不是零。

树里一开始没有回答。之后就杳无音信了，手机和短信都不回，我还以为她生气了呢。昨天她对我说："谢谢。不过，请让我再努力一下。因为我觉得自己还是一种无所畏惧的心情。"她只要笑着说声谢谢，我就放心了。我到处都能看到树里的画，据说夏天她要办个人画展。

阿雄离开了一直居住的家，开始了在东京都内一个人的生活。他说要去保安公司工作，想住在上班方便的地方。是真的吗？我觉得还有别的原因吧。也许是不想再让离家出走的女孩儿们来过夜了吧。也或许是想让一切重新开始。我不知道真相。或许变化最大的就是阿雄。我脑子笨，说不清楚到底是怎么回事。有一亿日元的人捐一千万日元，和只有五百日元的人捐四百日元，是完全不同的概念吧。看着阿雄，他虽然没有小纪变化那么大，但我觉得他比任何人的变化都大，我感觉他或许正想要改变自己。

自己的事情是最难写的，因为只有我什么都没变。受到阿雄的启发，我比以前更热心地找工作了，可现在这样的时代……最近我想，如果是波留，就不会把责任推给时代了(笑)。只要我说什么，波留就会抬杠，一直觉得她不顺眼，现在稍微明白点儿了。爸爸不在，妈妈不检点，只要找到一个生活不顺的理由，就会觉得自己一直都生活不顺，无法行动。所以，波留对无动于衷的我感到很是着急吧，其实我这样想还是因为昨天的事情。

昨天，波留在演唱前说："虽然篇幅很长，但请允许我把接下来要唱的歌作为贺词献给新人。"然后发表了致辞，内容如下：

"我第一次出国是在十八岁的时候，是毕业旅行，目的地是巴黎。本来应该是两个人一起去的，但朋友突然因胃溃疡住院，我就一个人去了。晚上费了很大劲儿才好不容易从机场辗转到酒店。第二天早上，出去吃早饭时，突然陷入一阵恐慌中。我既不懂法语，也不认识路。在面包店时，总是被人插队，碰到了还会被人咂舌。于是我飞奔回酒店，想一直待在那里。

"在为期两周的旅行中，我曾考虑过去马赛、尼斯、雷恩，但最后决定，还是一直待在酒店里了。酒店的房间虽然狭小，但很舒适，也很安全。于是，我真的整整两天几乎没有离开过酒店。在酒店一楼的面包房买面包，在酒店旁边的外卖处买水和沙拉。其实也没那么无聊，房间里有电视，透过窗户往外看，也能随时领略到异国风光。所以，我觉得这也是一场将错就错的旅行吧。

"但是到了第三天，我突然想到，不出去的话就只知道这里的事情。在这里，我不会遇到小偷，不会迷路，不会饿肚子，不会被刁难，也不会为难。不过，仅此而已。那意味着，或许就只能这样了，我会见不到可以成为朋友的人，看不到令人激动的绘画，吃不到令人惊叹的美味，遇不到热心的人为自己带路，体验不到任何令人兴奋的事情。然后呢，当时我想，给自己生存所需力量的不是前者，而是后者。我们今天之所以能够毫无畏惧地走出家门，并不是因为我们确信不会迷路，也不是因为我们确信不会发生令人困扰的事情，而是因为我们相信一定会遇到美好的人和事，在遇到困难时一定会有人帮助。只有这样想，今天和明天才能走下去，夸张地说，才能活下去。第三天早上，我把行李塞进行李箱退房后，来到了三月份的巴黎的大街上。

"结婚，对于未婚的我来说还不是很了解，但是，我认为结婚就是两个人从封闭自我的地方，打开一扇通往世界的大门。接下来要唱的歌，包含了当时去巴黎时我所看到的一切。我把它送给小贤和美丽的新娘，还有共享着那小小的，如花园般美好回忆的大家。"

波留说完后开始唱歌，真的，歌曲好听得让人惊叹。十八岁的波留战胜了不安，打开酒店的大门。这首歌就像蕾丝一样，交织了看到的、听到的、接触到的美丽事物及可爱的物品、好吃的美食、喜爱的东西、温柔的人、有趣的人、芳香的气味、顺滑的触感等所有的东西。虽然只听过一次，但现在闭上眼睛，仿佛还能听到她的歌声一般。

喂，爸爸，说不定波留是为我做了那个致辞。虽然想多了，但是，我会像她说的那样。

"小纱，你别窝在酒店里了，该出去了吧。"

"如果一直待在那里，就会一直惧怕明天，惧怕世界。就不会有机会去见那些让你不再害怕的美好事物了。"

所以，爸爸，我昨天那么想了。如果我不在场，那美妙的歌曲和隆重的仪式，就都听不到，也看不到了。如果我不在场，就都如不存在一样了。所以，我第一次觉得自己活在这个世上真是太好了。因为昨天看到的东西是存在的，所以，我还是想向您道谢。感谢未曾谋面的您，创造了属于我的世界。我再也不叫您爸爸了，因为即使不叫，我也会好好地生活下去。